별이 내리는 집

기타가와 에미 장편소설
이나라 옮김

제우미디어

별이 내리는 집
北川恵海
기타가와 에미 지음
이나라 옮김

Contents

별이 내리는 밤하늘 아래,
작은 그 아이가 하늘을 가리키며 웃고 있었다.
그리운 그 아이에게 나는,
살며시 손을 내밀었다…….

제1장

—

'승강장에서 장난치지 마! 죽고 싶어 환장했냐!'

머릿속에서 몸이 움츠러들 정도의 성난 목소리가 들린 듯한 기분이 들었다.

앞에 있는 소년은 승강장 밖으로 몸을 내밀고 있었다. 아무래도 전철의 '얼굴'을 보고 싶어 하는 것 같았다.

나는 주위를 둘러보아 소년의 보호자를 찾아보았다. 하지만 보호자 같은 사람은 보이지 않았다. 하는 수 없이 나는 소년에게 다가갔다.

"위험하니까 조금 물러나."

내가 뒤에서 말을 걸자, 소년은 움찔하고 어깨를 움츠리며 고개를 돌렸다. 그리고 낯빛 하나 바꾸지 않고 아무 말 없이 뛰쳐나가, 눈 깜짝할 새에 승강장의 인파에 섞여 사라졌다.

난 소년이 보고 있던 어두운 터널 속을 바라봤다. 확실히 공룡 같은 울음소리를 내며, 저 칠흑 속에서 들어오는 전철을 보는 건 매력적이었다. 하지만 위험한 건 위험한 거다.

'승강장에서 장난치는 놈은, 두 번 다시 전철 못 탈 줄 알아!'

또다시 머릿속에서 울린 그 목소리는, 마치 어제 들은 것처럼 선명했다.

조금 쉬어있었고, 굵은 목소리였다. 마치 시장 아저씨처럼, 대개 험하게 느껴지며, 때때로 상스럽게도 느껴지는 거친 목소리였다. 하지만 어째선지 그 목소리는, 때로는 풀솜처럼, 때로는 눈송이처럼, 포근하고 상냥한 면모를 보여주었다. 그런 거친 점을 어떻게, 그리도 곱게 풀솜으로 감싸고 있었을까. 그 부드러운 풀솜은 그 사람의 어디에서 나온 걸까. 부드러움이라고는 전혀 느낄 수 없는 사람인데, 대체 그 풀솜은 어디서 나온 걸까. 어렸던 나는 그게 마냥 신기했다.

순간, 미지근한 바람이 어두운 터널 속에서 소용돌이처럼 피어올랐다.

전철이 돌풍과 함께 승강장에 미끄러지듯 들어오고 입을 크게 열었다. 열린 그 입에서 많은 사람이 토해져 나왔다. 토요일이라서 그런지 어린아이들도 적잖게 보였다. 어느 아이도 다 똑같이 내 앞을 들뜬 발걸음으로 지나갔다.

마치, 그날의 나를 보는 것 같았다.

그날 나는, 고시엔 구장에 가기 위해 한신전철* 역으로 향하고 있었다.

오늘보다 더 더웠던 한 여름날. 아무리 닦아도 땀이 폭포처럼 이마에서 흘러나와, 내가 좋아하는 모자의 가장자리 색이 변할 정도로 젖어있었다. 잡힌 손에도 끈적하게 땀이 맺혀 기분 나빴다. 그래서 난 결국 그 사람의 울퉁불퉁하고 큰 손을 뿌리치고, 그의 셔츠 끝을 당기듯 잡고 걸었다.

우리가 승강장에 도착했을 때, 마침 전철이 들어왔다. 종점이라 사람이 많이 몰리던 와중에, 전철에서 모든 사람이 내리고 난 뒤, 이어서 승강장에 있던 수많은 사람이 서로 먼저 타겠다는 듯이 빠르게 안으로 들어갔다. 전혀 움직이지 않는 그 사람을 올려다보자, 그는 나를 보더니, 입꼬리를 올렸다. 승강장에 있던 많은 사람이 거짓말처럼 눈 깜짝할 새에 열차 안으로 사라졌다. 우린 텅 빈 승강장을 느긋이 걸어, 아직 아무도 서 있지 않은 줄의 가장 앞에 선 뒤, 다음 열차가 들어오길 기다렸다.

---

* 일본의 철도회사

난생처음 가보는 야구 관전. 한신과 자이언츠의 빅매치. 전날 밤부터 가슴이 두근거려 잠을 제대로 이루지 못했다. 그리고 그런 전날부터의 흥분은 전철의 도착을 알리는 멜로디가 울릴 때 최고조에 달했다. 승강장으로 들어오는 전철에 가장 먼저 타고 싶었던 나는 셔츠를 쥐던 손을 떼고, 크게 앞으로 뛰었다.

그 순간이었다.

"승강장에서 장난치지 마! 죽고 싶어 환장했냐!"

그 사람의 화난 목소리가 승강장에 울림과 동시에 내 몸이 굳었다.

"승강장에서 장난치는 놈은, 두 번 다시 전철 못 탈 줄 알아!"

그 사람은 내 손을 세게, 꽉 쥐며 말했다.

나는 조금 멍하게 있다가 울기 시작했다. 잡힌 손이 저릿저릿 아팠다.

무척 놀랐다. 그 사람이 화났다. 왜 화를 냈을까.

'죽고 싶어 환장했냐!'

그렇게까지 화내준 건, 그 사람이 처음이었다.

내가 죽는 것에 대해, 머리에 핏발을 세워가며, 침을 튀기면서까지 화를 낸 사람은, 그전에도 그 후로도 그 사람

뿐이었다.

출발을 알리는 벨 소리에, 앗 하고 현실로 돌아왔다. 나는 먼저 크게 열려있던 입을 닫았다.

조금 혼잡한 열차 내의 가장자리로 가서 벽에 기대었다. 바로 옆에는 엄마와 손을 잡은 초등학교 1학년 정도의 남자애가 있었다. 까치발로 창밖 풍경을 보려고 하는 그 모습은 마치 모험을 떠나는 작은 용사 같았다. 한동안 지하를 달리던 전철이 지상으로 빠져나오자, 열심히 창밖을 보던 소년의 얼굴에 햇빛이 비추어, 한순간 반짝이는 것처럼 보였다. 소년의 어머니는 창 너머를 가리키며, 무언가 속삭이고 있었다.

난 저 정도의 나이 때, 어머니와 같이 전철을 타본 적이 거의 없었기에, 조금 부러운 기분으로 소년을 바라보았다.

갑자기 전철에 제동이 걸렸다. 곧바로 열차 내에 앞 열차의 지연을 알리는 안내방송이 흘러나왔다.

나는 휴대폰을 꺼내어 시간을 확인했다. 약속 시각까진 아슬아슬했지만, 왜인지 급한 마음은 들지 않았다.

만약 약속 시각에 늦으면 상대방은 화내고 돌아갈지도 모른다.

하지만 그래도 좋다고 생각했다. 애초에 난 썩 좋은 기분은 아니었다.

로렌의 그림을 판다는 것이 말이다.

아마도 이렇게 푸념을 하고 있으니까, 그의 목소리가 들린 듯한 기분이 든 것이리라.

로렌이 처음 내 앞에 나타난 것은, 예전에 살던 집 근처에 있는 공원이었다. 로렌은 그 뒤로도 몇 번이나 내 앞에 나타나, 가끔 풀솜 같지만, 대체로 거친 목소리로, 내게 잔뜩 말을 걸어주었다. 내가 말을 잘 할 수 있게 될 때까지, 몇 날 며칠 계속 말을 건네주었다.

나는 처음 로렌에게 한 질문을 떠올렸다.

"나, 난… 얘기를, 잘 못 해……. 왜 못, 하는 것 같아?"

말을 더듬으며 물어본 내게, 로렌은 "연습이 부족할 뿐이다."라고 말하며 웃었다. 그리고는 울퉁불퉁한 손으로 내 머리를 마치 공을 쥐듯 꽉 잡았다. 그 손은 정말 크고, 조금 거칠었지만, 매우 상냥했다.

'연습이 부족하다.' 분명 그 말대로겠지.

나는 집 안에서 거의 아무 말도 하지 않았다. 그렇다고 해서 외톨이는 아니었다. 방안에는 아버지가 아닌 「누군가」가 어머니와 함께 와 있었다. 그 「누군가」는 정기적으로 다른 사람으로 변했기에 「누군가」라고밖에 표현할 수 없었다.

처음에는 그 「누군가」가 와도 평범하게 얘기했었다. 하지만 어느 날, 그전에 방에 있던 다른 「누군가」의 얘기를 했을 때, 나는 태어나서 처음 뺨을 맞았다.

내 뺨을 친 건 「누군가」의 손이 아니라, 어머니의 손이었다.

무슨 일이 일어난 건지 이해하지 못했다. 단지 짝하고 지금껏 들어보지 못한 큰 파열음이 들리고, 순간적으로 뺨이 뜨거워진 게 느껴졌다. 멍하니 있는 사이, 뺨이 욱신욱신 아프기 시작했다.

그때 어머니가 무슨 표정을 지었는지, 지금은 기억나지 않는다.

그날부터였다. 때로는 어머니에게, 그리고 「누군가」에게 맞기 시작했다. 나는 곧 '전의 누군가'에 대해 얘기하면 안 된다고 깨달았다. 하지만 난 그날 이후로 계속 맞았다. 처음에는 사흘에 한 번이었던 게, 점점 하루에 한 번이 되고, 결국 하루에도 몇 번이나 맞게 되었다. 때리던 건 어머니이기도 했고, 「누군가」이기도 했다. 무엇을 얘기해도 되며, 무엇을 얘기하면 안 되는지 알 수 없게 되었다. 뭐가 어떻든 난 어머니와 사이좋게 지내고 싶었다. 그렇지만 맞는 건 아프고, 무서웠으며, 슬펐다. 난 어떻게 하면 좋을지 몰랐기에, 어떻게든 맞지 않을 방법을 생각했다. 그리고, 내가 입을 열지 않으면 맞는 횟수가 줄어든다는 것을 깨달았다.

내가 입을 다물기 시작하자, 처음에는 내가 말을 거의 하지 않게 됐다는 걸 깨달은 「누군가」가 "뭔가 말이라도 해봐라."라고 말하며 때리기도 했다. 하지만 그러다 곧 내게 아무 말도 하지 않게 되었다. 어머니는, 처음에는 걱정하는 모습을 보였지만, 결국 어머니도 내게 말을 하지 않게 되었다. 나는 어머니와 「누군가」가 방에 있는 동안에는, 대부분 시간을 혼자 공원에서 지냈고, 날이 저물어 집에 돌아가야 할 때가 되면, 입을 꾹 다물고 방구석에서 전단지 뒷면에 그림을 그리며 시간을 보냈다.

그러던 어느 날, 어머니와 「누군가」가 집에 돌아오지 않게 되었다.

그건 초등학교 2학년, 여름방학이 끝나기 조금 전의 일이었다.

예정보다 5분 늦게 개찰구를 지나, 잰걸음으로 약속장소에 향했다.

약속장소로 잡은 카페의 외관은 유리로 되어 있었으며, 그 너머로 보이는 실내엔 손님이 몇 명 정도밖에 없었다. 카페 안팎에서 잘 보이는 자리에 정장을 입은 남성이 손목시계를 보고 있었다. 그는 누가 봐도 사람을 기다리고 있는 듯한 얼굴로 가게를 가볍게 둘러본 후, 무료함을 달래듯 설탕을 하나, 눈앞의 커피잔 속에 떨궜다. 난 그대로 잰걸음으로, 마치 급히 온 듯한 분위기를 풍기면서 가게 안으로 들어갔다.

"안녕하세요. 기다리게 했네요."

정장을 입은 남성에게 뒤에서 말을 걸자, 그는 돌아보며 "아, 반갑습니다!"하고 부리나케 자리에서 일어났다.

"처음 뵙겠습니다. 오카모토 코우스케입니다."

내가 가볍게 머리를 숙이자, 그도 머리를 숙였다.

"안녕하세요. 아라타니라고 합니다."

그는 익숙한 손놀림으로 내게 명함을 내밀었다. 내겐 건넬 명함이 없었기에, 그의 명함을 받으며 다시 "안녕하세요."하고 가볍게 인사했다.

자리에 앉아 점원에게 아이스커피를 주문하고, 다시 눈

앞에 앉은 정말 고급스러워 보이는 정장을 몸에 걸친 남성을 바라보았다.

“이번에는 연락 주셔서 대단히 감사합니다.”

내가 그렇게 말하자, 아라타니 씨는 마치 영업사원 같은 미소를 보였다. 이 아라타니라는 남성은 미술상이며, 로렌의 첫 고객이 될 것 같은 사람이었다. 이전에 전화로 이야기를 나눴을 때, 그는 잘 알려진 유명작가의 작품보다는 마치 자기만 알고 있는 듯한 느낌의 숨겨진 작품을 좋아한다고 말했었다. 특히 발견한 작가가 나중에 유명해졌을 때, 자신이 원래부터 그 작가를 주목하고 있었다는 사실이 무엇보다도 기쁘다고 이야기했다. 나는 그런 그의 이야기를 들으며 ‘결국은 유세 떨고 싶은 거구나’하고 생각했다.

“이번에 아라타니 씨가 구매를 희망하고 있는 작품은 이 ‘별이 내리는 집’시리즈의 3번이 맞습니까?”

나는 가방에서 직접 만든 회화 리스트를 꺼냈다. 로렌의 그림을 사진에 담아 사진첩에 넣고 제목을 붙였을 뿐인 조잡한 리스트였다. 손으로 리스트를 펼치고는 아라타니 씨의 앞으로 내밀었다. 그는 그걸 손에 들고선 “오오.” 하고 감탄 소리를 내었다. 그리고는 “이거이거, 맞아요.”

라며 표정을 바꾸어 싱글벙글 웃었다.

역시 이 그림은 팔리게 되는 걸까. 그렇게 생각하니 기분이 착 가라앉았다.

애초에 회화라는 것이 그렇게 간단하게 팔 수 있는 물건이 아니다. 특히 무명작가의 작품일수록 더욱 그렇다. 무명작가의 작품이 팔리는 이유는 몇 가지가 있는데, 소위 재능있는 학생들을 기업에서 미리 선점하듯 젊은 작가들의 유망함을 보고 구매하거나, 작가의 인생이 극적이고 파란만장하거나, 작품 자체의 주제가 센세이션이라 할 만큼 화제성이 있거나 하는 정도가 그 이유였다.

그리고 그런 이유 중 하나로 '작가가 세상을 떠나있다.'라는 것도 있다. '절필했다.'라는 이유도 괜찮지만, 아무래도 살아있는 것보다 죽어있는 게 가치가 올라가는 모양이었다. 작품 자체는 바뀌지 않는데, 작가가 죽었다는 이유로 작품의 가치가 올라간다는 건 정말 허무한 이야기였다.

어쨌든 그런 연유로, '생사불명의 작가'라 불리는 로렌의 그림은 아라타니 씨에게는 딱 좋은 물건인 듯했다.

그런 복잡한 생각을 하고 있자, 아라타니 씨는 사진을 책상에 놓고 "갑작스럽지만, 조금 확인하고 싶은 게 있습니다."라고 말하며 몸을 앞으로 내밀었다.

나는, 정말 성질 급한 관서인답구나, 하고 생각하면서, 적어도 자신은 조금이라도 어른스럽게 행동하고자 "뭔가요."하고 차분히 대답했다.

"작가가 그…… 범죄자죠?"

뜻밖의 질문에 난 "응?"하고 이상한 목소리를 냈다.

아라타니 씨는 당황하며 "아니, 그런 건 전혀 상관없습니다."라고 얼굴 앞으로 손을 휙휙 내저었다.

"이런 말 하는 것도 좀 그렇지만, 그것도 하나의 가치라고나 할까, 전 오히려 환영…… 환영이라고 말하는 것도 조금 이상한 소리지만, 뭐, 단지 그런 얘기도 솔직하게 말해줬으면 해서요."

아라타니 씨는 뭐라 형용할 수 없는 미소를 짓고는, 말을 얼버무리듯 커피 잔에 손을 뻗었다.

"죄송합니다. 대체 무슨 얘기인가요?"

내가 책상 위로 몸을 내밀자, 카페 점원이 전표를 가지고 나타났다. 우리는 반사적으로 입을 다물었다.

"주문하신 건 다 나왔나요?"

점원의 말에 아라타니 씨가 다시 영업사원 같은 미소를 보이며 "네."라고 답했다.

나는 허리를 펴고 자세를 고쳐 앉았다.

"이 그림의 작가가 범죄자라고 들었는데 사실인가요?"

종업원이 떠난 것을 확인한 뒤, 아라타니 씨는 조금 목소리를 낮춰 말했다.

"그럴 리 없잖아요. 누가 그런 말도 안 되는 소리를."

나도 덩달아 목소리를 낮췄다.

"그 소문이라고 해야 할까, 비교적 신빙성 있는 이야기인 것 같아요."

아라타니 씨는 다시 책상 위로 몸을 내밀어 가까이 다가오고선, 불필요할 정도로 작은 목소리로 말했다.

"그게, 사람을 죽였다고 해요."

"무슨 바보 같은!"

무심코 큰 목소리를 내자, 주변 사람들의 시선이 집중됐다.

"잠깐잠깐, 진정하세요. 저도 놀랐다고요, 갑자기 그런 얘기를 들어서."

아라타니 씨는 허둥대며 달래듯이 말했다. 난 조금 기분이 나빠졌다.

"그런 소린 어디서 들은 겁니까?"

아라타니 씨는 포동포동한 턱을 문지르며, 유식한 체하며 말했다.

"뭐, 여러 인맥이라고 해야 할까……이쪽 세계에선 그런 소문은 빠르게 퍼지거든요. 단지 자세한 사정을 아는 사람이 없어서, 사실이 어떻든 간에, 직접 오카모토 씨에게 듣는 게 가장 좋다고 생각했을 뿐입니다."

난 후 하고 코로 숨을 내쉬고, 조금 생각에 잠긴 뒤, 애써 차분한 목소리를 내어 말했다.

"그럼 그만둡시다."

아라타니 씨는 어리둥절한 표정으로 "응?"하고 말했다. 난 아라타니 씨의 눈을 뚫어질 듯 바라보았다.

"죄송하지만, 이번 일은 없던 일로 해주세요. 거래는 중지하는 걸로."

그러자 아라타니 씨는 "아니 그, 갑자기 그런 소리를 하시면……."이라 말하며, 알기 쉽게 쩔쩔매기 시작했다.

"저도 작가에 대해서 보증할 수 있는 게 아니니까요."

갑자기 태도를 바꾼 내게, 아라타니 씨는 당황한 채 "아니, 전 딱히 작가가 범죄자여도 상관없습니다."라고 말했다.

"아뇨, 저한테도 그림을 관리할 책임이 있고, 나중에 문제가 생겨도 곤란하니까, 일단 판매는 중지하겠습니다. 기껏 와주셨는데 죄송합니다."

그렇게 말하고 자리에서 일어나자, 덩달아 아라타니 씨도 급하게 일어났다.

"앗, 아니 그, 잠깐만요. 전 정말 아무 상관없습니다. 아티스트의 과거와 작품은 관계없기도 하고. 애초에 예술이라는 건 그런 기상천외한, 일반인들과 다른 특수한 사고를 하는 사람들이 싹 틔우는 경우가 있지 않습니까. 전 그런 사람의 작품도 가치가 있다고 생각하고 있습니다."

그렇게 말하는 아라타니 씨는 몹시 난감한 표정을 짓고 있었다.

하지만 그가 '범죄자의 그림'이라는 점을 작품의 부가가치로써 생각하고 있다면, 나로선 도저히 이 그림을 그의 손에 넘겨주고 싶지 않았다.

"어떻게 다시 생각해주실 수 없겠습니까?"

당장이라도 양손을 비빌 것 같은 아라타니 씨를 보며, 나는 한숨을 쉬었다.

"알겠습니다. 그럼 그림을 팔지 말지 정하기 위해서라도 작가와 연락을 취해보겠습니다. 저도 로렌이 어디에 있는지는 모르지만, 개인전을 준비할 때부터 찾고 있습니다. 아직도 그를 찾지 못했지만, 연락이 닿게 되면 바로 이쪽에서 다시 연락을 드릴 테니, 그때까지 기다려 주실 수 있나요.”

내 제안에 아라타니 씨는 눈썹꼬리를 내린 채 “감사합니다. 그러면 기대하고 있겠습니다.”라고 말한 뒤 다시 영업용 미소를 보였다.

헤어질 때, 아라타니 씨는 “정말로 연락기다리고 있겠습니다. 다른 사람한테 팔지만 말아주세요. 꼭입니다.”라며 내 옷을 잡을 듯이 가까이 다가왔다.

“그 점은 약속드립니다. 그럼 오늘은 이만 실례하겠습니다.”

난 소매를 잡히지 않기 위해, 한 발 뒤로 물러나서 고개를 숙인 뒤 자리를 떠났다.

카페에서 나오자, 마침 가장 높이 뜬 태양이 아스팔트를 굽고 있었다.

나는 역을 향해 걸으며 조금 전 아라타니 씨가 한 얘기를 떠올렸다.

로렌이 살인을 저질렀다는 건 대체 무슨 말이었을까.

도무지 믿을 수 없었다. 아니, 믿기 싫다.

하지만 그렇기에 더욱, 진정하고 더 자세한 이야기를 들었어야 했다.

“실수한 걸까…….”

아직 아라타니 씨가 근처에 있을까 하고 발을 멈췄다. 뒤를 돌아본 뒤 조금 생각하다 다시 역을 향해 몸을 돌렸다.

아라타니 씨가 한 얘기를 다시 떠올려봤다. 그도 건너건너 들은 얘기에 불과하기에 자세한 것은 모르리라. 그렇기에 내가 사정을 알고 있을 거라 생각하고, 사실을 확인하러 온 것이다. 지금 이상한 소문을 들어봤자 혼란스러워질 뿐이니, 내 나름대로 조사해보자.

가던 길을 멈추어 허공을 바라보았다. 땀이 한 방울, 이마에서 관자놀이를 지나 턱으로 떨어졌다. 아련히 머릿속에 떠오른 말에, 울고 싶은 기분이 들었다.

난 로렌에 대해서 아무것도 몰랐던 건가.

다시 수십 분 정도, 흔들리는 전철과 함께, 로렌의 아틀리에로 향했다. 예전엔 우리들이 아틀리에라고 부르던 그 조잡한 컨테이너 안에서 로렌이 살고 있었지만, 지금은 그저 그림을 보관하기만 하는 곳이 되었다.

역에서 도보 약 15분. 로렌과 친해지고 몇 번이나 지났던 이 길은, 그 당시와는 많이 바뀌어 있었다. 길가에 있던 낡은 민가나 아파트는 대부분 철거되어, 그 자리엔 주차 타워나 맨션이 나란히 서 있었다. 하지만 잘 포장된 아스팔트길에서 골목길로 들어가면, 마치 시대에서 동떨어진 듯한 거리가 나왔다. 좁은 갈색 길 곳곳에는 시든 풀들이 보였고, 두 동의 낡은 연립주택과 당장이라도 무너질 것 같은 아파트, 그리고 틈을 메우듯이 몇몇 낡은 집들이 서있었다. 그 너머에 로렌의 집이 마치 시간이 멈춘 것처럼 우두커니 남겨져 있었다.

이곳에 오면 언제나 그때의 감정이 몰아쳐 온다. 술과 담배 냄새. 기분 나쁜 웃음소리. 목욕을 자주 하지 않은 듯한, 그저 살아갈 뿐인 사람에게서 감도는 독특한 냄새. 사람을 짐승이라고 느끼게 만드는 그 찌든 내.

그 안에서도 로렌의 냄새는 특별했다. 그의 독특한 냄새는, 그에게 배인 유화 도구의 냄새였다.

낡은 문을 드르륵 열자, 유화 특유의 오래된 기름 냄새가 공기에 섞여 퍼졌다.

그 냄새에 더 예전 기억이 선명하게 떠오른다.

붓을 씻는 약, 눈이 아플 정도의 시너 냄새에, 일부러 숨을 꽉 참고 있던 어린 날의 기억.

그리고 처음 이 집에 온 날의 일.

어머니가 돌아오지 않게 된 날부터, 아마 3일 정도 지났을 때, 나는 시설에 맡겨지게 되었다. 로렌은 무슨 일이 있으면 언제든지 오라며 주소를 알려줬었다.

시설에 맡겨지고 일주일 뒤, 나는 로렌을 만나러 갔다. 다행히 로렌의 집은 시설에서 전철로 두 역 떨어진 거리에 있었지만, 혼자서 전철을 탄 적도, 모르는 곳을 혼자서 가본 적도 없는 내게, 그건 생애 첫 모험이었다.

역무원에게 길을 물어, 어찌어찌 주소 근처까진 도착했지만, 아니나 다를까 도중에 길을 잃고 말았다. 무작정 걸어봤지만, 데워진 아스팔트 표면은 흡사 달궈진 프라이팬처럼 뜨거웠기에, 땀이 쏟아졌고 다리만 지칠 뿐이었다. 마치 삶아질 것 같았던 난, 용기를 내어 지나가는 어른에게 물어보기로 했다. 주소가 적혀진 메모를 보여주며 한 남자를 찾고 있다고 말했다. 하지만 그때 내가 전했던 거라고는 고작 '거친 목소리의 아저씨'뿐이었기에, 거의 단서가 되지 못했다.

정장을 제대로 갖춰 입고 빠르게 걷고 있던 어른 세 명에게 모른다고 듣고서, 네 번째에는 비트적비트적 길을 걷고 있는, 한가해 보이는 사람에게 물어봤다. 그 남자는 어딘가 분위기가 로렌과 닮아있었다. 하지만 언제나 물감이 묻어 있긴 했지만 깨끗하게 세탁된 하얀 셔츠를 입고 있던 로렌과는 다르게, 그는 조금 더러운 색 바랜 민소매를 입고 있었으며, 손에는 무언가 투명한 액체가 든 유리병을 들고 있었다.

"거기라면 우리 집 옆이야."

그 남자는 실실 웃으며 내게 따라오라 손짓했다. 나는 조금 거리를 두고, 조심스럽게 그 남자의 뒤를 쫓아갔다.

그는 아스팔트의 큰길에서 빠져나온 골목길로 들어갔다. 들어간 순간 정장을 입은 어른이 사라졌다.

난 그 다른 세계의 입구 같은 곳에서 발을 멈춰, 상황을 확인했다. 그는 점점 나아가던 도중 멈춰 뒤돌아 두리번두리번 나를 찾더니, 멈춰 서 있는 내게 이리 오라 손짓했다.

나는 천천히 다른 세계 같은 좁은 길을 걸었다. 그곳은 아스팔트길과는 다른 냄새가 났다.

남자는 상당히 낡아 보이는 집 앞에 멈춰, 손에 들고 있던 유리병을 어째선지 푸른 하늘 밑에 놓인 테이블 위에 탁하고 놓았다. 노란 맥주 케이스 위에 얇은 합판을 올려놓았을 뿐인 간단한 테이블 위에는, 오징어나 땅콩, 병에 든 시오카라*와 나무젓가락이 어지럽게 놓여있었다.

* 일본식 오징어 젓갈

"왜 로렌을 찾고 있는 건데?"

남자는 땅콩을 하나 입에 집어넣었다. 앞니가 하나 없었다.

"로, 로렌?"

내가 로렌의 이름을 알게 된 건, 사실 이때가 처음이었다. 공원에서 처음 만나 많은 이야기를 해준 그의 이름을, 나는 들은 적이 없었다.

남자는 다시 유리병을 손에 들어, 안의 투명한 액체를 마시고 비아냥거리듯 말했다.

"말더듬이 로렌 말이야. 로, 로, 렌, 지, 로, 로, 렌, 지."

핫핫핫 거리는 기분 나쁜 웃음에 혐오감이 들었다. 웃으면서 담배에 찌든 삐뚤빼뚤한 누런 이를 보여주는 그 남자의 얼굴을 쥐어 패고 싶었다.

"그, 그 사람을, 바보 취급하지 마."

"바보 취급은 안 했어. 등신이라고는 생각하고 있지만."

남자는 아랑곳 하지 않은 채 계속 히죽히죽 웃었다. 난 내가 바보 취급당한 것 같아 화가 났다.

"그, 그 사람 제대로 말해. 나, 나보다 더, 자, 잘 말해."

"와, 너도 말 더듬네. 이상한 말투해가지곤."

볼이 확하고 뜨거워졌다. 그리고 바로 귀가 붉게 물들며 뜨거워지는 게 느껴졌다. 분해서 눈물이 나올 것 같았다. 그래도 울지 않기 위해 입을 꽉 닫고 있자, 누군가 뒤에서 머리를 꽉 쥐었다. 크고 뼈가 울퉁불퉁한 그 감촉은 익숙했다. 그 손은 바스락바스락 내 머리를 쓰다듬었다.

내가 위를 올려다보자, 그곳엔 로렌이 있었다.

"내 손님을 잘도 대해 줬구만."

술에 취한 남자는 헤헤헤 하고 약간 기분 나쁘게 웃었다.

"뚫린 입이라고 잘도 말하네, 주저리주저리 잘도 말해."

로렌은 내 머리에 손을 올린 채, 얼굴을 들여다보려는 듯 허리를 숙였다.

"너, 만담꾼이 될 수 있는 거 아니냐?"

로렌은 이를 보이며 씨익 웃었다.

"잘 왔어. 많이 멀었지? 혼자서 전철 타고 온 거야?"

로렌은 좁고 낡은 더러운 집에 나를 들여, 선풍기를 켜더니, 냉장고에서 아직 뜯지 않은 오렌지 주스 팩을 꺼내어, 하늘색 플라스틱 컵에 따라 주었다. 난 긴장해서 선 채로 그걸 받아 한 번에 꼴깍꼴깍 마셨다. 시원함이 목에서 위까지 빠르게 전해지자, 그제야 긴장이 풀려, 컵을 밥상 위에 올려놓고는, 몸에서 힘이 빠진 것처럼 털썩 주저앉았다. 나무로 된 바닥은 약간 온기가 있었고, 땀범벅인 내 다리에 찰싹 달라붙었다.

로렌은 조금 신 오렌지 주스를 하늘색 컵에 더 따라주었다.

"로, 로렌이라고 해?"

나는 흐르는 땀을 옷소매로 닦으며 물었다. 그런 내게 로렌은 수건을 던져주었다.

"맞아, 다들 로렌이라고 불러. 인기 있는 사람의 별명이라 할 수 있지."

로렌은 주방에서 수도꼭지를 돌려 유리컵에 수돗물을 따르고는, 그대로 꼴깍꼴깍 마셨다.

"어, 어째서, 로렌이야?"

나는 받은 수건으로 머리부터 발끝까지 땀을 닦으며 말했다.

"아까 본 놈이 말한 대로 예전엔 말을 잘 못했어서 그래. 다 옛날얘기지. 지금보다 훨씬 옛날얘기야."

로렌은 유리컵을 물로 가볍게 씻고, 펼쳐놓은 행주 위에 올려놓았다.

"왜, 마, 말을 더, 더듬었어?"

"말을 더듬은 게 아니라, 말을 잘 못 하던 거야. 너도 말은 제대로 배워둬. 그편이 너한테 도움이 되니까."

로렌은 작은 식탁을 사이에 두고, 내 앞에 털썩 앉았다.

"어, 어째서, 말을 자, 잘 못 했는데?"

"이 세상엔 마법의 물이 있는데 그걸 너무 많이 마시면 안 돼."

로렌은 오렌지 주스가 든 컵을 가리키며 히죽 웃었다.

"매, 맥주 말하는 거야?"

"잘 알고 있네. 맥주뿐만이 아니야. 그건 색 있는 물이고. 물 같이 보이진 않잖아. 약간 아마추어 마법이지. 진짜배기 마법은 물이랑 구분이 안 돼. 그니까 착각하고 꼴깍해버리게 되지, 구분하려면 수련이 필요해."

"아, 아까 전, 사람, 마시고 있었어."

"그래그래, 그거야. 내 말이 맞지? 이상하게 되잖아."

로렌은 이히히 하고 웃었다.

"아, 맞다. 너 이름 여기다가 써봐."

로렌은 앉은 채 뒤로 돌아 이것저것 물건이 놓인 곳에서 부스럭부스럭 종이를 꺼내더니 밥상 위에 올려놓았다.

나는 조금 기뻐져서 로렌이 내민 연필을 손에 쥐었다. 꾸깃꾸깃한 종이 뒷면에, 지금까지 썼던 것 중 가장 정성스럽게, 내 이름을 적었다. 로렌은 그걸 보며 히죽 웃었다.

"좋아, 그럼 내가 이 한자의 뜻을 알려주마. 코우스케(宏助)의 코우(宏)는, 광대무변(宏大無辺)이라는 말이 있는데, 한없이 넓은 것을 뜻하는 말이야. 네 인생이나 장래의 가능성을 말하는 거지."

로렌은 내 손에서 연필을 가져가, 전단지에 '宏大無辺'이라 적어 보였다. 난 학교 수업 보다 훨씬 흥미를 갖고 마치 알겠다는 얼굴로 대답하며 고개를 끄덕였다.

"스케(助)는 조력(助力)의 스케(助)를 말하는 거야. 조력이라는 말 알고 있어?"

나는 입을 다물고 고개를 옆으로 저었다. 그러자 로렌은 서서히 일어난 뒤, 칼을 쥔 듯한 자세를 취했다.

"주군, 조력하겠습니다!"

높이 쳐든 양팔을 내리며 비스듬하게 공중을 그었다. 그리고 그대로 자세를 멈췄다.

"몰라?"

고개만 돌려 이쪽을 본 로렌에게, 난 다시 고개를 옆으로 저었다.

그 시절과 전혀 바뀐 점 없는 현관에 멈춰선 채, 난 크게 숨을 들이쉬었다.

그때보다 조금 옅어진, 하지만, 그때 그대로의 향이 났다.

아틀리에에 한 발 내딛자, 익숙한 아름다운 색채로 이루어진 벽들이 보였다. 난 조금 숨을 내뱉고, 재차 확인하듯이 그 풍경을 넋을 잃고 둘러보았다.

'별이 내리는 집'시리즈의 3번. 많고 많은 '별이 내리는 집'들 중 하나. 번호는 내가 낡아 보이는 순으로 적당히 붙였을 뿐이다.

어둠 속에 오도카니 작은 집의 실루엣이 있고, 하늘에는 별이 세 개 빛나고 있었다. 별은 분명 눈부시게 빛나고 있지만, '내리고'있는 건 아니었고, 어둠 속에서 은은하게 빛나는 집은 어딘가 쓸쓸함을 느끼게 했다.

아라타니 씨는 이 작품을, 작가 내면의 어둠과 빛이라 해석한 것일까. 뭐가 됐든 이 그림은, 빛과 그림자의 표현이 뛰어난 로렌의 대표 작품임은 틀림없다.

이 그림이 어쩌면, 곧 아라타니 씨의 손에 넘어갈지도 모른다.

로렌의 그림이 나만의 것이 아니게 된다는 그 사실이 왠지 분했다.

개인전을 열었던 걸 조금 후회하고 있기도 했다. 그림이 세상에 인정받는다는 것은, 로렌에게 있어 기쁜 일일수도 있는데.

이렇게 많은 그림 중 단 한 장인데 그조차 다른 사람 손에 넘겨주기 싫다. 그렇게 생각하는 나 자신이 어쭙잖게 느껴졌다.

아마 로렌의 그림을 정말로 사랑하는 사람이면, 이런 생각은 가지지 않으리라. 다만 그 미술상이 속된 이유로 로렌의 그림을 원하고 있다는 생각을 떨칠 수가 없었다. 범죄자의 작품이라는 이유로 작품의 가치를 높이려고 하다니, 너무 속물적인 생각이라 혐오감마저 든다.

나는 언제나처럼 벽에 걸린 그림을 한동안 바라본 뒤, 여러 개 놓인 이젤에 걸린 그림 앞에 멈춰 섰다.

이 그림의 제목도 '별이 내리는 집'이다.

이쪽은 3번과는 전혀 다르게, 별이 가득한 밤하늘에 별똥별이 떨어지고 있었으며, 그걸 바라보는 사람의 실루엣이 그려진 행복해 보이는 그림이었다. 나는 이 그림에 1번이라는 번호를 붙였다.

참고로 2번도 1번과 같이 별이 가득했지만, 사람은 그려져 있지 않았다. 그 대신, 그려진 집에 아주 밝게 불이 들어와 있어, 집 안의 따뜻함을 표현하는 듯한, 마찬가지로 행복한 그림이었다.

로렌에게 '별이 내리는 집'은 분명 사랑이 가득한 장소이겠지.

언젠가 이 그림들도 떠나보내야 할 날이 오는 걸까.

로렌의 그림이 더는 내 것이 아니게 된다…….

그것이 설령 로렌의 의지라고 해도, 그런 생각을 하는 것만으로도 가슴이 옥죄였다.

"자, 그럼."

나는 기분 전환 삼아 목소리를 내고는, 개인전의 방문자 명부를 열고, 방 한가운데서 책상다리를 했다.

로렌이 살아있을지도 모른다. 아니, 분명 살아있다.

그렇게 알고서 마음속으로 정한 것이 있다.

로렌을 찾자. 다시 한번 로렌을 만나고 싶다.

그렇지만, 벌써 십 년도 전에 죽었다고 생각하던 로렌을 찾으려면, 무언가 단서가 필요하다. 그리고 그 단서는 여기에 있을지도 모른다.

나는 방문자 명부에 적힌 이름을 하나하나 손가락으로 훑으며 확인했다. 그리고 페이지를 반 정도 지났을 때, 찾고 있던 이름을 발견했다.

'코마츠바라 유키코'

틀림없다. 분명 그녀다.

그녀는 방문자 중 가장 인상적이었다.

그녀는 한 그림 앞에서 꽤 오랜 시간 멈춰 서 있었다.

그 그림이 상당히 마음에 들었나 싶어 가까이 다가가 보니, 그녀는 조용히 눈물을 흘리고 있었다.

그녀가 보고 있던 그림의 제목은 '안나와 유키코'.

백은의 세상에 서 있는 교복 차림의 두 소녀의 뒷모습. 주위가 새하얀 눈에 감싸진 채 손을 잡고 있는 그 모습은, 마치 세상에 그 둘만 존재하는 듯한 느낌을 주는 신비적인 아름다움과 아직 산뜻한 풋내가 났다. 소녀들의 옆모습은 거의 보이지 않았다. 그렇지만, 보이지 않는 그 표정에서 웃고 있는 두 순수한 얼굴이 상상됐다. 그런 오묘한 그림이었다.

명부에 적힌 이름 '코마츠바라 유키코'

그 그림의 제목 '안나와 유키코'와 같은 이름의 여성. 그 그림을 바라보며 눈물 흘리던 그녀.

만약 그녀가 그 그림의 모델이라면, 로렌에 대해서 무언가 알고 있을지도 모른다.

운 좋게도 명부에는 그녀의 주소와 전화번호가 적혀있었다. 나는 망설임 없이 휴대폰을 꺼내 그녀의 전화번호를 입력했다.

여러 차례 연결음이 들린 후, 기계적인 아나운스의 자동응답기 소리가 들려왔다.

"코마츠바라 유키코 씨의 휴대전화 맞나요? 안녕하세요. 오카모토 코우스케라고 합니다. 요전번 개최한 개인전 '별의 로렌전'의 주최자입니다. 사실 그날 전시하고 있었던 '안나와 유키코'에 대해서 조금 여쭤보고 싶은 게 있습니다. 나중에 다시 전화 하겠습니다."

그날 밤. 집에 돌아와 휴대전화를 확인하니, 어느샌가 코마츠바라 유키코 씨로부터 연락이 와 있었다. 내가 곧장 전화를 걸자, 그녀가 전화를 받아주었다.

"코마츠바라 유키코 씨인가요. 전화 주셔서 감사합니다. 저는 오카모토 코우스케라고 합니다. ……맞습니다, 그 개인전의 주최자로서……."

그때, 방문에서 콩콩 노크 소리가 들렸다.

"코우스케? 슬슬 밥시간인데……."

얼굴을 내민 어머니는, 내가 전화하고 있는 모습을 보고

"앗."이라 말하듯 입에 손을 대었다. 나는 손으로 전화를 가리고, "바로 갈게."라고 거의 입 움직임만으로 전했다.

간단한 이야기를 마친 뒤, 나는 바로 전화를 끊고 황급히 주방으로 향했다.

내일은 일요일. 나와 코마츠바라 유키코 씨는 내일 만나서 얘기하기로 했다.

다음 날, 우리는 아틀리에 주변 역 근처에 있는 오래된 찻집에서 만나기로 했다.

약속시각 까진 아직 조금 남아있었지만, 가게 안으로 들어가자 입구에서 잘 보이는 자리에, 전화로 얘기한 선명한 파란색 숄을 두른 누군가를 기다리는 여성이 있었다. 허리를 꼿꼿이 펴고 앉아있는 그녀는, 틀림없이 그 그림 앞에서 울고 있던 여성이었다. 나는 그녀에게 다가갔다.

"코마츠바라 씨인가요?"

그녀는 슥 일어나더니 "네."하고 대답했다. 일어서는 그 동작에는 군더더기가 없었다. 어젯밤 들은 올곧고 깔끔한 목소리였다.

"오카모토 코우스케입니다. 처음 뵙겠습니다."

"처음 뵙겠습니다. 코마츠바라 유키코입니다."

아름다운 자세로 인사를 건넨 그녀는, 정말 지적인 여성처럼 보였다.

나는 자리에 앉아 빠르게 주문을 한 뒤, 바로 본제에 들어갔다.

"불러서 죄송합니다. 어젯밤에도 조금 말씀드렸지만, 전 지금 그 그림을 그린 로렌의 행방을 찾고 있습니다."

그녀는 "네." 하고 고개를 끄덕였다.

"단도직입적으로 여쭙겠습니다. 그 그림, '안나와 유키코'라는 그림의 모델은 코마츠바라 씨 당신인가요?"

그녀는 지그시 내 눈을 바라보았다. 희미하게 지은 웃음은 어딘가 쓸쓸해 보였다.

"아마, 맞을 거예요." 그녀는 짧게 대답했다.

"로렌에 대해 가르쳐주실 수 있나요? 어떤 사소한 것이라도 괜찮습니다. 그는 벌써 십 년째 행방불명이에요."

내 말에 그녀는 눈을 가리고서 생각하는 듯한 몸짓을 취했다. 그리고 한 쪽 눈썹을 추켜세웠다.

"십 년이나?"

내가 "네."라고 대답했을 때, 마침 주문한 아이스커피가 나왔다. 점원이 떠나자 그녀는 입을 열었다.

"안나가 더 로렌과 사이가 좋았어요. 전 몇 번인가 얘기를 나눴던 정도라 잘 몰라요. 미안해요."

'안나'. 그 그림의 또 다른 한 소녀를 말하는 것이다. 역시 그녀도 실존 인물이었다.

나는 "그……."라고 운을 띄우며 흥분을 감추고 물었다.

"잘못 본 것이라면 죄송하지만, 그날 당신은 그 그림을 보며 울고 있었던…… 것 같은데……."

그녀는 다시 옅은 미소를 지었다. 아까보다 쓸쓸함이 더해진 것 같은 느낌이 들었다.

"그건…… 그리워서……."

그녀는 눈을 작게 뜨고 말했다. 난 그 의미를 이해하지 못해 "안나 씨가 그리워서인가요?"라고 질문을 더 했다. 무례한 질문임에도 불구하고, 그녀는 싫은 기색을 보이지 않았다. 그녀는 눈을 감듯이 한 번 천천히 깜빡이고는, 조용히 입을 열었다.

"안나와는 만날 수 없게 되어버렸으니까요."

너무나도 애틋한 그 표정에, 사적인 일을 어디까지 물어봐도 될지 주저했다. 내가 머뭇거리고 있는 것을 눈치 챘는지, 그녀는 "소식이 끊겨버렸어요."라고 이어 말하곤 또다시 희미한 웃음을 지었다.

"……다투셨나요?"

머뭇머뭇 물어본 내게 그녀는 고개를 저었다.

"제가 기억하기론 다투지 않았어요. 정말 말 그대로 갑자기 소식이 끊겨버렸을 뿐."

갑자기 소식이 끊기다니. 머릿속에서 행방불명인 로렌과 겹쳐, '실종'이라는 두 글자가 떠올랐다. 난 그걸 그대로 물어봤다.

"혹시 실종, 이라는 가능성도……?"

그녀는 "으음…."하고 낮은 목소리를 내며 고개를 갸웃거리더니, 미간을 찌푸렸다.

"모르겠어요. 정말 아무것도 모르겠어요. 휴대폰 번호도 메일주소도 어느 연락처도 모르게 된 뒤로 3년이나 지났으니까. 제가 싫어졌을 뿐일지도 모르죠. 전 그녀를 특별하다고 생각하고 있었는데……. 제 착각이었던 걸지도 모르겠네요."

그녀의 눈은 깊은 슬픔에 빠져있었다.

난 차마 "그렇군요."라는 말을 건넬 수 없었기에, 무슨 말을 건네야 할지 필사적으로 생각하며 빨대에 입을 대었다.

이대로라면 로렌과의 접점을 찾기 힘들다고 생각했다. 그녀처럼 미간을 찌푸리고 있는 나를 보고 그녀는 분위기를 바꾸려는 듯 "그래서."라고 목소리의 톤을 높여 말했다.

"저도 오카모토 씨에게 부탁드리고 싶은 일이 있는데."

나도 그녀의 분위기에 맞춰 밝게 "뭔가요?"하고 대답했다.

"그 그림을 팔아줬으면 해요."

팟 하고 빛이 내려온 기분이 들었다. 그건 내게도 기쁜 제안이었다. 그림의 모델이 된 사람의 손에 작품이 건네진다면 분명 로렌도 만족하리라.

"그 그림이라면 '안나와 유키코'말씀하시는 거죠?"

그녀는 "네."하고 해맑게 끄덕이고는, 이어서 "그런데……."하고 눈썹꼬리를 내렸다.

"가격이 조금, 지금 바로 준비할 수 있는 액수가 아니라서 조금 상담 드리고 싶은데, 할부는 조금 어려울까요."

나는 "할부입니까."하고 그 말을 반복했다. 그런 구체적인 거래 방법에 대해서는 편지에 적혀있지 않았고, 본인과 연락이 되지 않기에 확인할 수도 없다.

"지금으로선 무할부, 현찰로만 거래하고 있습니다."

내 대답에 그녀는 "그렇군요……."라고 말하며 어깨를 떨궜다. 나는 미안한 마음이 들었다.

"제가 그렇게 결정했다기보단, 로렌의 지시에는 '현금을 계좌로 송금하도록'이라는 말밖에 적혀있지 않아서, 제 마음대로 할부로 팔기는 힘들다고 해야 할까……."

그녀는 뭔가 이상한 듯 조금 고개를 갸우뚱거렸다.

"방금 얘기대로라면 로렌은 행방불명이죠?"

나는 "네."하고 끄덕였다. "살짝 이야기가 복잡한데, 전 로렌의 그림을 대신 관리하고 있을 뿐, 그와는 연락이 안 됩니다. 이번에 개인전을 개최하게 된 것도 어느 날 갑자기 로렌으로부터 편지가 와서 그렇고."

그건 정말 급작스러운 일이었다.

아틀리에의 우편함 안에, 우표도 붙어있지 않은 채 들어있던 한 통의 편지.

언제부터 그 안에 들어있던 건지도 모른다. 그날, 아무 생각 없이 우편함을 확인한 것도, 평소라면 적당히 버려버리는 전단지를 제대로 확인한 것도, 지금 생각해보면 다 이 일의 전조였던 것일까. 기묘한 우연이다.

나는 가방에서 그 편지를 꺼내어 그녀 앞에 놓았다. 그리고 내게 "봐도 괜찮나요?"라고 묻는 그녀에게 "네."라고 말하며 건네주었다.

악필로 쓰인 편지는 '부탁이 있습니다. 그림을 팔아주세요. 매상의 1할을 드릴 테니, 경비 등으로 사용해주시고 남은 금액을 이 계좌번호에 보내주세요.'라는 내용뿐이었다.

편지 끝에는 그림에도 반드시 들어가는 상형문자 같은 로렌의 사인과 들은 적 없는 은행 이름과 지점명, 그리고 계좌번호로 생각되는 숫자가 나란히 적혀있었다.

"이것뿐인가요?"

그녀는 편지를 찬찬히 보고선 의아한 듯 나를 바라보았다.

그녀가 뭘 말하고 싶은지는 바로 알 수 있었다. 그 편지가 진짜라는 증거는 어디에도 없었으니까.

그래도 난 자신을 가지고 "네."라고 대답했다.

"전 이 편지를 진짜라고 생각하고 있습니다. 이 더러운 글씨는 로렌의 글씨와 닮아있고, 적힌 사인도 그의 사인과 같아 보입니다. 그리고 왠지 모르게, 이런 말하면 이상하게 들릴지도 모르겠지만, 왠지 모르게 진짜인걸 알겠다고 할까……. 무엇보다, 로렌이 제게 '부탁'을 하는 건 처음이라서, 어떻게든 들어주고 싶었습니다."

"그래서 개인전을?"

나는 그렇게 물어보는 그녀에게 설명했다.

"대체 어떻게 그림을 팔아야 할지 도무지 안 떠올라서, 미대에 다니는 친구에게 상담했습니다. 마침 그 친구의 삼촌이 갤러리를 운영하고 있었고, 무명작가를 지원하는 걸 좋아하시는 분이라고 들어, 그 삼촌분을 한 번 아틀리에에 초대하자 그분이 로렌의 그림을 무척 마음에 들어하시고는 아주 싼값에 갤러리를 빌려주셨습니다. 덕분에 개인전을 열 수 있게 되었고, 가격도 그분이 이 작가의 그림은 싸게 책정하지 않는 게 좋다고 충고해 주셔서, 조금 높게 잡게 되었습니다."

말이 많아진 내게 그녀는 상냥하게 맞장구치며 얘기를 들어주었다.

"가격에 관해선, 로렌의 소중한 그림을 헐값에 팔고 싶지 않다는 속내도 있었지만, 조금 덧붙이자면, 제 개인적으론 별로 팔고 싶지 않다고 해야 하나. 계속 갖고 있고 싶다고 해야 하나. 이런 말 하면 안 되지만 좀 그렇죠."

내가 쓴웃음을 짓자 그녀가 상냥하게 웃었다.

"오카모토 씨는 로렌의 그림을 많이 좋아하시나 봐요."

나는 조금 부끄럽다고 생각하면서도 "네, 많이 좋아합니다."라고 솔직히 답했다. 내 말을 듣고 그녀는 다시 싱긋 웃었다.

"조금 주제넘은 질문일 수도 있는데, 오카모토 씨와 로렌은 어떤 관계인가요?"

그녀의 질문에 뭐라 해야 할지 조금 망설였다. 그리고 솔직한 내 생각을 말하기로 했다.

"로렌은 제 소중한 친구입니다."

"친구?"

"네, 나이 차이가 나는 친구예요."

나는 잠시 한숨 돌리듯, 아이스커피 잔에 손을 뻗었다. 하지만 잔은 이미 비어있었기에 어쩔 수 없이 나는 물을 한 모금 마시고, 다시 작게 숨을 내쉬었다.

"사실은 저, 시설에 있던 적이 있습니다."

그녀의 눈이 조금 커졌다. 놀란 감정을 빠르게 감추려고 하는 듯한 표정이었다.

예전에도 내가 이런 얘기를 꺼냈을 때, 비슷한 표정을 몇 번인가 봤다. 이 외엔, 호기심 가득한 눈으로 바라보거나, 과도한 동정을 표현하는 사람도 있었고, 어째선지 혐오감을 나타내는 사람도 있었다.

그런 그녀의 반응은, 그녀가 타인에 대해 상냥함을 가지고 있다는 것을 말해주었다.

"그렇다고 해서, 그렇게까지 특수한 환경에 있었던 건

아니고, 한때 시설에 있었을 뿐, 그 외엔 아주 평범한 가정에서 자랐습니다. 그러니 딱히 신경 쓰지 않으셔도 돼요."

그녀는 상황이 이해되지 않는 듯 "그런가요……."라고 말하며 조금 복잡한 표정을 지었다.

"아마 시설에 들어가기 한 달 전쯤이었나. 공원에서 로렌과 처음 만났어요. 그때부터 여러 얘기를 주고받게 되었죠. 뭐, 실제로는 얘기를 주고 받았다기보단, 로렌이 일방적으로 얘기해 줬을 뿐이지만. 로렌은 절 구해준 것이나 다름없어서 아주 특별하고 소중한 사람입니다."

그녀는 눈을 작게 뜨고 끄덕였다.

"일단 개인적으로 당신에게라면 그림을 팔고 싶습니다. 소중한 그림을 어디서 굴러먹던 개뼈다귀인지도 모르는 미술상에게 파는 것보다, 당신 같은 분이 가지고 계셨으면 합니다."

그녀는 "어디서 굴러먹던 개뼈다귀인지도 모르는 미술상?"하고 웃으며 "감사합니다."라고 작게 고개를 숙이며 말했다.

그녀에게 있어서 그 그림이 특별하다는 건 알았다.

어떻게 그녀에게 그림을 팔 수 없을까. 나는 잠시 두루 생각했다.

"그래, 예약은 어떨까요?"

그녀는 내 말을 듣자 얼굴에 화색이 돈 것 같았다.

"로렌과 연락이 닿을 때까지. 혹은 코마츠바라 씨가 현찰을 준비하실 때까지, 무기한 예약을 거는 건 어떨까요."

보면 볼수록 그녀의 얼굴에 웃음꽃이 피었다.

"정말 그래도 괜찮나요?"

기쁨을 주체할 수 없는 그녀를 보자, 난 좋은 일을 한 기분이 들었다.

"네. 당신의 손에 건네지면 분명 로렌도 기뻐할 거라고 생각해요."

그녀는 진심으로 기쁜 듯 "감사합니다."라고 말하며 깊게 머리를 숙였다.

소식이 끊긴 옛 친구와의 그림. 그건 그녀에게 분명 큰 돈을 쓸 만한 가치가 있는 소중한 것이리라. 어쩌면 로렌은 이렇게 되길 바라고 내게 그림을 맡긴 게 아닐까. 그런 생각마저 들었다. 기분이 고양된 나는 "만약 괜찮다면, 이따가 '안나와 유키코'를 보러 아틀리에에 오지 않겠어요?" 라고 그녀에게 말했다. 그러자 그녀의 눈동자가 확연히 반짝이는 것이 보였다.

"사실 개인전에서 발표하지 않은 그림도 많이 있습니다. 어쩌면 '안나와 유키코'외에도 안나 씨나 유키코 씨. 아, 실례했습니다. 코마츠바라 씨."

내가 말을 고치자 그녀는 "유키코라고 하셔도 괜찮아요."라며 웃었다. 덩달아 나도 살짝 웃었다.

"감사합니다. 안나 씨와 유키코 씨 두 분과 관련된 그림이 더 있을지도 모릅니다."

"로렌은 대체 얼마나 그림을 남겼나요?"

유키코 씨가 눈을 반짝인 채 물었다.

"그건, 눈으로 직접 봐주시길 바랍니다."

우리들은 가볍게 시선을 맞추고선, 동시에 일어났다.

"대단해……."

유키코 씨는 아틀리에에 한 발 디딘 순간 숨을 삼키고 멈춰 섰다. 그리고 입을 다문 채 고개만 천천히 좌우로 움직였다.

"이렇게 많을 줄은 몰랐어요."

벽이란 벽을 다 메우듯이 크고 작은 그림이 걸려있었고, 미처 걸지 못한 캔버스가 벽에 기대듯 겹쳐져 바닥에 놓여있었다. 방 한가운데에는 크기가 제각각인 이젤이 세

개 놓여있었고 그 위에도 그림이 걸려있었다.

"대단하죠. 개인전에서 공개한 건 풍경화를 중심으로 한 극히 일부입니다."

나는 마치 자기가 그린 것처럼 자랑하듯 말했다.

유키코 씨는 눈을 반짝이며 그 색채에 넋이 놓인 채, 천천히 시계방향으로 실내를 걸었다. 그리고 벽에 걸려있던 '안나와 유키코'를 발견하고는 그 앞에 멈춰 섰다.

"왜 풍경화를 주제로 정했나요?"

유키코 씨는 '안나와 유키코'를 바라본 채 조금 차분한 목소리로 말했다.

"얼굴이 확연히 드러나는 초상화는 내놓지 않았는데, 모델이 누군지도 몰랐던 것도 있고, 멋대로 전시하거나 팔기라도 하면 문제가 생길지도 몰라서 그랬습니다. 그리고 역시 이 '별이 내리는 집'들을 중심으로 보여주고 싶었으니까요."

유키코 씨는 "그렇구나…"하고 작게 말하고선 다시 천천히 다리를 움직이기 시작했다.

하나하나 시간을 들여 그림을 감상하고 있던 유키코 씨가 갑자기 멈춰 섰다. 무언가 신경 쓰이는 그림이 있구나 하고 가까이 가보니, 그녀는 눈을 크게 뜨고 있었다.

"무슨 일 있나요?"

유키코 씨는 마치 내 목소리가 들리지 않기라도 하듯 그저 한 장의 그림을 바라보고 있었다.

그 그림은 '소녀A'였다.

로렌의 그림 중 비교적 수가 적은, 얼굴이 자세하게 그려진 초상화로서, 개인전에서 공개하지 않은 작품이었다.

마치 모나리자처럼 옅은 미소를 띈 여성이 이쪽을 바라보고 있었다. 그 눈빛은 따뜻하고, 여신처럼 상냥했으며, 피부의 질감부터 시작해, 머리카락 한 올 한 올, 구석구석 섬세하고 정성스럽게 그려진, 로렌에게 손뼉을 치고 싶을 정도로 매우 세밀한 그림이었다.

"이 작품이 어때서요?"

그렇게 물어봐도 유키코 씨는 망연한 얼굴로 '소녀A'를 바라본 채 서 있었다.

잠시 조용한 분위기가 감돌고, 드디어 숨을 쉬기라도 하듯, 유키코 씨의 갈라진 목소리가 들렸다.

"…………안나에요."

그 말을 들은 직후엔 감이 오지 않았다. 하지만 이내 그 이름이 뭔지 깨달았다.

나는 그 말에 놀라, 뒤돌아 '안나와 유키코'를 보았다.

하지만 역시 '안나와 유키코'는 얼굴이 제대로 그려져 있지 않았다.

유키코 씨는 한걸음, 한걸음, 그림에 빨려 들어가듯 가까이 다가갔다.

"입고 있어……."

유키코 씨가 목소리를 쥐어짜듯이 말했다.

"어떤걸요?"

나는 유키코 씨에게 물었다.

"내가 선물해준 스웨터, 입고 있어……."

유키코 씨는 '소녀A'를 향해 오른손을 뻗어, 그 손가락 끝이 소녀의 머리에 닿기 직전에 멈추었다. 그리고는 마치 섬세한 유리 세공품을 문지르듯, 그 닿지 않은 손가락을 살짝 움직였다.

"소식이 끊긴 뒤에, 유일하게 알고 있던 주소로 크리스마스 선물을 보냈어요. 빨간 스웨터…… 이 빨간 스웨터. 이음새가 특징적이라 예쁘고, 선명한 이 빨간색…… 틀림없어."

허공에서 멈춘 그녀의 손가락은, 작게 떨리고 있었다.

빨간 스웨터를 입고 미소 짓는 그 여성을 바라보았다. '소녀A'의 'A'는 단순한 호칭이라 생각했는데, 안나의 'A'

였던 건가.

그녀가 '안나'씨.

유키코 씨가 사이좋게 지내던 친구이자, 로렌처럼 갑자기 사라진 여성.

"어째서 안나의 그림이……."

그렇게 내뱉은 순간, 유키코 씨는 숨을 들이켜고 동그란 눈으로 급하게 뒤를 돌아봤다.

"로렌은 안나가 어디 있는지 안다는 거죠?!"

내 심장이 요동쳤다.

"그도 그럴게 이거, 이 스웨터…… 연락이 끊긴 뒤에 보낸 거야. 그 뒤에도 안나와 로렌은 만나고 있었다는 말이죠!? 만나서 이 그림을 그린 거야……."

침을 삼키는 내게 유키코 씨가 다가오며 다시 말했다.

"로렌은 안나가 어디 있는지 안다는 거죠?!"

나는 "잠깐 진정해주세요."라고 말하며 양손으로 제지했다.

"잠시 상황을 정리합시다."

유키코 씨는 흥분이 가라앉지 않은 채 고개를 끄덕였다.

"분명 안나 씨와 소식이 끊기게 된 건……."

"대학교 3학년 때의 겨울이에요. 새해 복 많이 받으라는 메일을 서로 주고받은 게 마지막이었죠. 조금 지나고 메일을 보냈을 땐 이미 주소가 바뀌어 있었고, 그땐 그저 휴대전화가 고장 난 거라 생각했어요. 하지만, 결국 그대로."

점점 내 심장 소리가 커졌다. 로렌과 가까워 보이는 인물을 이렇게 빨리 찾게 될 줄이야. 하지만 그녀 또한 행방불명이다.

"그, 실례지만 유키코 씨는 지금 나이가 어떻게 되시나요?"

유키코 씨는 순간 눈썹을 올리며 "진짜 실례되네."라고 긴박한 분위기를 풀려는 듯 웃었다.

"죄송합니다."

내가 미안해하자, 그녀는 아직 조금 붉게 물든 얼굴로 "올해로 스물다섯이에요."라고 상냥하게 대답했다.

"그럼 유키코 씨와 로렌이 마지막에 얘기한 건……."

"고등학교 3학년 때니까…… 으음, 7년 전. 우와 벌써 그렇게 됐구나……."

유키코 씨가 질색하는 표정에 나도 모르게 웃음이 나왔다.

"코우스케 씨가 로렌과 마지막에 만난 건 언제라고 했

죠?"

어느샌가 나를 부르는 호칭이 '코우스케 씨'로 바뀌었다.

"제가 초등학교 5학년일 때니까, 벌써 10년 정도 지났네요."

"그렇다는 건…… 아직 스무 살 정도?"

유키코 씨가 눈을 동그랗게 떴다. 나를 처음 본 사람들은 대개 나를 실제 연령보다 높게 본다.

"아직 열아홉, 대학교 2학년입니다. 올해로 스무 살이에요."

"어, 아직 미성년자야!? 대단하네."

뭐가 대단한 건지 모르겠지만, 나는 진지한 얼굴로 "아무래도 조금 노안인 것 같아서."라고 말하자 유키코 씨는 후훗 하고 웃었다.

"그럼 로렌은 코우스케와 마지막으로 만나고, 적어도 3년은 오사카에 있었다는 거네."

내가 연하라는 걸 알게 된 것도 있는지, 유키코 씨는 나를 점점 허물없이 대하게 되었다.

"의외로 아직 오사카에 있을지도. 아, 그래도 안나와 만났다면 도쿄겠네…. 그래도 이 '소녀A'가 이 곳에 있다는 건, 오사카로 돌아왔다는 거고……. 하지만 안나가 돌아왔을 가능성도……."

유키코 씨가 혼잣말처럼 중얼거리는 한편, 나는 내 나름대로 상황을 정리했다.

"이 '소녀A'가 그려진 게, 안나 씨가 도쿄에 가고 유키코 씨와 연락이 끊기고 나서 빨간 스웨터를 선물로 보낸 뒤, 라는 거죠."

"맞아. 대학교 4학년 때 크리스마스에 보냈으니까 3년 전."

그렇게 말하고 유키코 씨는 "근데 이상하지 않아?"라고 말하며 미간을 찌푸렸다.

"뭐가 이상한가요?"나도 진지한 표정을 지으며 말했다.

"나랑 안나는 같은 나이니까, 이 그림의 안나는 스물두 살 보다 많지 않으면 이상하잖아?"

나는 바로 "그래서?"라고 말했다.

"그런데 제목이 '소녀A'? 스물 둘 넘어서도 소녀인가…."

유키코 씨는 천천히 '소녀A'에 얼굴을 가까이했다.

솔직히 그건 나도 그림을 봤을 때 느낀 위화감이었다. 확실히 '소녀'라 부르기엔 모델이 조금 성숙한 것 같았다.

하지만 제목은 로렌의 감성인지라 뭐라 할 수 없다.

“그건 뭐…… 로렌이 보기엔 아직 소녀였다는 걸지도…….”

나는 애매모호하게 말했다. 그림을 빠질 듯이 바라보고 있는 유키코 씨는, 눈가에 힘을 풀더니 “소녀라…….”하고 뭔가 그리운 듯 작게 말했다.

“그, 아직 그림을 전부 못 봤죠? 어쩌면 다른 그림 중에도 두 분과 관계된 게 있을지도 모릅니다. 찾아보지 않겠어요?”

그 말에 유키코 씨는 제정신으로 돌아온 듯이 “맞네!” 하고 손뼉을 쳤다.

아까와는 다르게 조금 빠른 걸음으로, 그렇지만 하나하나 제대로 확인하며 유키코 씨는 모든 그림을 보며 돌아다녔다. 그리고는 벽에 기대어진 그림 중 한 장을 꺼내었다.

“뭔가 찾았나요?”

그녀는 ‘유키’라고 제목이 붙은, 교복을 입은 소녀가 눈밭 속에 우두커니 서 있는 그림을 보고 있었다. 행복해 보이는 ‘안나와 유키코’와는 대조적이게, 쓸쓸해 보이는 소녀의 옆모습이 보이는 그림이었다. 길 잃은 어린 아이 같은 눈을 한 그 소녀를 보고 나는 나도 모르게 숨을 죽였다. 소녀는 유키코 씨와 닮아있었다.

"이 그림도 무언가 관계가 있어 보이나요?"

내 질문에 유키코 씨는 조용히 조금 생각하다, "있잖아……."하고 입을 열었다.

"아까 카페에서 로렌이 친구라고 말했었지? 그래서 그림의 관리를 맡고 있다고."

나는 "네." 하고 대답했다.

"괜찮으면 로렌에 대해 조금 더 자세하게 들을 수 있을까?"

나는 조용히 끄덕였다.

그건 로렌과 만나고 2년이 지날 무렵이었다.

있는 용기를 짜내어 딱 한 번 로렌에게 말한 것이 있다.

"나를 로렌의 아들로 삼아줘."

로렌은 캔버스를 향한 채 아무 말도 하지 않았다.

"그래."라고 말해주지 않아서 눈물이 나올 것 같았다.

"그러면 더 좋은 아이가 될게."

로렌은 역시 이쪽을 봐주지 않았다. 나는 애써 울지 않으려 입술을 깨물었다.

"그럴 필요는 없어."

로렌의 풀솜 같은 목소리가 머리 위를 포근하게 감쌌다. 고개를 들어 로렌을 보자, 그는 그대로 캔버스를 향해 있었다.

"왜?"

나는 입술을 깨물 듯이 삐죽였다. 분함과 슬픔이 섞여서, 이유는 모르겠지만 좌우간 내 입술에는 힘이 꽉 들어가 있었다.

"넌 충분할 정도로 좋은 아이야. 그 이상 좋은 아이가 되면 안 돼."

"왜?"

로렌은 천천히 돌아 내 쪽을 바라보았다. 그 눈은 풀솜 같은 목소리처럼 부드럽고, 상냥했다.

"어른에게 형편 좋은 아이가 되면 안 돼."

나는 그 부드러운 시선에서 도망치듯 눈을 피했다.

"잘 모르겠어……."

좋은 아이가 되면, 로렌은 더욱 나를 좋아해 줄 거라 생각했다. 더 좋은 아이가 돼서, 더 날 좋아해 줬으면 했다. 더는 소중한 사람이 떠나지 않았으면 했다. 이제는 혼자 남겨지고 싶지 않았다. 어린 애 혼자서는 살아갈 수 없다는 걸, 난 뼈저리게 알고 있었다.

"코우스케."

로렌이 처음 내 이름을 불러줬다. 나는 깜짝 놀라 로렌을 보았다.

그는 미소 짓고 있었다. 평소처럼 '하하하'하고 입을 크게 열고 웃을 때와는 전혀 달리 부드러웠다. 뾰족한 가시를 전부 깎아 없애고, 정성스럽게 줄질한 듯한 그런 보송보송하고 둥근 웃음이었다.

"너는 네 생각대로 살면 돼. 자기 마음에 솔직해지는 게 가장 중요하지. 그게 가장 소중한 거야."

나는 조금 아쉬웠다. 그도 그럴 게 방금 용기를 내어 꺼낸 말은 지금까지 한 말 중 가장 솔직한 말이었으니까. 가장 전하고 싶은 말이었으니까. 내가 그렇게 생각하고 있자, 로렌은 마치 내 마음을 알기라도 하다는 듯이 말했다.

"나는 코우스케의 아빠가 될 순 없어. 하지만 친구라면 될 수 있지."

그래도 나는 불만이었다. 왜냐하면 난 예전부터 로렌을 친구라 생각하고 있었다. 로렌은 그런 내 마음도 눈치 챈 듯 이어서 말했다.

"아빠보다 친구가 훨씬 좋아. 아빠보다 더 길게 같이 있을 수 있고 코우스케가 다 큰 뒤에도 계속 같이 놀 수 있어. 좋지?"

나는 마지못해 끄덕였다.

"나랑 친구로 있어 줄 수 있어? 그냥 친구가 아니고 아주 친한 친구."

나는 방금보다 더 크게 끄덕이고 목소리를 내어 "응." 하고 말했다.

"고마워."

로렌은 이를 보이며 웃었다. 조금 전까지와의 미소와는 다른, 평소의 씨익하고 웃는 얼굴이었다.

"로렌 이빨 다 썩어 빠졌네."

내가 그렇게 말하자, 로렌은 "뭐라고?!"라며 과장되게 놀라곤 내 머리를 꾸깃거렸다. 어머니의 부드러운 손과는 달리, 로렌의 손은 크고 울퉁불퉁했다. 로렌은 내게 얼굴을 가까이 대더니 방금보다 더 크게 히죽 하고 이를 보였다.

"제대로 이빨 안 닦으면 너도 이렇게 된다."

그렇게 말하고서 로렌은 이히히 하고 마녀처럼 웃었다. 덩달아 나도 웃었다. 로렌은 다시 둥근 미소를 짓고는 혼잣말처럼 말했다.

"그래. 솔직한 게 가장 좋은 거야."

그때부터 나는 로렌에게 생각하고 있는 그대로 말하게 되었다. 이런 걸 말하면 미움 받을지도 몰라, 이런 생각도 하지 않게 되었다. 그도 그럴 게 우리는 '친구'다. 로렌은 이런 말도 했다.

"정말 사이가 좋으면 싸워도 돼. 싸워도 제대로 화해하는 게 친구지. 상대방을 소중하게 생각해준다면 영원한 친구야."

로렌을 소중하게 생각하는 건 무척 간단한 일이다. 그렇기에 난 이제 무섭지 않았다. 솔직한 마음을 보여줄 수 있었고, 싸워도 화해할 수 있었다. 왜냐하면 소중한 친구니까. 나는 더욱 더 많이 로렌과 얘기하게 되었다. 아니, 로렌에게 얘기하게 되었다. 내가 생각하고 있는 것을 많이 얘기했다. 그리고 어느샌가, 아무에게도 말투가 이상하다고 듣지 않게 되었다. 잘 어울리지 못했던 반 아이들과도 점점 말을 붙일 수 있게 되었다. 같은 나이의 친구도 생겼다.

하지만 갑자기 그 날은 찾아왔다. 로렌이 입원했다.

그리고 얼마 지나고 로렌은 병원에서 모습을 감췄다. 내게 쪽지 하나만 남기고 말이다.

초등학교 5학년. 여름이 다 지나갈 무렵이었다.

간호사에게 건네받은 건 24색 색연필과 새하얀 스케치북 그리고, 아틀리에의 열쇠와 '그림 잘 맡아줘.'라고 적혀진 찢어진 종잇조각이었다.

그 이후, 약 10년 사이, 로렌이 모습을 나타내는 일은 없었다.

"그래서 이번에 편지를 발견하기 전까진 로렌이 죽었다고 생각하고 있었습니다. 살아있었다면 더 빨리 찾을 걸 그랬죠……."

내 얘기를 조용히 듣고 있던 유키코 씨는 "그렇구나……."하고 작게 말했다.

"당당하게 친구라고 말할 수 있는 관계는 좋네."

유키코 씨는 다시 '안나와 유키코'의 앞으로 향했다. 그림 속에는 영원히 손을 잡고 있는 두 사람이 있다. 그 모습을 바라보는 유키코 씨는, 그날, 개인전에서 그 그림을 바라보고 있을 때처럼 당장이라도 울 것 같은 얼굴을 하고 있었다.

잠시 내가 입을 다물고 있자, 그녀가 "있지……."하고 입을 열었다.

"배 안 고파?"

어느새 점심시간이 훨씬 지나있었다.

"그러네요. 괜찮으면 뭐라도 먹으러 갈까요?"

내가 현관으로 향하자, 뒤에서 유키코 씨의 목소리가 들렸다.

"저기."

뒤를 돌아보자 그녀는 조금 의미심장하게 미소 짓고 있었다.

"맥날 가지 않을래?"

"맥날?"

그렇게 물어보는 내게 그녀는, "응, 맥날."이라 말하며 끄덕였다.

"코우스케한테 나랑 안나에 대해 들려주고 싶어져서."

유키코 씨는 그렇게 말하고, 몹시 슬퍼 보이는 웃음을 지었다.

유키코의 장

—

"뭐 보고 있어?"

갑자기 옆에 나타난 하얗고 길게 뻗은 다리를 따라 위를 올려 보자, 스커트를 지나서 안나의 예쁜 얼굴이 보였다.

"동영상."

나는 바닥에 궁둥이를 붙이고, 이상한 녹색으로 된 펜스에 기댄 채 대답했다.

"어떤 거?"

안나는 엉덩이가 땅에 닿지 않게 옆에 쭈그려 앉았다.

"그냥, 시바견."

나는 흘깃 안나를 보고선 말했다.

"귀여워?"

안나는 내 휴대폰을 들여다보며 그다지 흥미 없는 듯 물었다.

"키우고 싶어."

나는 동영상에서 눈을 떼지 않고 대답했다.

"키우고 싶구나."

안나는 역시 흥미 없는 듯이 받아쳤다.

"안나 강아지 좋아했던가?"

"음… 딱히……. 좋아하지도 싫어하지도 않아."

"역시 그렇지?"

안나는 항상 이렇다. 아무것도 좋아하지 않고, 아무것도 싫어하지 않는다. 먹는 것도, 노는 것도, 연예인도, 남자에 관해서도 그렇다. 저번 달에도 축구부에서 가장 인기 있는 타카하시에게 고백 받아서 사귀고 있었다. 하지만 얼마 지나지 않아 헤어졌다. 헤어진 이유는, 귀찮아졌다고 한다. 안나는 모든 것이 대해서 그다지 흥미가 없어 보였다.

"유키는 강아지 좋아해?"

안나가 내 얼굴을 보고 말했다.

"그거야 물론 키우고 싶을 정도니까 많이 좋아하지."

"그건 그런가."

안나는 작게 웃었다.

안나는 귀엽다. 아니 귀엽다기보다는 미인이다. 그런데 웃으면 또 귀엽다. 뭔가 치사하다.

"어디 가지 않을래?"

안나는 자리에서 일어나 하얗고 가는 다리를 교차시켰다. 난 포키 초코 같은 색을 한, 하지만 포키보다는 훨씬 늠름한, 내 근육질 다리를 내려다봤다.

"어디 가고 싶은데?"

"맥날."

"뭐 먹게."

"아이스크림."

안나가 조르듯이 눈웃음을 지었다. 정말 귀여웠다. 이 얼굴에 남자들이 다 반하는 거겠지.

"맥날 가서 얘기하지 않을래?"

안나가 고개를 옆으로 기울였다. 긴 머리가 살랑살랑 바람에 날렸다. 은은한 바닐라 향이 났다. 내 머리는 햇볕에 탄 푸석푸석한 단발머리였다. 바람이 불어도 데오드란트 냄새밖에 나지 않았다.

"무슨 얘기 하는데."

"음…… 여러 가지."

난 안나가 싫지는 않았다. 그렇지만 안나는 아마, 누구도 싫어하지 않는다. 반에는 여러 그룹이 형성되어 있는데, 나와 안나가 속한 그룹은 서로 달랐다. 안나는 반에서 가장 잘나가는 그룹에 있었고, 난 이미 은퇴했지만, 소프트볼이나 다른 운동부 애들과 같은 그룹이다. 같은 그룹 사람이랑 놀면 될 텐데, 안나는 언제나 수업이 끝나면 곧장 돌아간다. 조금 이상한 아이다.

내가 "맥날?"이라 말하며 천천히 일어나자, 안나는 "응!"하고 기쁜 듯이 웃었다.

강한 햇빛이 안나의 밤색 머리를 금색처럼 보이게 했다. 살랑살랑 흐르는 머리가 시냇물의 여울처럼 빛나서, 무척 눈부셨다.

공통된 주제가 하나도 없을 것 같은 나를 왜 부른 건지 모른 채, 우리들은 맥도날드로 향했다. 아이스크림이 먹고 싶다고 말했던 안나는, 어째선지 나랑 같은 감자튀김과 콜라를 주문했다. 고등학생이 북적이는 가게 안에서, 우리는 최근 나온 드라마 얘기를 하거나, 서로의 휴대전화의 음악 재생 목록을 확인하거나, 여고생답게 연애 이야기를 하기도 하며, 느긋하게 감자튀김을 먹었다.

그리고 감자튀김도 슬슬 다 떨어질 때였다.

"사실은 나 엄청 미움 받고 있어."

느닷없이 안나가 그렇게 말했다.

난 잠시 망설이다가, "누구한테?"라고 최대한 태도를 유지하며 말했다.

"같은 그룹 아이한테."

"그래……?"

안나는 쓸쓸한 듯이 "응."하고 끄덕였다.

"기분 탓 아니야? 안나는 학교 끝나고 바로 돌아가잖아. 가끔은 애들이랑 같이 노는 게 어때?"

"부모님이 이혼하고 어머니는 중학교 3학년 때 돌아가셔서, 지금은 할머니랑 둘이서 살고 있어. 할머니 나이도 있으시니까 적어도 학원 안 가는 날에는 집안일 도와 드려야지. 최근 들어 몸 상태가 많이 안 좋으시기도 하고."

아무것도 모르던 난 놀라서 "그렇구나."라고 말했다.

안나는 마지막 남은 감자튀김을 손가락 끝으로 잡고서는, 입으로 넣으려 하지 않고 가지고 놀듯이 움직이며 말했다.

"나만 빠져있는 라인 톡방이 있다더라."

나는 감자튀김과 비슷할 정도로 얇은 안나의 손가락을 바라보고 있었다.

"유키는 즐거워 보여서 부럽다고 생각했어. 모두 좋아해 주고, 언제나 웃고 있어서…… 부러웠어."

"부러워!?"

안나가 한 말에 나도 모르게 눈이 커졌다. 안나는 그런 나를 보고선, 종소리 같은 목소리로 웃었다.

"슬슬 집에 갈까."

평소와 다름없이 아무 일도 없었다는 듯한 얼굴로 그렇게 말한 안나는, 마지막 감자튀김을 입에 넣고서 트레이를 손에 들고 일어났다.

"유키코 오늘은 고마워."

그 말을 듣자 내 양팔에 소름이 돋았다.

"유키코라고 부르지 마."

"왜?"

안나는 눈을 동그랗게 뜨고 고개를 갸웃거렸다. 귀여웠다.

"내 이름 싫어하니까."

"왜? 귀엽잖아."

그렇게 말하고 웃은 안나는 확실히 귀여웠다.

"하나도 안 귀여워. 나도 안나 같이 현대적인 이름이면 좋았을 텐데. 하다못해 안나가 '유키코'라는 이름이었다면 어울렸을 텐데. 이런 까무잡잡한 피부에 유키코라고 불려도 말이지."*

난 안나의 하얀 팔과 내 까만 팔을 슬쩍 비교해봤다. 그런 얘기를 들은 뒤였지만, 난 역시 안나가 부럽다는 생각

* 유키코는 '눈의 아이'라는 의미를 갖고 있다

이 들었다.

그다음 날이었다. 공원에서 안나를 보았다.

"안나!"하고 말을 걸자, 뒤돌아보며 "유키!"라고 외친 안나의 옆에는 이상한 아저씨가 있었다. 난 순간 흠칫하고 "누구?"라고 안나의 옆에 있던 낯선 아저씨에게 무례한 시선을 보냈다.

"로렌."

안나는 생긋 웃었다.

"……그게 누구?"

나는 쓴웃음을 지으며 말했다.

"내 친구야."

안나는 태평한 웃음을 지은 채 답했다.

안나는 역시 조금 어딘가 이상하다. 그게 내 솔직한 감상이었다.

"네가 유키코구나."

로렌이 씨익 웃었다.

수상하긴 했지만 어째선지 나쁜 사람처럼 보이진 않았다. 하지만 역시 안나가 걱정되었기에 난 그대로 둘의 옆에 앉았다. 한동안 얘기를 나눈 뒤, 안나가 음료 캔을 버리고 온다고 뛰어나가고, 나와 로렌만 남겨지게 되었다.

"어떻게 내 이름을 알고 있었어?"

난 아직 조금 로렌을 경계하며 말을 걸었다.

"안나한테 들었으니까."

로렌은 의미심장하게 히죽 웃었다.

"적어도 유키라고 불러주지 않을래?"

"왜?"

"유키코라는 이름 싫어하니까."

"그런 귀여운 이름의 어디가 싫은데?"

로렌에게 그런 말을 들어도 하나도 기쁘지 않았다.

"유키코라는 이름은 겨울에 내리는 눈(雪/유키)에 아이들의 아이(子/코)라고 써. 겨울에 태어났으니 유키코라니 단순하고, 낡았고, 애초에 난 까무잡잡하고, 근육질이라 눈이 어울리지도 않아. 적어도 안나같은 여린 아이였다면 유키코라는 이름이 어울렸을 텐데."

로렌은 하하하 하고 호쾌하게 웃었다.

"너 참 이상한 소리 하네. 한자는 다 낡았어. 아주 오래전부터 있었으니까."

그렇게 말하고 갑자기 로렌은 손가락으로 하늘을 가리켰다. 난 그 움직임에 이끌려 로렌의 손끝을 좇았다.

"눈은 아름답다고. 팔랑팔랑 내려와서 말이지, 손끝에

서 사르르 녹아버려. 눈이 내리지 않는 나라의 사람은 죽을 때까지 단 한 번이라도 좋으니 눈을 보고 싶다고 바란다고. 그 정도로 눈은 신비롭고 아름다운 거야."

로렌의 손끝에 마치 눈이 내린 것 같은 기분이 들었다.

"갓 태어난 넌, 네 부모에게 있어서 눈처럼 신비로운 존재였던 게 아닐까."

로렌은 손을 내리고 이쪽을 보고선 생긋 웃었다. 난 왠지 부끄러워졌다.

"아저씨 의외로 로맨티스트네."

"로맨티스트! 낯간지러운 소리를 하는구만."

안나가 로렌과 친구인 이유를 조금이나마 안 것 같은 기분이 들었다.

"로렌은 왜 로렌이라고 해?"

"글쎄다. 왜 그럴까. 옛날 일은 전부 까먹어버려서."

로렌은 안나처럼 조금 신기한 사람이었다.

그런 일이 있고부터, 안나가 신경 쓰이기 시작했다.

평소와 다름없이 안나는 귀여웠고, 평소와 다름없이 나와는 달랐다. 난 나와 다른 안나를 아마도 좋아했던 것 같다. 그건 일종의 동경에 가까운 감정이었을지도 모른다.

안나와는 교실에서 이따금 눈이 맞았다. 그때마다 우린

다른 누구에게도 들키지 않을 정도로 작게 웃음을 지었다. 하지만 나와 안나가 그 이상 사이가 좋아지는 일은 없었다. 이미 반 안에서 그룹이 형성되어 있었고, 나도 안나도 그걸 부수는 짓은 하지 않았다. 전처럼 안나는 안나의 그룹에서, 난 나의 그룹에서 지내며, 둘이 교실에서 얘기하는 일은 없었다.

그게 바뀐 건, 그날부터였다.

"유키, 들어갈래?"

완전히 어둠에 뒤덮인 학교의 교문 앞에서 안나가 말했다. 가위바위보에서 진 나와 안나는 둘이서 학교 축제에 필요한 물건을 사오게 되었다. 그리고 지금, 장을 다 보고 돌아가는 길이었다.

"학교에? 왜."

난 굳게 닫혀있는 문을 보며 말했다.

"교실에 짐 두고 오자. 이거 전부 들고 집에 갔다가 내일 또 갖고 오는 거 귀찮잖아."

그런 안나의 말에 난 양손 가득히 들려 있는 짐에 시선을 떨궜다.

"그렇긴 하네."

안나는 눈을 반짝이더니, 짐을 바닥에 놓고 교문에 양손을 걸쳤다.

"……뭐 하는데."

안나는 몇 번이고 바닥을 차며, 바둥바둥 하얀 다리를 움직였다.

나도 짐을 내려놓고 안나의 옆에 선 뒤, 교문에 손을 걸쳤다. 발을 높이 올려 무리하게 가운데 봉에 걸고, 기세 좋게 바닥을 차고 올라, 팔 힘으로 단번에 몸을 끌어올렸다. 아직 더운 늦여름 밤에 천천히 땀이 흘렀다. 문 위에 오르자, 바닥에 선 채 나를 올려다보는 안나가 있었다.

"짐 이리 줘."

안나는 앗 하고, 허둥지둥 짐을 모으고는, 그걸 한 번에 내게 건네려고 했다.

"잠깐, 하나씩 줘."

난 문 위에서 균형을 잡으며, 하나씩 받은 짐을 학교 안에 내려놓았다. 모든 짐을 옮기고서 나도 문 안쪽으로 뛰어내렸다. 안나는 아직 문밖에 있었다.

"잠깐. 미안, 어떻게 올라간 거야?"

안나는 초조한 얼굴을 하고 있었다. 처음 본 표정이었다. 조금 귀여웠다.

"거기에 발 걸어봐."

"어디?"

안나의 얇고 하얀 발이, 어둠 속에서 몇 번이고 공중을 차고 있는 게 보였다.

"거기라니까. 한가운데 봉 부분에……."

"아, 알았다. 여기지? 이걸 어떻게…… 여기서 어떻게 하는 거야!?"

"쉬잇! 목소리!"

"미안……!"

이건 무리라고 깨달았다.

"안나 거기서 기다려. 내가 교실에 짐 놓고 올 테니까."

그렇게 말하고 짐을 안으려 하자, 안나의 비장한 목소리가 들려왔다.

"잠깐 기다려! 괜찮아, 올라갈 수 있으니까!"

문이 둘 사이에 있는 것도 포함해, 안나가 마치 주인에게 집 지키고 있으라는 말을 들은 강아지처럼 딱하게 보였다.

그런 안나의 얼굴이 무척 귀엽고 웃겨서, 난 웃음을 참는데 필사적이었다.

안나는 온 힘을 다해 문에 달라붙어 있었다.

"발 걸쳤어!"

"그대로 팔 힘으로 몸을 들어 올리면 돼."

"이거 밑에서 속옷 다 보이겠네."

갑자기 안나가 말했다.

"오늘 입은 건 보여도 괜찮은 속옷이야?"

"절대 안 돼."

난 나도 모르게 웃음이 터졌다.

"뭘 입었길래. 기다려, 당겨줄 테니까."

나는 짐을 바닥에 두고, 다시 바닥을 박차고 문 위에 올라 안나에게 손을 뻗었다.

"안나 손 앞으로 줘."

"괜찮아? 안 떨어져?"

안나는 불안한 듯이 날 올려다보았다.

"괜찮아. 손 앞으로 줘."

안나의 하얀 손이 내 쪽으로 다가왔다.

"손목 잡아."

"응."

안나는 내 손목을, 나는 안나의 손목을 꽉 잡았다. 안나의 손목은 가늘고 부드러웠으며, 여름인데도 불구하고 차가웠고, 또한 너무나 연약해 보여서, 힘을 넣으면 부러지지 않을까 하고 생각했다.

"당길게. 하나둘!"

안나의 손을 있는 힘껏 당기자, 안나의 몸이 문에 쓸리듯이 질질 당겨 올려졌다.

"아앗, 아파!"

"괜찮아!?"

"배가 엄청 아파!"

그렇게 말해도 안나는 웃고 있었다. 나도 웃으면서 "힘내!"라고 안나를 응원했다.

어찌어찌 둘 다 바닥에 내려오고, 안나는 배를 문질렀다.

"분명 배에 멍 들었을 거야."

"안나가 너무 운동신경이 없어서 그래."

우린 서로 얼굴을 바라보고 목소리를 죽이며 웃었다.

교실은 굳게 잠겨 있었다.

"기껏 넘어왔는데……."

하는 수 없이 짐은 전부 신발장 위에 올려놓고, 우린 다시 교문으로 향했다. 그런데 안나가 갑자기 반대쪽으로 뛰기 시작했다.

"안나!?" 깜짝 놀라 외치자, 안나는 "딸기 우유!"라고 소리쳤다.

나는 이유도 모른 채, 망설이면서도 안나를 쫓아갔다.

안나는 자판기 앞에 멈춰서고 웃는 얼굴로 이쪽을 봤다. 난 누군가 오지 않을까 하고 조금 겁을 먹으며, 안나의 곁으로 달려갔다.

"저쪽 펜스에서 마시자."

안나는 운동장을 가리키고서, 자판기에 짤랑짤랑 동전을 집어넣었다.

"진심으로 말하는 거야?"

"뭔가 청춘답잖아."

자판기의 빛이 안나의 눈동자를 반짝반짝 비추었다.

"귀신 나올 것 같아."

난 어두운 운동장을 보고서 부르르 몸을 떨었다.

"괜찮아! 사실 나 결계 만들 수 있는데 아까 쳐 놨거든."

딸기 우유를 꺼낸 안나가 즐거운 듯 말했다.

"갑자기 그런 고백 들어도, 뭐라 반응해야 할지 곤란해."

나는 반쯤 어이없어하며 자판기에 동전을 넣고, 커피 우유 버튼을 눌렀다.

우리는 펜스에 기대듯 앉고서 새까만 운동장을 바라보았다. 계속 보고 있자 빨려 들어갈 것 같아서, 무서운 듯한, 두근거리는 듯한, 신기한 기분이 들었다.

안나가 딸기 우유팩에 빨대를 꽂고 말했다.

"유키는 학교 끝나면 여기 자주 있지. 동아리 활동 잘 보여서 그래?"

나도 커피 우유팩에 빨대를 꽂았다.

"응. 여기서는 저쪽이 대충 보이지만, 저쪽에선 이쪽이 안 보이니까. 그, 은퇴한 선배가 계속 보고 있는 건, 엄청 성가시잖아?"

커피 우유의 단맛과 시원함이, 불안한 기분을 놀라울 정도로 깨끗하게 씻어주었다. 마치 학교 점심시간처럼 우리는 그 자리에서 계속 얘기했다.

"유키, 최근 들어 기운 없었잖아. 소프트볼 은퇴하고 나서."

주변 친구들도 눈치채지 못한 내 변화를 안나가 눈치 챘다는 사실이 놀라웠다.

"뭐라 해야 할까…… 번아웃 증후군?"

난 일부러 농담조로 말했다.

하지만 그건 누구에게도 말하지 않은, 가슴 속 깊이 박혀 있는 응어리였다.

"유키는 주장이었었지."

점점 어둠에 눈이 익숙해지고, 옆에 있는 안나의 표정이 보이기 시작했다.

안나는 상냥한 눈으로 나를 보고 있었다. 그 눈에 나도 모르게 긴장이 풀렸다.

"뭔가 다들 동아리 활동 끝나자마자, 바로 학원 같은 걸 엄청나게 다니기 시작하고, 지금부터 시작해도 늦지 않았다고 말하는 게, 다들 제대로 나누고 있었다고 해야 할까. 마치 빨리 져서 다행이라고 생각하는 것 같이……. 아니, 그렇지 않다는 건 알고 있지만, 그렇게 강한 팀이 아니었다는 것도 알고 있지만, 뭐랄까, 다들 나만큼 필사적이진 않았구나, 나 하나만 무척 노력하고 있던 걸까, 하고 가슴에 응어리가 생겨서, 싫어진 건 아닌데, 뭔가 전처럼 다른 애들이랑 웃고 지낼 수가 없어. 나 자신이 느낄 수 있을 정도로, 전혀 뭔가 할 마음이 안 들어. 그래서 번아웃 증후군인 것 같아."

조금 말이 길었나, 하고 곁눈질로 안나를 보자, 안나는 눈웃음을 지으며 "부럽네."라고 말했다.

"뭐가?"

"그건 청춘의 증거 같은 거잖아? 난 불태울 정도로 무언가에 열중한 적이 없는걸."

안나는 딸기 우유를 쪽 빨았다.

"안나가 더 부러워."

나도 커피 우유를 쪽 빨았다.

"왜?"

"난 안나 같은 고등학교 생활을 보내고 싶었어. 더 자기 자신을 꾸밀걸 그랬어. 방과 후 남자친구랑 데이트도 해보고 싶었는데, 제대로 연애 하나 해보지도 못하고 동아리 활동만 하다가 그조차도 허무하게 끝났어. 정말 내 청춘은 뭐였을까. 고등학교 생활 쓸데없이 보낸 걸까."

안나는 한동안 아무 말도 하지 않은 채, 빨대를 물고 있었다.

나도 한동안 조용히 커피 우유를 마시고 있었다.

"그래!"

갑자기 안나가 눈을 반짝이며 말했다.

"그러면 이제부터 나랑 같은 학원에 다니면 되잖아!"

"응? 왜?"

나는 조금 당황했다. 그런 나를 안나는 신경도 쓰지 않고 계속 말했다.

"그래서 학원 갈 때까지 나랑 데이트하면 되잖아. 쇼핑도 하고 꾸미면 되잖아. 다른 친구들이랑 솔직하게 웃고 지낼 수 없다면, 나랑 웃고 지내면 되잖아."

안나는 천사처럼 웃으며 나를 바라보았다.

생각지도 못한 제안에 솔직히 기쁜 마음이 들었다. 곧장 나는 "응."하고 고개를 끄덕였다.

"그럼 엄마한테 물어볼게."

"응. 물어봐."

그렇게 말하며 지은 안나의 웃음은, 이젠 부럽다고 느끼지도 못할 정도로, 완벽하게 아름다웠다.

나는 잠시 입꼬리가 올라가는 걸 참으며 조용히 커피 우유를 마셨다. 흘깃 옆을 보자, 안나도 기쁜 듯 싱글벙글 웃으며 딸기 우유를 마시고 있었다.

"그러고 보니 여기였지. 안나가 나한테 맨날 가자고 한 곳."

난 다 마신 커피 우유팩을 한 손으로 찌부러트리며 말했다.

"응. 그렇네."

안나도 딸기 우유팩을 꽉 쥐었다. 내가 단번에 찌부러트릴 수 있는 우유팩을 안나는 두 번 세게 쥐었다.

"그때, 왜 말 걸었어?"

"유키랑 친구가 되고 싶었으니까."

안나는 내 눈을 똑바로 바라보며 말했다.

난 조금 부끄러워져서 "뭐야 그게."하고 시선을 피했다. 그리고 더 올라갈 것 같은 입꼬리를 감추기 위해 화제를 바꿨다.

"전에 맥날에서 말한 안나가 2학년 때 좋아했던 사람은 어떤 사람이야?"

아무 맥락도 없었지만, 맥날에서 들은 연애담의 뒷얘기를 물어봤다. 안나가 어떤 사람을 좋아하게 된 건지, 어떤 멋진 사람이었는지, 계속 궁금했었다.

안나는 조금 허를 찔린 듯 나를 본 뒤, 귀엽게 수줍어하며 입을 열었다.

"……하타노 선생님."

"뭐?! 그, 일본사 선생님?"

너무나도 의외인 대답에, 나도 모르게 큰 목소리를 냈다. 특별히 아무런 인상도 없는 정말 평범한 사람이었다.

안나는 부끄러운 듯이 헤헤헤 하고 웃었다.

"음, 뭐 상냥해 보이지만……. 축구부 타카하시도 찼으면서, 뭔가 의외네……."

거기까지 말하고 무언가 머릿속에 떠올랐다.

"근데 하타노 선생님…… 분명 결혼하지 않았어?"

조심스럽게 묻자, 안나는 입꼬리를 내렸다.

"응. 결혼한다는 소문을 듣고, 안될 걸 알면서도 고백했어. 어떻게 사귀게 되었는데, 결국 결혼했으니까, 실연해버렸지."

"사귀었었어!?"

난 깜짝 놀라 튀어 오를 것 같았다.

"응. 비밀이야. 아무한테도 말하지 마."

"말 못 해. 절대로 말 안 해."

빠르게 말한 뒤, 난 조용히 물었다.

"아직 좋아해?"

안나는 생긋 웃었다.

"이젠 괜찮아. 결혼해버렸고, 불륜은 싫으니까."

"그렇지……. 아무리 결혼 전이라고 해도 약혼자가 있는데 학생이랑 사귀다니…… 쓰레기잖아!"

나는 인제 와서야 그런 사실을 깨닫고 갑자기 하타노 선생님에 대한 분노가 치솟았다.

"이제 괜찮아. 좋아했었으니까. 내가 원했던 거니까. 그걸로 된 거야."

"고소하면 이길 수 있어."

"그건 그거대로 이쪽도 위험하니까."

안나는 웃으면서 말했다.

"전혀 이해할 수가 없어. 뒤에서 날아차기를 먹이고 싶을 정도로."

정말 그렇게 해줄까 하고 생각했다. 다른 사람 일이지만 화가 가라앉지 않았다.

"유키."

"응?"

돌아보자, 안나가 진지한 얼굴을 하고 있었다.

"앞으로 반년 남은 목숨이잖아?"

난 순간 숨이 멎었다.

"……무슨 소리야?"

안나는 지그시 나를 바라보았다.

"우리, 여고생으로서 말이야."

안나는 장난스럽게 웃었다. 나는 안도의 숨을 내쉬었다. 안나는 역시 무척 귀여웠다.

"안나."

"응?"

안나가 고개를 갸웃거렸다.

"우리, 넘지 않으면 안 되잖아?"

안나는 조금 생각한 뒤 "인생 얘기하는 거야?"라고 말하며 어려운 듯한 표정을 지었다.

난 우리가 온 방향을 손으로 가리켰다.

"집에 갈 때, 저 교문 말이야."

안나가 앗 하고 "그렇네!"라고 말하며 나를 봤다.

"또 속옷 보이잖아!"

나도 모르게 웃음이 터졌다.

우리들은 목소리를 낮추는 것도 잊은 채, 모래 위에서 자지러지게 웃었다.

그 뒤로 안나와 나는 반에서도 자주 얘기를 나누게 되었다.

학교 수업이 끝나면 같이 학원에 갔다. 돌아가는 도중에는, 가끔 다른 길로도 빠졌다.

학원 수업이 끝나도 같이 집에 돌아갔다. 돌아가는 중에는 역시, 종종 다른 길로 샜다.

매일 쓸데없는 얘기를 했다. 그런 날들이 이어졌다.

"내일부터 점심도 둘이 같이 먹자."

어느 날 학원에서 집으로 돌아가는 길에 내가 말했다.

"하지만…… 갑자기 그룹에서 빠지면 이상하게 생각하지 않을까?"

안나는 보기 드물게 불안한 기색을 보였다.

"누가 이상하게 생각하더라도 딱히 상관없잖아."

그렇게 말하는 나를, 안나는 예쁜 눈동자로 지긋이 바라보았다.

"그도 그럴 게, 우리들 앞으로 반년밖에 남지 않았잖아?"

안나의 눈이 조금 촉촉해진 것 같았다.

"그러면 하고 싶은 대로 하자."

내가 웃자, 그제야 안나도 수줍어하며 "응."하고 끄덕였다.

다음날부터 안나는 내 그룹에서 같이 도시락을 먹었다. 둘이서 식당에 가거나, 가끔 옥상에 가기도 했다. 안나의 그룹 아이들은 처음엔 조금 어색해했지만, 얼마 지나지 않아 마치 처음부터 안나가 없었다는 듯이, 그 상황을 받아들였다.

어느샌가 교복은 하복에서 동복으로 바뀌고, 짧은 가을이 지나 눈 깜짝할 새에 차가운 바람이 불어오게 되었다.

완전히 우리 그룹에 녹아든 안나는, 매일 즐겁게 지내는 것 같았다.

"나랑 안나, 오늘은 식당 다녀올게."

어느 날, 내가 다른 아이들에게 그렇게 말하고 교실을 나오자, 뒤에서 마유미가 따라 나왔다.

"잠깐 기다려, 오늘은 나도 식당이야. 내가 둘 사이를 방해해도 될까?"

수영부의 부장이었던 마유미는 평소처럼 생기발랄한 웃음을 지으며 말했다.

"뭐가 방해야."

"그도 그럴 게, 안나랑 단둘이 있는 게 좋은가 해서. 최근 들어 엄청 사이좋으니까."

마유미는 의미심장하게 히죽히죽 웃었다.

"뭐야 그게. 딱히 괜찮아. 그렇지? 안나."

내 물음에 안나도 "응!"하고 웃었다.

식당에서 나랑 마유미는 안나를 사이에 두고 앉았다.

"안나는 무척 하얗네."

마유미가 팔을 뻗어 교복 소매를 걷었다.

"우리들이 너무 검은 거야."

나도 똑같이 소매를 걷었다. 훌륭한 포키 초코 색 팔이 두 짝 늘어섰다.

난 "안나 팔 엄청 가늘지 않아?"라고 말하며, 안나의 소매를 걷어 올렸다.

마유미가 안나의 양팔을 꽉 잡았다. 안나는 “잠깐!!”하고 목소리를 올렸다.

“가늘어!! 부럽다…. 난 이런 수영으로 단련된 어깨야.”

“그치? 부럽지?”

왠지 난 내가 칭찬받은 기분이 들어 안나를 자랑했다.

“난 운동 전혀 못하니까, 너희들이 부러운걸. 멋지잖아.”

안나는 쑥스럽게 웃으며 말했다.

“그건 맞는 말이네! 안나는 운동신경이 죽어있으니까.”

내가 그렇게 받아치자, 안나는 “유키 너무 심한 말 하는 거 아니야?”하고 마유미에게 동의를 구했다. 마유미는 신나게 웃고 있었다.

식사를 끝내고 교실에 돌아가려 일어섰을 때, 마유미가 “다음에 애들이랑 다 같이 노래방 가자!”라고 말했다. 안나는 망설임 없이 “응! 엄청 기대 된다!”하고 무척 귀엽게 웃었다.

그 웃음은 눈이 멀 정도로 눈부셨다.

즐거운 고등학교 생활이 이어졌다. 계속 이어질 거라 생각하고 있었다.

하지만 그건 갑자기 일어났다.

수험을 코앞에 둔 12월 초, 몹시 추운 밤이었다. 안나의 할머니가 집에서 돌아가셨다. 목욕을 끝낸 직후 쓰러져, 그대로 떠나버렸다. 안나는 혼자 남겨지게 되었다.

정신없이 장례식이 시작되고, 친척들도 찾아와서, 안나는 계속 바쁜 것 같았다. 난 아무것도 해주지 못했다. 그런 나 자신이 너무 답답했다.

놀랍게도, 장례식 참석자 중에 로렌도 있었다. 난 로렌에게 달려가, 이 답답한 마음을 전했다. 내가 우는 것을 참고 고개를 숙이자, 로렌이 말했다.

"상대방이 뭘 원하는지, 사실은 알고 있잖아?"

"몰라……."

로렌은 내 머리를 마치 어린애처럼 쓰다듬었다.

"그럼 네가 기뻤던 걸 떠올려 봐. 지금까지 안나가 해줘서 기뻤던 것. 어려운 걸 이리저리 생각하는 게 힘들다면, 흉내 내면 돼."

"기뻤던 것……."

안나가 해줘서 기뻤던 것.

"혼자 있던 내게 말을 걸어줬어……. 맨날 가자고 말해줬어."

"그럼, 그렇게 해주면 돼."

그렇게 말하고서 로렌은 상냥하게 웃었다.

할머니의 납골이 끝난 그날 밤. 난 아무 연락도 하지 않고 안나의 집에 찾아갔다.

인터폰을 누르자, 안나가 현관에서 뛰쳐나왔다.

"웬일이야?"

어깨로 숨을 쉬며 그렇게 묻는 안나에게, 난 평소처럼 말했다.

"이미 밥 먹었어? 맥날 가지 않을래?"

안나는 순간 움직임을 멈췄다. 그리고 웃는 얼굴로 "응!"하고 대답했다.

"친척들이 왔다가 이제 막 돌아간 참이야. 대부분 누가 누군지도 몰랐고, 정신이 하나도 없어서 초밥도 거의 못 먹었고, 정말 어째선지 이런 때인데도 배는 고팠는데, 그런 말을 꺼낼 순 없으니까 오늘 거의 아무것도 먹지 못했어."

나란히 걸으며 안나가 빠른 어조로 말했다.

"많이 고생했네."

그 말에 대답하듯이 안나의 배가 꼬르륵 울려서, 난 나도 모르게 웃고 말았다. 그걸 본 안나도 소리를 내어 웃었다.

밥을 먹은 뒤, 난 안나의 집에 묵기로 했다.

집에 돌아온 우리는 교대로 목욕을 했다. 내가 먼저 들어가고, 나중에 목욕을 끝낸 안나의 머리를 말려주었다.

안나의 예쁜 밤색 머리카락을 말리며, 할머니에 대해 여러 얘기를 들었다. 그런 얘기를 하는 도중, 안나는 울음이 터지고 말았다. 한차례 같이 울고 나서, "할머니 돌아가시고 처음으로 울었어."라고 울면서 웃었다.

"여러모로 힘들었지."

난, 로렌이 내게 해줬듯이, 안나의 밤색 머리를 쓰다듬었다.

그날 밤, 나와 안나는 한 이불에서 손을 맞잡고 잠들었다.

눈 깜짝할 새에 신년을 맞이했다. 그리고 곧 한파가 찾아왔다.

당시 유행하고 있던 긴 머플러를 모두 빙빙 목에 감고 있었다. 우리도 긴 머플러를 빙빙 감고 학교에 다녔다. 크리스마스에 서로 머플러를 골라줬는데, 내가 고른 안나의 머플러가 선명한 빨간색이었고, 안나가 골라준 내 머플러는 선명한 파란색이었다. 안나는 "너무 화려하지 않아?"라고 말했었지만, 그 빨간 머플러는, 안나의 하얀 피부에 아주 잘 어울렸다. 멀리서 봐도 알 정도로 빙빙 감은 빨간 머플러는, 얼마 지나지 않아 안나의 트레이드마크가 되었다.

할머니 일도 있어서 한동안 걱정했지만, 안나는 완전히 기운을 차린 것 같았다. 학원도 쉬지 않고 다니고 있었다.

그날의 돌아가는 길은 특히 추웠다.

"뭔가, 추우면 웃음이 나오지 않아?"

내가 하아 하고 새하얀 입김을 뱉었다.

"무슨 소리야."

그렇게 말하는 안나의 입에서도, 뜨거운 물에 피어오르는 김처럼, 새하얀 입김이 흘러나왔다.

그 순간, 강한 바람이 불었다.

"꺅, 바람! 아, 추워! 하하하핫, 하하하하!"

내가 비명을 지르듯이 웃자, 안나는 "뭐 하는 거야."라고 기가 막힌 듯이 말했다.

"추워!! 아하하하!"

그래도 내가 계속 웃음을 멈추지 않자, 결국 안나도 덩달아 "하하핫!"하고 크게 입을 열고 웃었다. 그 얼굴은 평소의 어른스러운 안나와는 다르게, 순수한 어린아이 같았다.

"잠깐, 유키코 엄청 바보 같아!"

"안나도 웃고 있잖아!"

"그렇지만 웃긴 걸…… 하하하! 추워!"

"하하하하하! 추워!!"

우린 둘이서 웃었다. 정말 바보 같이 웃었다. 지나가는 어른이 우리를 돌아봤지만, 그래도 우리는 계속 웃었다.

안나는 새하얀 피부에, 부드럽고 얇은 손발에, 부드러운 머리카락에, 조금 새침한 고운 얼굴에, 은은한 바닐라 향을 풍기며, 자주 내 옆에서 걷는다.

난, 보리빛 피부에, 근육질 손발에, 어중간하게 기른 머리카락에, 큰 입을 열고, 특별히 아무런 냄새도 풍기지 않으며, 자주 안나 옆에서 걷는다.

나도 안나도, 어디에나 있는 여고생이었다.

마법이 풀릴 때까지, 앞으로 조금 동안은 여고생.

"유키코 이거 봐! 눈 내리고 있어!"

언제부턴가 안나는 나를 유키코라고 부르게 되었다.

"정말이네! 어쩐지 춥더라!"

그렇게 불리는 게, 난 조금도 싫지 않게 되었다.

"유키코(雪子)랑 눈(雪), 이건 찍어야 해!"

"뭔 텐션이야."

학교 교문이 보이자, 밤색 머리에 새하얀 눈을 뒤집어쓴 안나가 히죽 웃었다.

"유키코, 넘어갈까?"

나도 히죽 웃었다.

"눈 내리니까 좀 미끄러울 거야."

눈송이는 점점 커져, 눈 깜짝할 새에 세상을 하얗게 물들였다.

"안 되겠어! 엄청 미끄러져!"

"그니까 말했잖아!"

난 문 위에서 안나를 내려다보며 웃었다. 타이츠를 신은 안나의 검은 다리가, 얇게 쌓인 눈 위에서 버둥버둥 거리고 있었다.

"밑에서 엉덩이 밀어줄까."

"안 돼. 다 보이잖아."

"오늘은 보이면 안 되는 속옷이야?"

"아니, 괜찮아. 검은 타이츠 입었으니까."

"무슨 기준이야."

우린 웃으며 서로 손을 뻗었다.

"안나."

난 안나의 눈처럼 새하얀, 곱은 손목을 세게 잡았다.

"왜."

안나도 나의, 조금 하얘진, 아직 꽤 늠름한 손목을 꽉 잡았다.

"내가 안나 많이 좋아하는 거 알지?"

안나는 눈을 동그랗게 뜬 뒤, 천사같이 웃었다.

"나도 유키코 엄청 좋아해!"

역시 안나는 치사해.

역시 안나랑 나는 달라.

피부색도 손의 부드러움도 머리 향기도, 전혀 달라.

그래도, 안나도 나도 분명 같아. 분명 앞으로도 지금처럼 많은 문을 넘게 되겠지.

때로는 혼자서, 때로는 누군가의 손을 잡고서.

언젠가 안나가 손을 뻗는 날이 온다면, 난 망설임 없이 그 손을 잡고 싶다.

안나도 분명, 내 손을 잡아줄 게 분명하다.

"유키코!"

학교 운동장에서 멍하게 눈 내리는 밤하늘을 올려다보고 있는 나를, 안나가 뒤에서 밀어 넘어트리고 도망쳤다.

반 아이들은 모두 안나를 '고양이 같다'고 말했다. 하지만 아무리 봐도 난 안나가 강아지처럼 보였다. 새빨간 머플러를 빙빙 감고 새하얀 운동장을 뛰어다니는 안나는, 마치 눈에 신난, 빨간 목걸이를 찬 강아지 같았다.

그리고 짧은 3학기가 시작되었다.

대학 수험 결과도 나오기 시작한 무렵이라, 그 결과에 모두 일희일비하고 있었다. 난 평소처럼 안나에게 말을 걸었다.

"안나, 집 가자."

평소라면 웃는 얼굴로 "응!"하고 대답하는 안나였지만, 그날은 달랐다.

안나는 한동안 말을 별로 하지 않고 걸었다. 난 기운 없는 안나에게, 재밌는 화제를 잔뜩 얘기했다. 그래도 안나는 기운이 없었다.

조금 지나고 안나는, 곧 버려지는 강아지처럼 촉촉한 눈으로 말했다.

"유키코 있잖아……."

안 좋은 분위기를 눈치채고, 몸이 긴장되었다.

"왜 그래……?"

안나는 고개를 숙인 채, 사라질 것 같은 목소리로 이어 말했다.

"나, 도쿄에 있는 대학에 가."

"뭐!?"

나도 모르게 큰 소리를 내었다.

"시험 봤다는 거야?"

안나는 조용히 끄덕였다.

"그렇구나……."

전혀 몰랐다. 머릿속이 새하얘졌다.

우린 같은 관서의 대학교에 원서를 냈다. 그대로 둘이서 그 대학에 가는 거라 생각하고 있었다.

할머니가 돌아가시고, 안나에게도 여러 가지 사정이 있었던 걸지도 모른다. 하지만 그런 중요한 일을 지금의 지금까지 알려주지 않았던 게, 매우 충격이었다.

"아무 말 안 해서 미안해……."

역시 안나는 치사하다. 자기가 아무 말도 하지 않았으면서, 자기가 떠나는 주제에, 정말 괴로운 듯한, 쓸쓸한 듯한 목소리를 낸다.

나는 "응."이라고 말할 수밖에 없었다.

"맥날, 들렀다 가지 않을래?"

당장이라도 울 것 같은 표정을 지으며 안나가 말했다. 겨울 햇살이 안나의 밤색 머리카락을 황금색으로 물들였다. 살랑살랑 흐르는 머리카락에서 부드러운 바닐라 향이 났다. 이럴 때도 안나는 귀여웠다.

역시 안나는 치사하다고 생각했다.

"오늘은 이만 돌아갈래."

안나는 "그렇구나."하고 작게, 아주 작게 뱉고는, 그대로 버려진 개처럼 고개를 떨구고 있었다.

안나와 헤어지고 혼자서 걷는 돌아가는 길, 어느샌가 눈물이 차올랐다.

난 주위를 신경도 쓰지 않고, 마치 어린아이처럼 훌쩍이며 걸었다.

"뭘 울고 있어."

뒤에서 거리낌 없는 거친 목소리가 들려왔다. 돌아보자 로렌이 있었다.

로렌과 난 공원의 벤치에 앉았다. 로렌은 내게 따뜻한 밀크티를 사주었다. 난 밀크티를 양손으로 감싸고, 흐느끼며 얘기했다.

"그치만! 그치만, 안나…… 도쿄에 간다잖아. 관동의 대학에 원서를 냈다는데 난 하나도 몰랐어. 내게 아무것도 상담해주지 않았어."

난 안나가 골라준 파란 머플러에 얼굴을 묻었다. 눈물이 점점 흘러나와 멈추지 않았다.

"상담하지 않은 게 아니라, 못한 거 아니야."

로렌은 냉정하게 말했다.

"왜? 친구잖아!"

난 언성을 높였다.

"소중한 친구니까 못 한 거야."

로렌의 목소리는 어딘가 따뜻했다.

"소중한 친구라면 말해줘도 괜찮잖아……."

"소중하니까 말하기 힘든 것도 있어. 좋아하니까 말하기 힘든 것도 있지."

난 고개를 저었다.

"잘 모르겠어……."

"인생은, 네가 생각하는 것보다 훨씬 험해. 지금부터 더 많은 일이 있을 거야. 맞잡을 수 있는 손은 귀중해. 놓으면 안 돼."

"멋대로 떠나는 건 안나인 걸!"

완전히 화풀이였다.

"손이라는 건, 닿는 범위에 없다고 잡을 수 없는 게 아니야."

그래도, 로렌은 상냥했다.

"닿지 않으면 잡을 수 없잖아."

로렌은 "잘도 말하네."라고 기가 막힌 듯이 말했다.

"이런 좋은 시대에 태어나서 잘도 말해. 나 때는 인터넷도, 휴대전화도 없었다고. 편지를 쓰고는, 답장을 몇 주나 기다렸지. 거리는 지금보다 훨씬, 훠얼씬 멀었어. 영원히 만나지 못한다고 생각할 정도로 멀었던 거야."

"휴대전화가 없다니 믿을 수 없어."

난 겨우 멈춘 눈물을 손으로 훔쳤다.

"지금은 말이지, 간단하게 이어지니까 그만큼 간단하게 떨어져. 어쩌면 사람간의 인연은 예전보다 훨씬 연약한 걸지도 모르겠네. 마치 푹 삶은 소면처럼 뚝 끊어져 버리니까."

"그런 거 하나도 안 좋잖아."

"맞아. 그러니까 진정한 의미로 맞잡을 수 있는 상대는 귀중한 거야. 거리 같은 건 아무런 상관없어. 간단히 놓으면 안 돼."

로렌은 "제대로 세탁했으니까."라고 말하곤, 꾸깃꾸깃한 손수건을 내 얼굴에 밀어붙였다.

"유키코!"

다음날, 학교에서 돌아가는 길. 뒤에서 숨을 헐레벌떡이는 목소리가 들렸다.

"맥날 들렀다 가지 않을래?"

빨간 머플러를 빙빙 감고 있는 안나는, 울 것 같은 얼굴로 어깨에 걸친 가방끈을 양손으로 꽉 쥐고 있었다.

"감자튀김 사주면 갈게."

나는 히죽 웃었다. 이 정도는 말해도 벌 받지 않으리라 생각했다.

안쓰럽게 눈썹꼬리를 내리고 있던 안나는, 그 말에 안도한 듯 숨을 내뱉은 뒤, 기쁜 듯이 웃었다.

그런 모습도 일일이 귀여워서, 난 역시 안나는 치사하다고 생각했다.

둘이서 나란히 걷고 있자, 느닷없이 안나가 입을 열었다.

"역시 유키코는 치사해."

생각지도 못한 말에 난 안나를 바라봤다. 안나는 드물게 입을 삐쭉 내밀고 있었다.

"뭔가 내가 더 유키코를 좋아하는 것 같잖아."

나는 입을 크게 열고, 하하하 하고 목소리를 올려 배를 잡고 웃었다.

안나는 "너무 웃잖아."하고 조금 뾰로통해 있다가, 똑같이 웃었다.

그리고 다시 비슷하게 즐거운 시간이 지났다. 눈 깜짝할 새에 지났다.

드디어 조금 따뜻해지기 시작한 졸업식 전날 밤. 우린 교문 앞을 지났다.

"안나!"

문득 생각나서, 난 안나의 이름을 불렀다.

"오랜만에 넘을까."

난 문에 손을 걸쳤다. 우리들의 '넘지 않으면 안 되는 문'은 평소대로 차가웠다.

안나는 내 옆에 서서, 문에 손을 걸쳤다. 난 손에 힘을 넣고 바닥을 찼다. 그때였다.

"역시 오늘은 그만둘래."

안나가 문에서 손을 뗐다.

"왜?"

"오늘은 보이면 안 되는 속옷이야."

안나는 조금 얄미운 얼굴을 하며 웃었다.

"그러니까 그게 뭔데."

우린 깔깔거리며 목소리를 높여 웃었다. 둘이서 깔깔 웃었다.

결국, 우리들이 그 문을 넘은 건, 얼어붙을 듯한 눈이 내리던 날이 마지막이 되었다.

벚꽃이 피는 것보다 조금 이르게, 우리는 고등학생에서 발을 씻고, 이제 대학생이 되는 준비를 시작했다.

안나가 도쿄로 떠나기 전날 밤, 안나의 집에 자러 갔다. 다음 날 배웅은 필요 없다고 안나는 말했다.

"유키코는 내가 없어지면 외롭지?"

다음 날 아침, 안나의 집 현관에서 이제 돌아가는 내게 안나가 농담조로 말했다.

"딱히 안 외로워."

농담을 던진 내게 안나는 "그렇구나."하고 쓸쓸한 목소리를 내었다. 나는 조금 당황했다.

"그도 그럴 게, 요즘은 편리한 시대잖아? 휴대전화 하나로 바로 이어지니까. 하지만 그만큼 신경 쓰지 않으면 사람과 사람의 인연은 푹 삶은 소면처럼 뚝 끊어진다고 로렌이 말했어."

내가 로렌의 말을 빌려서 전하자, 안나는 "뭐야 그게." 라고 말하며 웃었다.

"그래도 역시 편리한 시대라서 다행이라고 생각해. 떨

어져 있어도 옆에 있는 거랑 그다지 다르지 않으니까. 언제든지 얘기할 수 있잖아. 그러니까 외롭지 않아."

난 안나를 향해 손을 뻗었다. 안나는 그 손을 살짝 잡았다.

"나도 아직 도쿄에 가본 적 없으니까 곧 놀러 갈게!"

내가 그렇게 말하자 안나는 "그럼 기다릴게."라고 말하며 웃었다.

평소에 안나가 짓는, 치사하고 귀여운 웃는 얼굴이었다.

하지만 그게 마지막으로 본 안나의 모습이 되었다.

제2장

—

역 앞에 있는 시끄러운 맥도날드 안에서, 햄버거를 다 먹어 치운 나와 유키코 씨는, 마주 앉은 채 남은 감자튀김을 먹고 있었다.

"연락이 줄어들기 시작한 건, 안나가 도쿄에 가고 얼마 지난 뒤였어. 처음에는 새로운 생활이 바쁘다고 생각했지. 몇 차례 놀러 간다고 말했지만, 계속 서로 사정이 맞지 않았고. 머지않아 점점 연락이 뜸해지고, 안나가 전화를 받지 않는 일도 많아졌어. 나도 처음엔 화가 나서, 연락을 줄이기도 했는데, 그러면서 바로 내가 뭔가 잘못했나 싶어 불안해져서, 엄청 전화하기도 했지. 그러는 사이에 나도 공부나 아르바이트가 바빠져서, 자연스럽게 연락하는 빈도도 줄어들었어. 그리고 대학교 3학년 때의 메일을 마지막으로, 연락이 끊기게 됐어."

유키코 씨는 "하아."하고 크게 한숨을 쉬고는, 얼마 남지 않은 음료를 마셨다.

"처음에는 휴대전화가 고장 난 줄 알았어. 바로 만나러 갈까 생각도 했지만……. 조금 매정하다고 생각할지도 모르겠지만, 구직활동이 한창이라 시간도, 여유도 없어서 말이야. 조만간 연락이 올 거라고 생각했는데, 결국 그 뒤로도 감감무소식이었고. 그래서 4학년 때 겨울, 유일하게 알고 있던 주소에 크리스마스 선물을 보냈어. 안나에게 어울릴 것 같은 빨간 스웨터. 크리스마스카드에 메시지랑 만일을 위해 내 연락처도 적었어."

나는 '소녀A'속 안나 씨가 입고 있던 스웨터를 떠올렸다. 안나 씨의 하얀 피부에 걸쳐진, 선명한 빨간 색이 잘 어울렸다.

"그렇지만 역시 안나한테서 연락은 오지 않았어. 아무래도 걱정이 돼서, 마지막 봄방학 때 마음을 크게 먹고 안나를 만나러 갔지. 가보니까 안나는 이미 이사를 간 뒤였어. 그걸로 완전히 단절됐어. 좀 더 빨리 만나러 갈 걸 그랬다고 후회했지만, 때는 이미 늦었지."

유키코 씨는 다시 음료를 향해 손을 뻗었다. 하지만 빨대에선 공기 소리만 새어 나왔다. 이미 얼음도 다 녹은 것 같았다.

"스웨터를 받았다는 것조차, 그 그림을 보기 전까진 모르고 있었어."

유키코 씨는 애틋하게 미소 지었다.

"그래서, 지방신문 광고에서 '별의 로렌전'을 봤을 때는 설마 했어. 로렌이라는 이름이 반가워서 말이야. 별 생각 없이 갔는데 '안나와 유키코'라는 그림을 보게 되고, 로렌이 진짜 그 로렌이었다는 사실에 깜짝 놀랐어. 그래도 화가라고 생각하니, 확실히 그럴 수도 있다고 생각했지. 당시부터 속세를 벗어난 사람 같았으니까. 그리고 코우스케한테서 연락이 왔잖아? 기적이 일어났다고 생각했어."

유키코 씨는 "긴 이야기 들어줘서 고마워."하고 머리를 숙이며, 애틋한 웃음을 지었다. 난 조용히 고개를 저었다.

"얘기를 듣게 되어 다행이에요. 안나 씨에 대해서 조금은 알게 되었습니다. 게다가, 최근까지 안나 씨와 로렌이 이어져 있었을지도 모른다는 것을 알게 된 건 큰 수확이에요. 어쨌든, 우선 로렌의 단서를 찾아보도록 하죠. 거기서 안나 씨로 이어질지도 모릅니다."

유키코 씨는 진지한 얼굴로 끄덕였다.

"사실, 정원 창고에도 아직 확인하지 않은 작품이 있어요."

유키코 씨는 "뭐?"라고 목소리를 높였다.

"살짝 본 정도지만, 그곳엔 약간 오래된 작품이나, 유화가 아닌 스케치 같은 것도 있었습니다. 제대로 포장된 캔버스도 많아서 전부 확인한 건 아닙니다. 개인전을 열기까지 별로 시간이 없었고, 아틀리에에는 이미 충분한 양의 그림이 있었으니까요."

"어쩌면, 오히려 예전 그림에 로렌과 이어질 단서가 있을지도 모르겠네."

유키코 씨의 눈이 반짝였다.

"저도 그렇게 생각합니다. 만약 괜찮다면, 지금부터 아틀리에로 돌아가서 확인하지 않겠어요?"

유키코 씨는 "물론이지!"하고, 기세 좋게 일어났다.

우리들은 아틀리에로 돌아와 정원에 있는 창고 앞에 멈춰 섰다. 나는 작은 금색 열쇠를 꺼냈다.

"이 창고의 열쇠는 사실 얼마 전에 찾은 거예요. 그때까지 안을 본 적이 없었는데, 개인전을 열기 전에 확인해보려고 가까이 가보니, 딱 이 주변에 떨어져 있었습니다."

나는 내가 서 있는 발밑을 가리켰다.

"뭐, 열쇠라고 해도 평범한 자물쇠라서, 정 안 되겠다 싶으면 부수려고 했지만 말이죠."

열쇠를 자물쇠에 꽂고 돌리자, 딸깍하는 소리와 함께 자물쇠가 풀렸다.

“밀봉되어 있어서 그런지, 안은 생각보다 깨끗하게 보존되어 있습니다. 그림 상태도 나쁘지 않은 것 같고요.”

내 뒤를 따라 창고 안으로 들어온 유키코 씨는, “우와, 꽤 많네.”라며 감탄했다.

“여기서 보는 건 좁아서 불편하니, 일단 아틀리에 안으로 옮길까요.”

우리는 분담해서 그림을 상처 입히지 않도록 신경 쓰며 크고 작은 그림들을 전부 아틀리에 안으로 옮겼다.

“그럼, 포장된 그림은 포장을 뜯고, 같은 제목의 작품끼리 모아놓죠.”

“오케이, 분류작업이네.”

난 창고 가장 깊숙한 곳에 놓여 있던, 끈으로 묶인 큰 물건에 손을 뻗었다. 여러 그림을 한 번에 포장한 듯한 크기였다.

“가장 큰 것부터 시작하죠.”

둘이서 신중히 포장을 뜯었다. 그 안에서 얇은 종이로 감싸진 크기가 제각각인 캔버스가 일곱 매 나왔다.

“대단해. 전부 초상화야.”

유키코 씨가 감탄한 듯이 말했다.

"진짜네. 로렌이 그린 초상화는 '소녀A'밖에 보지 못했어요. 아아, 풍경화 말고도 잘 그리는구나."

내 기억 속의 로렌은, 언제나 풍경을, 대부분 별 하늘을 그리고 있었다.

"프로 모델인가? 다들 예쁘다. 근데 전부 다른 사람이네."

"아무래도 그렇겠죠? 어쩌면 미술학교에 다녔던 걸지도 모르겠네요."

"로렌의 학창 시절이라니 상상도 할 수 없어."

유키코 씨가 웃었다. 우리는 이어서 다른 큰 포장을 뜯었다. 안에선 사진을 그대로 옮긴 듯한 옛 거리의 일상 풍경 그림이 몇 점 나왔다. 사람들의 옷차림도 지금과 조금 달라 보였다.

"이거, 뭔가 본 적이 있는 것 같은데……."

"전에 본 그림이야?"하고 유키코 씨가 물었다.

"아뇨, 이 그림이 아니라…… 이 풍경……."

예전 기억이 소용돌이쳤다. 아직 아스팔트가 포장되어 있지 않은 큰길. 즐비하게 늘어선 연립주택. 형형색색의 이불이 창가에 걸려있었으며, 맨션 같은 높은 건물은 없었고, 맑은 하늘이 낮게 펼쳐져 있었다.

알고 있을 리 없는데, 어디선가 본 것 같은 풍경.

어린 시절에 비슷한 경치를 본 것 같은 기분이…….

"이거 아마도 이 동네에요. 역에서 여기까지 오는 길. 지금은 맨션이 많이 들어서있지만, 옛날에는 이런 느낌의 낡은 집이 아직 많이 있어서…… 아마, 제 기억보다 훨씬, 훨씬 오래전 거리일지도."

그곳에 있던 건, 지금은 이 골목길에 아주 조금밖에 남아있지 않은, 이 동네의 옛 일상이었다.

"흐응……."하고 유키코 씨도 옆에서 그림을 들여다봤다. "옛날 풍경이라……."진지하게 그렇게 말하던 유키코 씨는 갑자기 "어라?"하고 목소리를 바꾸어 말했다.

"사인이 지금이랑 다르지 않아?"

나도 "응?"하고 허둥지둥 사인을 찾았다.

"여기 봐봐."

유키코 씨가 가리킨 곳의 왼쪽 아래에, 아마도 영어 이니셜을 휘갈겨 쓴 듯한, 지렁이가 기어가는 것 같은 사인이 있었다.

"정말이네."

로렌의 사인은 상형문자 같은 마크인데 반해, 이 사인은 평범한 글자처럼 보였다.

"전혀 달라."

나는 조금 전에 뜯은 초상화도 확인했다. 그 그림에는 내가 알고 있는 상형문자 같은 로렌의 사인이 들어있었다.

"그러고 보니, 그림 기법도 꽤 다르네요. 같은 풍경화인데……아직 사인을 정하기 전에, 꽤 예전에 그린 걸까요."

"애초에 로렌의 사인은 독특하지?"

유키코 씨가 말했다.

"글자가 아니라 무슨 로고 같아."

확실히 그 말대로다. 옛날에는 사인은 그런 거라고 생각했지만, 지금은 이게 독특한 거라고 알고 있다.

"전 나무에서 떨어진 사과라고 불렀어요."

"듣고 보니 그렇네! 무슨 의미가 있는 걸까. 만나서 물어보고 싶다."

유키코 씨가 생긋 웃자, 나도 "그렇네요."하고 웃었다.

그 후로도 우리는 분담해서 여러 포장을 뜯었다. 작업에 열중한 탓에 서서히 말수도 줄어들었다.

"역시 '별이 내리는 집'이 많네."

유키코 씨가 툭 하니 말했다. 유키코 씨가 뜯던 포장 속에서 나타난 건, 별이 가득한 밤하늘이었다.

"원래부터 아틀리에 안에도 많이 있었지만, 창고 안에도 꽤 있었네요. 로렌에게 있어 '별이 내리는 집'은 특별한 광경이었던 걸까……."

내가 그 그림을 받아 찬찬히 보고 있자, "어라?"하고 유키코 씨의 목소리가 들려왔다.

"무슨 일 있나요?"

"이것도 '별이 내리는 집'이래. 집 안인데. 그리고 이거 뭔가……."

유키코 씨가 손에 들고 있던 건, 아마추어 눈에도 서투르다 느껴지는 '별이 내리는 집'이었다.

"조금 못 그렸네."

나랑 유키코 씨는 서로 얼굴을 보고 웃었다.

"그러고 보니, 개인전에서 봤을 때도 이상하다 생각했지만……."

그렇게 말하던 유키코 씨는 벽을 둘러보고는, "아, 이거 이거."라고 말하며 벽에 걸린 한 장의 그림 곁으로 다가갔다.

"이것도 '별이 내리는 집'이지? 집 안인데, 이상하다고 생각해서."

그건 낡은 집 안을, 천장을 올려다본 구도로 그린 그림으로, 틀림없이 이 아틀리에의 그림이었다.

그걸 본 순간, 옛 기억이 떠올라, 나는 조금 웃음이 나왔다.

"그건……."

그렇게 말하다가, 무언가 깨달았다.

"그렇구나. '별이 내리는 집'에 나오는 '집'은 전부 이곳이었을지도."

유키코 씨가 "무슨 말이야?"라고 한쪽 눈썹을 추켜올리며 말했다.

"이 시리즈에는 꼭 그려져 있는 집이에요. 그 집이 아틀리에인 것 같아서요. 전 지금까지 '별이 내리는 집'은 사실화라고 생각하고 있었어요. 하지만 밤하늘도, 언덕의 풍경도, 이 시리즈의 풍경은 실제로 있는 게 아니라, 로렌의 상상 속 세상이었던 걸지도 몰라요."

어리둥절해하는 유키코 씨에게, 나는 처음 로렌이 '별하늘'을 보여줬을 때의 일을 얘기하기 시작했다.

"좋은 거 보여줄까?"

어느 날, 평소처럼 아틀리에에서 놀고 있자, 로렌이 갑자기 말했다.

"어떤 거?"라고 나는 두근두근 대며 말했다.

로렌은 천천히 바닥에 누웠다. 그리고 내게 "커튼 쳐 봐."라고 말했다. 내가 시키는 대로 커튼을 전부 치자, 로렌은 전등에서 바닥 가까이 늘어진 실을 세 번 당겼다. 틱틱 하고 전등이 꺼지고, 방안은 낮이라 생각되지 않을 정도로 어둠에 감싸였다.

"뭐해?"

로렌은 바닥을 치며, 자기처럼 누우라고 권했다. 난 이상하게 생각하며, 그대로 로렌의 옆에 누웠다.

"뭐 하는 거야."

그렇게 묻는 내게, 로렌은 천장을 바라본 채 말했다.

"봐봐, 별이 잔뜩 보이지?"

"별? 아직 낮인데?"

"잘 봐봐."

"어딜?"

"어디라니, 별은 어디에 있는데?"

"그야 하늘이지."

"그럼 하늘을 봐봐."

로렌은 손가락으로 천장을 가리켰다.

"근데 집 안이잖아…… 앗!"

"보여?"

"응, 저거네!"

함석지붕의 갈라진 틈 사이로 들어오는 빛. 그건 흡사 낮의 별이었다.

"저기에도 있어!"

난 천장을 가리키며 후후후하고 웃었다.

"얼마나 구멍이 뚫려 있는 거야!"

"진짜배기 보고 싶어?"

"진짜배기?"

"진짜배기 별 말이야."

난 "응!" 하고 튀어 오르듯이 일어났다.

"그러면 별이 내리는 날에 데려가 줄게."

로렌은 천천히 상체를 일으켰다.

"별이 내리는 날?"

"응. 몇 십 년에 한 번, 별이 내리는 밤이 있어. 나한테는 그게 마지막 기회지. 몰래 빠져나올 수 있어?"

"응!"

지금 생각하면, 로렌은 분명히 '마지막 기회'라고 말했다. 하지만 그때의 나는 이미 몹시 흥분하고 있었기에, 그 말의 의미를 조금도 신경 쓰지 않았다.

"아무한테도 말하지 않고 올 수 있어?"

"응! 절대 아무한테도 말 안 할게! 약속할게!"

나는 가슴을 두근거리며, 뺨을 빨갛게 물들인 채, 오른손 새끼손가락을 내밀었다.

"그럼, 다음 화요일 밤에 보자. 화요일은 맑을 거야."

"정말로?"

"난 날씨를 알 수 있거든. 신에게 사랑받고 있으니 말이지."

로렌은 나와 손가락을 걸고, 씨익 웃었다.

그로부터 매일 밤, 쉽게 잠들지 못했다. 이불에 들어갈 때마다, 화요일까지 앞으로 며칠 남았는지 손가락으로 세었다. 드디어 찾아온 화요일은 아침부터 밤까지, 인생에서 가장 긴 하루처럼 느껴졌다. 밤이 되어 몰래 방을 빠져나오자, 로렌이 마중 나와 있었다. 내 가슴은 기대감으로 가득 차 당장이라도 터질 것 같았다.

하지만 그 기대는 맥없이 무너졌다.

"로렌, 별 하나도 안 내리네."

조금 높은 언덕에 누워, 나는 지루하다는 듯이 말했다.

"조금만 더 기다려봐."

"아까부터 계속 기다리고 있잖아."

"생각대로 되지 않는 게 인생이야. 기억해 둬."

난 "흐응."하고 불만을 담은 목소리로 대꾸했다.

"그래도 봐봐. 점점 별이 많아지고 있잖아?"

로렌이 하늘을 가리켰다.

"진짜네. 많아졌어."

물론 지금이라면 알고 있다. 그저 단순히 눈이 어둠에 익숙해졌을 뿐이라는 것을.

"아까보다 잔뜩 빛나고 있지? 낮에 해님의 빛을 잔뜩 모으고 있는 거야. 어두운 곳에서 빛나기 위해서는 안 보이는 곳에서 빛을 모으는 노력을 해야 해. 아무도 보지 않는 사이에 해님의 빛을 모으고 있는 거야. 잔뜩 말이지. 필사적으로 모은 녀석들만 저렇게, 어두운 곳에서 반짝이는 거야."

나는 제대로 이해하지 못한 채 "흐음."하고 맞장구를 쳤다.

"너도 모아야 해."

그렇게 말한 로렌의 목소리는, 풀솜처럼 부드러웠다.

"나도?"

"당연하지. 넌 이제 막 모으기 시작할 때야."

"로렌은?"

"난 모았던 걸 이미 다 써버렸어. 많이 모았다고 생각했는데, 조금 모자랐던 걸지도 모르겠네."

어둠 속에서 어렴풋이 보인 로렌의 웃음이, 왠지 슬프게 느껴졌다.

"그럼 내가 모은 걸 로렌에게 조금 나눠줄게."

"정말?"

로렌은 초승달 같은 눈웃음을 지었다.

"얼마나 모으면 돼? 어떻게 모으면 돼?"

내 관심은 조금도 내리지 않는 별에서, 지금부터 모아야 할 별로 향했다.

"그건 자기 자신만이 알 수 있는 거야. 어디서 어떻게 모으는지. 어디에 가면 모을 수 있는 건지. 그건 아무도 몰라. 네가 모을 빛은 너만이 찾을 수 있는 거야. 그러니까 의미가 있는 거야. 그러니까 힘든 거야."

조금 귀찮다고 생각했다.

"힘들구나."

"그야 힘들지. 길고 긴 시간 동안, 계속 빛을 모아야 하니까. 눈도 다 멀어가고, 다리가 굳어서 무릎도 굽혀지지 않고, 허리도 아프기 시작하고, 정말 무척 어려운 거야."

"그렇게 힘든 건 싫네."

"싫으면 안 모아도 돼."

로렌은 시험하는 듯한 투로 말했다.

"모으지 않으면 어떻게 돼?"

"잘 안 빛나지. 그뿐이야."

"안 빛나면 어떻게 돼?"

"어두운 곳에서 반짝이지 않으면, 아무도 찾아주지 않게 돼. 그뿐이야."

"흐응……."

역시, 잘 몰랐다. 난 빛나는 사람 같은 건 본 적이 없었다.

"외로운 거야. 아무도 찾아주지 않으면. 그런 녀석을 잔뜩 봐 왔어."

로렌은 밤하늘을 올려봤다.

"외로운 건 싫네."

나도 로렌처럼 밤하늘을 올려봤다.

"그렇지? 그러면 분발해야겠네."

"응, 그럼 조금 힘내볼게."

로렌은 "말 잘했어."라고 말하며 내 머리를 울퉁불퉁한 손으로 잡았다.

"항상 분발하는 게 남자야. 그렇다고 해서, 너무 분발하면 안 돼. 가끔은 힘을 빼기도 해야지. 과부족 없이 하는 게 좋은 거야."

"과부족…… 이 뭐야?"

"뭐야, 모르는 거야? 요즘 애들은 잘 안 쓰는 말인가. 적당한 게 좋다는 말이야."

"알겠어, 과부족 없이 할게."

나는 기분 좋게 답했다.

그날 밤 결국, 별은 단 하나도 내리지 않았다.

다음 날, 난 아틀리에에서 로렌에게 이런 질문을 했다.

"있잖아. 별똥별에 세 번 소원을 빌면 들어준다는 게 사실이야?"

"그런 건 거짓말이야."

"그렇지만 학교 친구가 그렇게 말했어."

몰래 밤에 별을 보러 간 것을, 난 친구에게 말해버렸다. 로렌은 그걸 알아챘는지, "어쩔 수 없는 녀석이구만."하고 말하는 듯한 얼굴로 웃고 나서, "별은 소원 같은 거 들어주지 않아."라고 딱 잘라 말했다.

"역시 그렇지? 나도 그렇게 생각했어."

나는, 마치 자신은 꼬맹이가 아니라는 듯이 말했다. 로렌은 다시 "어쩔 수 없는 녀석이구만."하고 말하듯이 웃었다. 그리고 덧붙여 말했다.

“하지만, 네가 노력하고 있으면, 언젠가 도움의 손길 정도는 베풀어 줄지도 모르지.”

“도움의 손길?”

“응. 그러니까 소원을 빌어도 나쁠 건 없어.”

나는 마치 알았다는 얼굴로 “으응.”하고 대답했다.

“그러면 결국 소원을 비는 게 낫다는 거구나.”

“그 말대로지만, 빈 만큼 자기 자신도 노력하지 않으면 안 돼. 자기는 아무것도 하지 않고 어떻게 되길 바라는, 그런 타력본원* 같은 걸 바라면, 될 것도 안 돼.”

조금 어려운 말을 쓴 로렌은, 그대로 내 머리를 꾸깃꾸깃하고 꽉 쥐듯이 쓰다듬어 주었다.

그로부터 며칠 뒤, 로렌이 입원했다.

병실의 로렌은 내 눈에는 건강한 것처럼 보였지만, 한 주가 지나도, 두 주가 지나도 퇴원하지 않았다.

그런 로렌을 걱정하던 나는, 어느 날 행동에 나섰다.

“기다려 로렌, 내가 로렌을 위해서 빛을 모아올게.”

“정말?”

로렌은 병원 침대에 누운 채, 얼굴을 이쪽으로 향하고

---

* 他力本願, 타인의 힘을 빌려 일을 성취한다는 것을 일컫는 말

웃었다.

"응. 그러니까 돌아올 때까지 기다려."

"그럼 기다릴게."

"응, 기다리고 있어. 약속이야."

"그래, 약속하자."

로렌이 내민 울퉁불퉁한 새끼손가락은, 뼈가 휘어 있었으며, 조금 떨고 있었다.

나는 내 가는 새끼손가락을 로렌의 새끼손가락에 걸었다.

"약속, 도장, 복사!"

내가 결의를 다진 얼굴로 로렌을 보자, 로렌은 초승달 같은 눈웃음을 지으며 "자, 빨리 다녀와."하고 내 머리를 꾸깃꾸깃 쓰다듬었다.

내가 기운차게 병실을 떠나려고 할 때, 뒤에서 "코우스케."하고 목소리가 들려왔다.

그건 지금까지 들은 것 중에서도 가장 부드러운 풀솜에 싸인, 보송보송한 로렌의 목소리였다.

돌아보자, 로렌은 조금 전과 마찬가지로 초승달 같은 눈으로 웃고 있었다.

"과부족 없이 해."

로렌의 목소리를 들은 건 그게 마지막이었다.

다음날, 병실에 찾아온 내게, 간호사는 로렌은 어디론가 가버렸다고 말했다.

나는 그 말을 곧이곧대로 믿었다.

"코우스케, 어제 어디 갔다 왔어?"

그렇게 물어본 간호사에게 나는 말했다.

"로렌은 해님의 빛을 모은다고 말했지만, 난 아직 어떻게 모아야 할지 잘 모르겠어. 그렇지만, 내리는 별이라면 주울 수 있을 거라고 생각해서, 별이 내리는 언덕에 갔어. 로렌이 가르쳐 준 장소가 있거든."

간호사는 눈웃음을 지으며 "그렇구나."하고 내 머리를 따뜻하게 쓰다듬었다. 그 손은 너무나도 부드러워서, 울퉁불퉁한 로렌의 손과는 전혀 달랐다.

로렌은 사라졌다.

내 앞에서 사라져버렸다.

그로부터 몇 년이 지나고, 난 어른이 되었다. 그리고 어느새 깨달았다. 로렌은 분명 죽은 거라고. 로렌은 내게 떠났다고 전하도록 간호사에게 말을 남기고는, 죽은 것이라고.

"하지만, 마음 한구석으로는 아직 살아있는 게 아닐까

하고 생각하고 있었어요. 그렇지만 그건, 뭐라고 할까. 산타클로스가 존재할 가능성 같은 희망이라고 생각하고 있었죠."

문득 유키코 씨를 보자, 유키코 씨는 그날의 간호사처럼, 눈웃음을 지으며 나를 보고 있었다. 나는 이어 말했다.

"분명 로렌은, 어떤 소망을 이 시리즈에 담은 게 아닐까, 이 언덕은, 어쩌면 그 언덕이고, 언덕에 있는 이 집은, 어쩌면 이 아틀리에고, 그곳에 밤하늘을 더해, 상상의, 이상의 세상을 그린 게 아닐까. 하고, 지금 막 생각했습니다."

내가 생각해도 제멋대로인 상상이라고 생각해 "이상한 소리해서 죄송합니다."하고 웃자, 유키코 씨는 "아냐."하고 고개를 저으며 미소를 지었다.

포장된 그림을 뜯고 분류하는 작업은 생각보다 많은 시간을 잡아먹었다.

"지금까진 '별이 내리는 집'만 여섯 장. 그 외에 같은 제목 없음."

같은 제목인 그림은 모으고, 창고에서 꺼낸 오래된 것처럼 보이는 그림은 예상되는 그려진 순서대로 늘어놓았다.

"사인이 다른 게 가장 오래됐어. 이 거리의 그림이네요. 그다음은, 그 근처에 모여 있던 초상화일까요? 저랑 같이 있었을 때 초상화를 그린 기억도 없고, 초상화부터는 지금과 같은 사인이네요."

이러고 있으니 로렌의 역사가 보이는 것 같았다.

"그리고 제가 아는 범위에서 말하자면, 저와 같이 있을 때 주로 그렸던 건 '별이 내리는 집'이라고 생각해요. 그렇지만, 그 전후는 잘 모르겠습니다."

내가 머리를 긁자, "전부 감정을 부탁하고 싶을 정도야." 하고 유키코 씨가 입술을 삐죽였다.

나는 "돈 엄청 들 거예요."하고 웃었다.

"최근 그려졌다고 확신할 수 있는 그림은 결국 '소녀A' 뿐인가…. 이게 가장 최신작인걸까."

유키코 씨가 '소녀A'에 가까이 다가갔다.

"이 '안나와 유키코'처럼 인물이 그려진 그림은 꽤 있네요. 이런 것들도 한 곳에 모을까요."

우리는 분담해서 퍼즐처럼 벽의 그림을 옮겨, 인물이 그려진 그림을 한곳에 모았다.

"얼굴 형태가 뚜렷하지 않은 것도 많지만, 모델은 다 작은 어린아이일까요? 참고로, 이 '광대무변'의 모델은 어렸을 때의 저예요."

내가 자랑하듯이 말하자, 유키코 씨는 질세라 '안나와 유키코'를 가리키며 "가장 나이가 많은 건 고등학생인 우리들이네." 하고 자랑하듯이 웃었다.

어느새 저녁 시간이 되어있었다. 결국 이렇다 할 성과를 남기지 못한 채, 오늘은 일단 끝내기로 했다.

"오늘은 정말 많은 도움 받았습니다. 감사합니다."

나는 유키코 씨에게 깊게 머리를 숙였다.

"아니야. 여기 있는 포장된 그림은 안 뜯어도 돼?"

"이건 내일 다시 제가 뜯어 놓을게요. 덕분에 큰 것들은 끝냈고, 남은 건 조금뿐이니까요."

유키코 씨가 "만약 괜찮으면, 내일도 도와줄까?"라고 말해주었지만, 나는 "모처럼의 3일연휴인데 아깝기도 하고, 화요일부터 다시 일 시작하셔야 하는데, 피로가 안 풀릴 거예요."라며 사양했다. 유키코 씨는 "그런 거 신경 쓰지 않아도 되는데."하고 웃었다.

서로 반대방향의 전철에 타는 것을 알게 되어, 역까지 같이 가기로 했다. 현관을 잠그고, 아틀리에에서 나와 몇 발 걸었을 때, 뒤에서 큰 목소리가 들려왔다.

"뭐야, 어제부터 바스락바스락 누군가 했는데, 너였구나!"

나와 유키코 씨는 동시에 뒤를 돌아봤다. 먼 옛날에 본 적 있는 그 남자의 얼굴에, 나는 나도 모르게 눈썹을 찌푸렸다.

"허어, 다 컸네. 이렇게나 컸어."

남자는 과장되게 눈을 크게 뜨고 있었다. 담배에 찌들어 누레진 이는, 얼마 남지 않아있었다.

"어쨌든, 너도 무사하게 잘 커서 다행이네."

남자는 히죽히죽 웃으며, 비트적비트적 내게 다가왔다. 술 냄새가 풍겨왔다. 유키코 씨는 내 뒤에 숨듯이 두 발 뒤로 물러났다.

"……감사합니다."

나는 벌레를 씹은 듯한 기분으로 형식상의 인사를 했다.

"아저씨 말이지, 걱정했었다고."

남자는 그다지 걱정하지 않은 듯한 히죽거리는 눈을 하며 말했다.

"감사합니다."

나는 기계적으로 반복했다.

"정말 잘도 이렇게 컸구나."

남자는 더욱 히죽히죽 웃었다. 나는 "별말씀을."이라고만 말하고, 빨리 자리를 뜨자고 유키코 씨에게 말했다. 그러자 뒤에서 남자의 목소리가 따라왔다.

"너, 옛날에 로렌의 집에 항상 있던 애지?"

"그래서요?"나는 뒤돌아 대꾸했다.

"내가 가장 처음에 데려왔지. 기억하고 있어?"

"네. 그때는 감사했습니다."

나는 일말의 감정도 담지 않고 말했다. 남자는 비트적비트적 우리 쪽으로 다가왔다.

"그 녀석 말이지, 여기 와서 지 이름을 전혀 말해주지 않았어. 그러니까 로렌 같은 별명이 붙고 말았지. 왜 안 알려주는지 다 같이 얘기 했는데, 넌 왜라고 생각해?"

묘한 분위기를 피부로 느끼면서도, 나는 "잘 모르겠는데요."라고 붙임성 없이 대꾸했다.

"그 녀석, 아무래도 전과가 있는 모양이야."

득의양양하게 말하는 그 쉰 목소리에, 나는 숨이 멎었다. 내 뒤에 있는 유키코 씨의 표정은 짐작도 할 수 없었다.

남자는 신경을 거스르는 목소리로 주저리주저리 계속 말했다.

"그렇지만 잡힌 건 아닌 것 같더라. 그러니까 그 녀석, 도망치고 있는 거야. 도망치다가 오사카까지 왔다는 소문도 있었어. 그러고 보니 요전번에도, 뭔가 로렌에 대해 조사하러 온 녀석이 있었지. 아직 도망치고 있는 게 아닐까."

조사하러 온 녀석, 이라는 말이 걸렸다.

"그건 언제일인가요?"

내가 얘기에 흥미를 느껴준 게 기뻤는지, 남자는 거드름부리듯이 "글쎄, 두 달 전 일이니까 말이야."작위적이게 고개를 갸웃거렸다.

"어떤 사람이었나요?"

내가 묻자, 남자는 더욱 히죽거리며 "뭐야 그, 좋은 옷차림을 한 남자였어. 안경을 쓰고 비싸 보이는 정장을 입고 좋은 시계를 차고서 말이야. 호리호리한 몸에, 듬성듬성 백발이 섞여 있었지."라고 즐거운 듯 말했다.

짚이는 곳이 있었다. 갤러리를 빌려준, 미대생 친구, 유우키의 삼촌이다. 그렇군, 미술상에게 소문을 전한 건 그 삼촌이었던 건가. 분명 로렌에 대해 독자적으로 조사하려 한 것이겠지. 난 되도록 표정을 유지한 채 "그런가요. 감사합니다."라고만 말하고, 발길을 돌렸다.

"뭐야, 벌써 끝인가."

불만족스러워하는 남자의 목소리를 등지고, 나는 조용히 역을 향해 빠르게 걸었다. 유키코 씨는 내 뒤를 종종걸음으로 따라왔다.

한동안 아무 말도 하지 않고 걸은 뒤, 유키코 씨는 불안한 듯한 표정으로, 빠르게 걷고 있는 내게 물었다.

"코우스케, 조금 전 얘기는 무슨 소리야?"

"신경 쓰지 않으셔도 돼요. 조금 이상한 사람이에요. 그 사람."

나는 유키코 씨에게 눈길도 주지 않고 대답했다.

"신경 쓰지 않아도 된다니……."

유키코 씨는 살짝 뛰어 나를 가로지르고는, 내 앞에 멈춰 돌아섰다.

"코우스케!"

나는 깜짝 놀라 "네."하고 멈췄다.

"나는 안나를 찾고 싶어. 넌 로렌을 찾고 싶고. 그리고 안나와 로렌은, 이어져 있을 가능성이 있어. 그렇지?"

조금 유키코 씨의 기세에 눌리며, 나는 "네. 그렇죠."라고 대답했다.

"혼자보단 둘이서 찾는 게 좋지?"

나는 "그건…… 뭐……."라고 말끝을 흐리며 끄덕였다.

"그러면, 서로 전부 얘기하자. 서로 감추지 말고 정보를 공유하는 게 가장 빠른 길 아니야?"

유키코 씨는 아무 말도 하지 않는 나를 "그래서,"라고 말하며 똑바로 바라봤다.

"방금 얘기는 뭔데?"

나는 시선을 살짝 피했다.

"아니, 저도 모르는 얘기에요. 단지……."

유키코 씨가 "단지?"하고 한 발자국, 내게 가까이 다가왔다.

"미술상으로부터 사소한 소문을 들어서……."

"어떤?"

유키코 씨가 내 얼굴을 살펴보듯이 말했다.

"로렌이……."

나는 더욱이 얼굴을 피하며 우물거렸다.

"로렌이?"

유키코 씨는 한 발 뒤로 물러서고는, 조금 느긋한 말투로 "로렌이 어쨌는데?"라고 물었다.

나는 각오를 다졌다.

"로렌이, 과거에 사람을 죽였을지도 모른다고."

그 내 말에, 유키코 씨가 숨을 죽였다.

나는 허둥대며 덧붙였다.

"아니 그래도 그 사람도 소문으로 들은 정도라, 아직 그렇다고 정해진 건 아니고…… 게다가 소문의 출처는 방금 만난 그 이상한 사람인 것 같으니까……."

"그거."라고 유키코 씨가 내 말을 끊었다.

"그거 언제 얘기야?"

나는 고개를 떨궜다.

"그게, 전혀 모르겠어요."

"옛날얘기? 아니면 최근?"

나는 여러 차례 고개를 저었다.

"몰라요. 정말 전혀 모르겠어요."

"혹시, 사실은 그걸 알기 위해 나한테 연락한 거야?"

뜨끔해서 유키코 씨를 보자, 그녀는 곧고 강한 눈빛으로 나를 보고 있었다.

"그런 것도…… 있습니다. 하지만 순수하게 로렌의 행방을 찾고 싶었던 건 사실이에요. 저는 로렌이 죽었다고 생각하고 있었기에, 살아있다는 게 기뻐서. 그건 정말입니다."

유키코 씨는 무언가 깊게 생각하듯이 "그래……."하고 시선을 떨궜다.

"죄송합니다. 유키코 씨가 불안해하는 것도 무리는 아니에요."

"로렌은 십 년 전에 코우스케 앞에서 모습을 감춘 거지?"

나를 살펴보듯이 시선을 위로 올린 유키코 씨에게, 나는 "네."하고 끄덕였다.

"설마…… 십 년 전에 모습을 감춘 이유는……."

미간을 찌푸리며 유키코 씨가 하는 말을 이번엔 내가 "하지만!"하고 끊었다.

"하지만, 전 로렌의 이름을 알고 있습니다. 실은 유키코 씨와 만나기 전에 인터넷으로 알아봤어요. 그렇지만 아무런 사건도 없었습니다. 게다가, 로렌은 제 앞에서 사라진 뒤에도 오사카에 남아 있었잖아요. 유키코 씨랑 안나 씨와도 만났고, 둘의 그림도 그렸죠. 살인을 저지른 뒤에 그런 태평한 짓을 할까요?"

유키코 씨는 오만상을 찌푸린 얼굴을 한 채 말했다.

"나야 모르지, 아티스트가 무슨 생각을 하는지."

어색한 분위기가 감돌았다. 서로 아무 말도 하지 않은 채 역까지 걸었다.

역에 도착하고, 유키코 씨가 무거운 분위기를 깨듯이,

"코우스케."라고 말했다.

"나 역시 내일도 올게. 이렇게 되면 너무 신경 쓰여서 집에서 제대로 쉴 수 있을 것 같지 않으니까."

나는 짧게 "알겠습니다."하고 말을 뱉고서는, 빠른 걸음으로 개찰구로 떠났다.

"코우스케 왔니?"

거실 문을 열자, 주방에서 어머니가 뒤돌아보며 말했다.

"응, 다녀왔어."

나는 긴 한숨을 쉬고, 거실의 소파에 깊게 앉았다.

"오늘은 뭐 했어?"라고 어머니가 평소처럼 저녁밥 준비를 하며 물었다.

나는 "쇼핑했어."라고 대답했다. 어머니가 "어라."하고 고개를 들었다.

"아침부터 쇼핑하러 가서 아무것도 안 산 거야?"

나는 조금 당황하고 "아, 응. 친구 쇼핑하는데 어울린 거라서."라고 어색한 변명을 했다. 다행히 어머니는 의문을 품지 않은 듯이 "또 유우키?"하고 미소를 지었다. 유우키와는 개인전 일도 있어서 한동안 자주 만났었다. 내가

"맞아맞아."라고 대답하자, 어머니는 "최근 들어 사이좋네."하고 웃었다. 나도 "그렇네."하고 웃었다.

어머니가 언제나처럼 "홍차 마실래?"라고 묻자, 나는 "응."하고 대답하며 소파에서 일어났다. 그리고는 바쁘게 준비하는 어머니 곁으로 가, 컵을 꺼냈다.

"얼 그레이로 할래?"

"난 뭐든지 괜찮아."

"오늘 밥 뭐야?"

"오늘은 치즈 햄버그야."

매일 쓰고 있는 컵을 꺼내고, 전기 주전자의 물이 끓을 때까지, 난 어머니와 평소와 아무 다를 것 없는, 아무렇지 않은 대화를 나눴다.

다음날은 월요일. 공휴일이었다. 아직 조금 어색한 기분이 남은 채, 개찰구에서 유키코 씨를 기다리고 있자, 그녀는 웃는 얼굴로 나타났다. 아틀리에에 도착하고, 우리는 마치 아무 일도 없었다는 듯이 어제 하던 일을 이어 하기 시작했다.

나는 아직 포장되어 있는 그림을 뜯고, 유키코 씨에게 어제 새로 나온 그림의 사진을 찍어달라고 부탁했다. 묵

묵히 작업하고 있자, 갑자기 유키코 씨가 작게 내뱉었다.

"로렌은…… 정말로 살아있을까……."

아무래도 아무 말도 하지 않은 동안, 머릿속에서 여러 생각을 하고 있던 모양이다.

"그도 그럴 게, 편지가……."

그렇게 말하면서도, 나도 생각하지 않은 건 아니었다. 유키코 씨는 조금 말하기 힘든 표정을 지으며 이어 말했다.

"하지만, 잘 생각해보면 로렌이 살아있다는 증거는 그 뿐이잖아? 이상한 얘기지만, 그게 진짜라는 증거는 있을까 해서."

"그렇지만, 계좌번호까지 쓰여 있고……."

내가 그렇게 말하자, 유키코 씨는 "앗!"하고 크게 외쳤다.

"왜 그러세요?"

유키코 씨는 희망이 가득한 눈동자로, 내 오른팔을 손가락이 파고 들어갈 정도로 꽉 쥐었다.

"계좌번호로 알 수 없을까? 어디 지점이라고 했지?"

그녀가 뭘 말하고 싶은지 잘 알고 있다. 나는 입술을 다물고, 천천히 끄덕였다.

"실은 정말로 존재하는 계좌인지 확인하고 싶기도 해서, 한 번 ATM으로 송금 시도를 해본 적이 있습니다. 아이치현에 존재하는 Y지점이었어요. 저도 조금 알아봤지만……."

유키코 씨는 태연한 내 모습을 보고, 결과를 눈치 챈 듯이 "그래서……?"하고 눈꼬리를 내리며 말했다.

"안타깝게도 Y시에서 계좌를 만들었다는 정보 외에는 아무것도 알 수가 없었습니다. 언제 만들었는지도, 정말 본인이 만들었는지도 말이죠. 당연히 은행도 개인정보를 가르쳐 줄 리는 없으니까."

"그렇구나. 그렇긴 하지."

유키코 씨는 푹 고개를 숙였다.

"잠깐, 그래도 어디에 사는지 알았다면, 돈은 들지만, 탐정에게 부탁하는 방법도 있잖아?"

"알고 있는 건 Y시에서 계좌를 개설했다는 사실 뿐이라서, 지금 살고 있는지는 모르고, 게다가 의뢰를 낼 방법이 없습니다."

"왜?"

"로렌의 사진이 없어요."

유키코 씨가 "앗……."하고 얼굴을 찡그렸다. 그리고

"아무래도 이름만으로는 힘들지."라고 이어서 말하는 듯 하더니, 다시 "앗!"하고 큰 목소리를 내었다.

"그러고 보니 어제, 로렌의 본명을 알고 있다고 하지 않았어?"

"네. 계좌에 이름이 표시되어 있었으니까요. 가타카나이지만."

유키코 씨의 눈이 반짝였다.

"그래도 특별히 보기 드문 이름도 아니고, 한자도 모르고 사진도 없으면, 아무리 Y시를 조사해달라고 부탁해도 어렵습니다."

"참고로 로렌의 이름은……."

그렇게 말하다가, 유키코 씨의 표정이 얼음처럼 굳었다.

"왜 그러세요?"

유키코 씨는, 눈을 크게 뜨고 나를 가리켰다. 정확하게는, 내가 들고 있는 그림을 가리키고 있었다.

"안나……!"

내가 뜯고 있던 포장 속에서 나타난 건 '소녀A'와 같은 모델이라고 생각되는 여성의 그림이었다.

나는 서둘러 포장을 전부 뜯었다.

그 속에서 나타난 건, 총 6장에 달하는 안나 씨의 그림이었다. 모든 그림이 작은 캔버스에 그려져, 마치 감추려고 하듯이 제대로 포장되어 있었다. 그리고 곁에 있던 스케치북에는 안나 씨를 그린 것 같은, 연필로 그려진 소묘가 잔뜩 있었다.

"어째서……?"

유키코 씨는 그렇게 말하고서, 말을 잃었다. 나 또한 말을 잃었다.

잠깐의 침묵이 지나고, 다시 유키코 씨가 목소리를 내었다.

"어째서 이렇게……."

안나 씨만. 나도 유키코 씨와 같은 생각을 했다.

웃고 있는 얼굴, 화난 듯한 얼굴, 기지개를 켜고 있는 모습, 하품하는 도중, 뒤를 돌아보며 웃는 얼굴, 그리고, 호소하듯이 우는 얼굴까지. 다른 옷, 다른 동작, 다른 머리 스타일. 마치 집요할 정도로, 정성스럽게, 정성스럽게 안나 씨만이 그려져 있었다.

"어느 그림도 어른 같네요. 적어도 그 '소녀A'와 같은 나이이거나 혹은 그 이상. 하지만 복장이나 헤어스타일이 다르니까, 그려진 건 제각각 다른 날이겠죠."

유키코 씨는 잠시 아무 말도 하지 않고, 안나 씨의 그림을 뭐라 형용할 수 없는 표정으로 바라보고 있었다.

로렌의 그림에 인물은 많이 등장한다. 처음엔 보기 드물다고 생각했던 초상화도 이번에 여러 장 창고에서 발견했다. 하지만 그 그림들은 모두 꽤 오래되어 보였고, 전부 다른 인물이었다.

안나 씨의 그림만, 이렇게 잔뜩 그려져 있다.

그리고, 그 그림에는 전부 같은 '소녀A'라는 제목이 붙어있었다. 이걸로 같은 제목이 존재하는 그림은 '별이 내리는 집'과 '소녀A'두 종류가 되었다.

그것은 명백히 안나 씨가 특별한 존재라는 것을 얘기해주고 있었다.

안나 씨의 소묘로만 가득 채워진 스케치북은, 이상한 느낌마저 들었다.

"어쨌든……."

나는 혼란스러운 머릿속에서 할 말을 찾았다.

"일단 쉬지 않을래요? 그림은 전부 꺼냈고, 슬슬 점심시간이니까. 뭔가 사러 편의점이라도 가죠."

나는 가만히 안나 씨의 그림을 바라보던 유키코 씨를 데리고 밖으로 나왔다.

아틀리에의 문을 잠그고 있자, 노린 듯이 오한이 엄습하는 그 목소리가 들렸다.

"또 너 여자 데려온 거야?"

유키코 씨는 노골적으로 얼굴을 찌푸렸다. 분명 나도 같은 표정을 하고 있었다. 남자는 히죽히죽 웃었다.

"로렌하고 똑같네. 그 녀석은 어린애라든지 잔뜩 데려와서 말이야. 예쁜 여자애도 데려왔었지."

나와 유키코 씨는 무심코 얼굴을 마주 봤다. 유키코 씨의 얼굴이 파래지는 게 보였다. 말도 섞고 싶지 않았지만, 나는 리스트 속에서 한 장의 사진을 꺼내어 남자에게 다가갔다.

"그 여자애는 이 사람을 말하는 건가요."

눈앞에 내민 '소녀A'의 사진에, 그 남자가 손을 뻗으려고 해서, 나는 반사적으로 그 손을 피했다. 뭐가 재밌는지 남자는 히힛 하고 웃고서는, 빠져들어 갈 듯이 사진을 뚫어져라 쳐다보고, 더 목소리를 높여 핫핫 하고 웃기 시작했다.

"그래그래, 이 아이야. 빼닮았네, 기분 나쁠 정도로 빼닮았어. 그 녀석의 뭐가 좋았던 걸까. 상당히 예쁜 여자라고."

유키코 씨가 크게 숨을 들이쉰 것을 깨달았다. 나는 유키코 씨를 막고 "실례하겠습니다!"하고 그 자리를 떠나려고 했다.

"로렌의 죄명 알고 싶지 않아?"

남자는 담배로 누레진 이를 보이며, 큰 소리로 말했다. 그리고 나를 향해 휙휙 이리 오라 손짓했다. 나는 마지못해 남자에게 다가갔다. 남자는 내가 다가가자 기쁜 듯이 히힛 하고 웃고서 속삭이듯 말했다.

"아동살해."

나는 할 말을 잃었다.

"그러니까 걱정했던 거야. 너 곧잘 그 녀석 집에 드나들었잖아. 언젠가 행방불명이 되는 게 아닐까 하고 걱정했지."

처음부터 계속 히죽거리고 있는 눈앞의 남자에 대해, 분노도, 슬픔도 느껴지지 않았다. 그저 머릿속이 새하얘졌다.

"이 땅은 그 녀석이 주인이라는 것 같더라. 그러니까 경찰도 증거가 없으면 마음대로 들어올 수 없어. 한 번 정원이라도 파헤쳐보면 뭔가 나올지도 모르지."

"코우스케, 이만 가자."

내 팔을 당긴 건 유키코 씨였다. 그걸 신호로, 나는 현실로 돌아온 기분이 들었다.

유키코 씨는 붙임성 없이 "감사합니다."라고 말하고서, 내 팔을 당긴 채, 걷기 시작했다. 나는 가슴에 구멍이 뚫린 것 같이, 머릿속이 새하얀 채, 그저 다리만 기계적으로 움직이고 있었다.

편의점에서 점심밥을 사고 아틀리에로 돌아가는 우리들의 발은 무거웠다.

서로 입을 다문 채 아틀리에의 현관을 열자, 아까 발견한 안나 씨의 그림들이 눈에 들어왔다.

유키코 씨는 조용히 그 그림 가까이 다가가, 조심스럽게 한 장을 손에 들었다.

"왜 안나의 그림만 이렇게 많다고 생각해?"

유키코 씨가 결심한 듯이 입을 열었다.

"잘 모르겠지만……."

나도 내 나름대로 생각한 의견을 얘기하려고 했다.

"둘은 어쩌면…… 그, 우리가 생각하던 이상으로 친했던 걸지도 모릅니다. 어쩌면 좀 더 그, 특별한……."

내 생각을 꿰뚫어 봤는지, 유키코 씨는 미간에 주름을 만들며 "말도 안 돼."라고 바로 고개를 저으며 말했다.

“사귀기라도 했다는 거야? 그럴 리 없잖아. 몇 살이나 차이 난다고 생각해.”

그렇게 내뱉은 유키코 씨는, 심하게 동요한 것처럼 보였다.

“그래도 그런 커플도 있고, 그렇게 단정 지을 수는…….”

“그런 얘기면, 로렌이 안나의 스토커였을 가능성이 더 높아!”

유키코 씨는 조금 열을 내며 대꾸했다.

“그런…….”

말을 잃은 내게, 유키코 씨가 이어 말했다.

“어쩌면 안나는 로렌으로부터 도망치려고 도쿄까지 간 거 아니야?”

“설마 그럴 리가!”

무심결에 내 말투도 세져, 다시 어색한 분위기가 감돌았다.

“저기, 화내지 말고 들어줘.”

유키코 씨가 조금 얌전한 톤으로 다시 입을 열었다.

“뭔가요?”

“로렌은, 정말…… 그…….”

말을 잇지 못하는 그녀의 다음 말에 안 좋은 느낌이 들어, 내 목소리가 절로 날카로워졌다.

"유키코 씨?"

"화내지 말라니까! 어디까지나 가능성의 이야기니까."

그녀의 표정이 괴로운 듯이 일그러졌다.

"화 안 났어요. 단지, 전 로렌에 대해 알고 있습니다. 그는 그런 사람이 아니에요."

"하지만 난 코우스케만큼 로렌을 믿고 있는 게 아니야. 적어도 안나는 소식이 끊기기 전에도, 그 뒤에도, 로렌과 있었겠지. 바꿔 말하면, 로렌과 만나고 나서 실종되었다고도 할 수 있어. 어쩌면 로렌이 강제로……."

"유키코 씨!"

말을 끊은 내 목소리에 반응하듯이, 유키코 씨의 목소리도 날카로워졌다.

"난 로렌의 친구가 아니야! 안나의 친구야. 안나가 걱정될 뿐이라고……."

당장이라도 울 것 같은 그 목소리를 들어도, 난 내 의견을 굽힐 생각이 들지 않았다.

"그렇다고 해서 로렌이 안나 씨에게 뭔가 했다는 건 전혀 생각할 수 없습니다. 오히려 안나 씨가 로렌을 따라간

게 아닌가요?"

"안나가? 왜? 그렇게 예쁘고 어리고 완벽한 안나가, 굳이 노숙자 같은 아저씨를 따라갈 이유는 뭔데!?"

"그런 건 저도 모릅니다!"

"그럼 왜 다 어린앤데!"

순간, 나와 유키코 씨의 사이에 차가운 공기가 감돌았다.

"……무슨 의미인가요?"

유키코 씨는 고개를 숙이고 입술을 깨물고 있었다. 눈동자는 조금 젖어있었다. 마주 보고 있는 나 또한, 분명 같은 표정을 하고 있었다.

"어째서…… 어린애 그림만 있는데……."

유키코 씨의 목소리가 곧 끊어질 듯이 흔들렸다.

"……무슨, 의미인가요?"

내 목소리 또한, 흔들리고 있었다.

"예전에는 어른의 초상화를 그렸는데, 코우스케와 만나고 나서 로렌이 그린 건, 고등학생이나 어린애 그림뿐이잖아……."

목 깊은 곳에서 쥐어 짜낸 듯한 그 목소리는, 당장이라도 터질 것 같았다.

나는 몸이 굳어진 듯이, 목이 막혀 목소리도 내지 못하고, 그저 입을 두 번 뻐끔거렸다.

"그런……."

"게다가, 안나 그림만 저렇게 잔뜩……. 코우스케도 이상하다고 생각했지? 사실은…… 안나는 힘들었던 걸지도 몰라……. 그래, 그러니까 갑자기 도쿄에 간다고……. 로렌으로부터 도망치려고 한 거 아니야!?"

"적당히 하세요!"

무심코 목소리가 거칠어졌다.

"나, 계속 신경 쓰이던 게 있는데……."

유키코 씨는 괴로운 듯이 눈을 꽉 감았다.

"코우스케가 로렌과 만난 건 아주 옛날이지? 그때 도움받은 기억만 있는 거지?"

"그래서요……?

"그건 정말 진짜 기억일까. 어쩌면 기억이 미화되었을 가능성도……."

갑자기 머리에 피가 쏠렸다.

"미화 따위 하지 않았어! 난 내 기억대로 말하는 거야. 왜 그런 소리를 하는 겁니까!"

로렌은 언제나 상냥했다. 때로는 풀솜처럼, 때로는 딱

딱하게, 언제나 내게 말을 걸어주었다. 아틀리에에 들여주었다. 별을 보여주었다. 그림을 그려주었다.

내 기억 속의 로렌이 가짜라니. 그럴 리 없다.

"나도 말하고 싶지 않아! 하지만 내게 있어선 안나가 소중해! 네게 로렌이 소중하듯이, 내겐 안나가 소중하다고!"

내 가슴속에서 끈적하고 더러운 것이 솟구쳐 나왔다.

"연락이 끊기고 지금까지 찾아보지도 않은 주제에……."

어느새 그렇게 내뱉고 있었다.

"그건 구직활동도 그렇고 여러모로 바쁜 시기라서……! 코우스케도 편지가 올 때까지 로렌을 찾지 않았잖아."

유키코 씨는 입술을 깨물었다.

"사람은 모두 자신의 과거를 아름답게 기억하려고 해……. 네가 본 로렌과 안나가 본 로렌은 전혀 다른 사람일 가능성도 있어."

나는 아무 말도 하지 못했다.

"그도 그럴 게 난 코우스케한테 들은 로렌밖에 몰라. 로렌과 있던 당시, 넌 너무 어렸던 거야. 사실을 오인하고 기억하고 있을 가능성도 충분히 있어."

입을 다물고 있는 내게, 유키코 씨는 계속 이어 말했다.

"나는 그렇게까지 로렌과 친한 게 아니었으니까……. 로렌에 대해 몰라. 코우스케처럼 신용할 수 없어."

어쩔 수 없다. 누구나 모르는 사람을 믿기보다, 사람을 의심하더라도 소중한 친구를 걱정하겠지. 그건 나도 이해할 수 있다. 하지만 머리로는 알고 있어도, 감정이 따라가지 않는다.

"알고 있습니다. 유키코 씨의 마음도 압니다. 하지만 부탁합니다. 그 이상한 남자가 말하는 건 믿지 말아 주세요. 틀림없이 내가 더, 아니 나만이 로렌을 알고 있어. 난 로렌의 진짜 모습을 알고 있다고……."

무거운 공기가 방안을 뒤덮었다.

"그럼……."

유키코 씨의 긴장된 목소리가 그 분위기를 깼다.

"그럼, 그 그림 속의 어린아이들은 제대로 어른이 되었어?"

당장이라도 오열할 것 같은 목소리로 유키코 씨는 그렇게 말했다.

"당연한 거 아닙니까."

유키코 씨의 시선이 흘깃 정원을 향했다.

그 동작에, "정원이라도 파헤쳐보면……."이라고 말한

기분 나쁜 남자의 목소리가 되살아났다.

숨이 막혔다.

“나는……!”

간신히 목에서 나온 소리는 다 쉬어 있었다. 나는 크게 침을 삼켰다.

“나는 살아있어!”

유키코 씨의 눈에서 눈물이 흘렀다.

“저는 살아 있잖아요! 전 지금 이렇게 살아있습니다! 그게 무엇보다 큰 증거잖아요! 제가 증인이지 않습니까!”

“안나도 살아있어!?”

유키코 씨가 울부짖듯이 말했다.

“당연한 거 아닙니까!”

“정말 약속할 수 있어!?”

찢어질 듯한 유키코 씨의 목소리에, 나는 숨이 멎었다.

“로렌은…… 로렌은, 절대로 그런 짓 하지 않아.”

미지근한 이슬이 한 줄기, 뺨을 타고 내려왔다. 그걸 본 유키코 씨는, 내게서 시선을 피하고 “미안.”이라고 작게 말했다.

유키코 씨는 “오늘은 이만 돌아갈게.”라고 말하고서는 아틀리에를 뒤로했다.

나는 로렌이 그린 안나 씨를 바라보며, 그저 조용히, 그 자리에 가만히 서 있었다.

“코우스케, 밥 먹어.”

계단 밑에서 어머니가 부르는 소리가 들렸다.

“금방 갈게.”

계단을 향해 외치고, 나는 방문자 명부를 닫았다. 회화 리스트도 닫으려고 손을 댔다가, 그대로 멈췄다.

‘광대무변’

처음 내가 이름을 썼을 때, 로렌이 가르쳐준 말.

‘한없이 넓은 것을 뜻하는 말이야. 네 인생이나 장래의 가능성을 말하는 거지.’

그건 분명 내가 기억하고 있는 것 중, 가장 처음에 들은 「희망의 말」이었다.

몇 번이든지 마치 어제 들은 것처럼 선명하게 되살아나는 로렌의 거친 목소리가, 내가 기억을 왜곡해서 만들어 낸 것이라니. 도저히 그렇게 생각할 수 없다.

나는 ‘안나와 유키코’의 페이지를 넘겼다.

그 외에도 그림 제목과 관련 있어 보이는 이름이 방문자 명부에 있지 않을까 하고 하나하나 살펴봤지만, 관계성은 보이지 않았다. 애초에 '안나와 유키코'처럼 직접적으로 이름을 알 수 있는 제목은 그 외에 없었고, 내 이름에서 따왔다고 생각되는 '광대무변'처럼 적어도 한 글자라도 관련 있는 제목이 있지 않을까 하고 찾아봤지만, 딱히 접점은 보이지 않았다.

'소녀A'외의 그려져 있는 모든 인물은 아이 같이 보였고, 그중에서도 고등학생이라 생각되는 '안나와 유키', '유키'외에는 어린아이 같았다.

내가 모델이라 생각되는 그림은 두 장.

'광대무변', '친구'

그리고 그 외에, 인물이 그려진 그림은 여섯 장.

'노을 색', '작은 섬과 푸른 잎', '청경우독', '나날이 이와 같은 좋은 날', '유형무형', '낙숫물 소리'.

이 중 누군가가 로렌의 이름을 발견하고, 개인전에 와준다면, 다시 로렌과의 연결점이 늘어날지도 모른다.

그런 생각을 하고 있자, 콩콩 문을 두드리는 소리가 들렸다.

"코우스케? 밥 덜어 놓아도 돼?"

문틈 사이로 어머니가 얼굴을 비췄다.

나는 기세 좋게 리스트를 닫았다.

"미안 미안, 회사 자료 보고 있어서."

"앗 고생하네. 요즘은 구직활동 준비를 이렇게 빨리해야 하는구나."

난 허둥지둥 일어나서 방의 전등을 껐다.

"맞아 맞아, 고생이지. 오늘 밥은 뭐야?"

"오늘은 말이지, 닭튀김을 만들었으니까 아직 따뜻한 사이에……."

나와 어머니는 같이 계단을 내려가, 식탁으로 향했다.

식사를 마치고 거실에서 어머니와 얘기를 나누고 있자 휴대폰이 울렸다. 유키코 씨였다.

허둥지둥 방으로 돌아가 전화를 받았다. 그녀는 멋쩍은 목소리로 "오늘은 미안해."라고 말했다. 그리고 "지금 근처에 있는데 얘기할 수 있어?"라고 이어 말했다.

아틀리에 근처를 말하는 걸까, 하고 생각하고 있었는데, 유키코 씨는 우리 집 근처의 역에 와있었다. 전에 알려준 역명을 기억하고 있던 모양이다. 나는 급히 역까지 달려갔다.

"갑자기 미안해."

내가 역에 도착하자마자, 유키코 씨는 얌전한 얼굴로 머리를 숙였다.

"오늘 있던 일이 계속 신경 쓰여서. 전화로 얘기할까 생각도 했지만, 내용이 내용이라서 역시 만나서 이야기하는 게 좋을 것 같아서. 내일부터는 다시 일해야 하고, 꼭 오늘 안에는 사과하고 싶어서. 무신경한 말을 해서 정말 미안해."

유키코 씨는 거침없이 그렇게 말하고는, 더 깊이 머리를 숙였다.

"잠깐, 그만두세요."

나는 당황해, 유키코 씨의 어깨에 손을 대었다.

"저야말로 감정적이었어요. 오히려 유키코 씨가 말하고 싶은 건 아주 잘 알고, 저도 똑같은 얘기를 들으면 분명 제 소중한 친구를 걱정할 거예요. 저야말로 유키코 씨의 마음을 헤아리지 못해서 죄송합니다."

서로 머리를 숙인 채, 나는 "그……."라고 작게 말했다.

"일단, 여긴 좀 그러니 우리 집에서 얘기하지 않을래요?"

가장 사람이 몰릴 때는 지났지만, 아직 사람이 많이 지나다니는 개찰구 앞에서, 머리를 숙이고 있는 우리를 지나가는 사람들이 빤히 보고 있었다.

"갑자기 집에 들어가도 정말 괜찮아?"

밤길을 걸으며, 유키코 씨는 계속 미안해했다.

“네. 연락해놓았으니 괜찮아요. 집에는 방문자 명부도, 리스트도, 컴퓨터도 있으니까 여러 가지 알아볼 수도 있고. 단지……. 유키코 씨에겐 전에 조금 제가 시설에 있었다고 얘기한 적 있는데, 제 지금 부모님은 양부모님이세요.”

유키코 씨는 고개를 끄덕였다.

“부모님은 로렌에 대해 모릅니다. 개인전을 연 사실도, 그 아틀리에의 존재도, 하나도 말하지 않았어요. 그러니 그런 얘기는 절대로 하지 않으셨으면 하는데, 괜찮나요? 유키코 씨는 대학교 선배인 걸로 부탁드립니다.”

유키코 씨는 딱히 아무것도 묻지 않고, 얌전히 “알겠어.”라고 말해주었다.

집으로 돌아오자 현관에서 어머니가 기대하는 얼굴로 기다리고 있었다.

유키코 씨를 대학에서 신세 진 서클의 선배라고 소개한 뒤, 오늘은 대학 과제와 구직활동 상담을 하기 위해, 내 컴퓨터를 쓰고 싶어서 집까지 와주었다고 그럴듯한 이유를 붙여 방에 들였다. 수상하게 여겨지지 않기 위해, 혹시 몰라 어머니에게 차를 가지고 방으로 와달라고 부탁했다.

물론 어머니 앞에선 '유키코 씨'라고 하지 않고 '코마츠바라 선배'라고 약간 거리를 두어 불렀다.

"들어오세요. 더러워서 죄송합니다. 유키코 씨는 그쪽에 앉아주세요."

유키코 씨를 소파에 앉히고, 나는 책상을 사이에 둔 자리의 바닥에 쿠션을 놓았다.

"아냐, 무척 깔끔한걸. 넓기도 하고, 내 방보다 깔끔하게 정리되어 있을지도 몰라."

"물건이 별로 없을 뿐이에요. 유키코 씨 홍차는 좋아하시나요?"

"응, 좋아해. 그래도 정말 괜찮으니까 딱히 신경 쓰지 마."

"아뇨, 이건 일종의 알리바이 공작이니까요. 조금만 어울려주세요."

그렇게 말하고 나는 책상 위에 여러 회사의 자료를 늘어놓고 필통과 노트를 꺼낸 뒤 보란 듯이 컴퓨터를 켰다.

"아, 카무플라주구나."

유키코 씨는 빙긋 웃었다.

"그런 거죠."

나도 똑같이 빙긋 웃고서, 쿠션을 방석 삼아 바닥에 앉았다.

얼마 지나 어머니가 홍차를 가지고 방으로 들어왔다.

"언제나 코우스케가 신세 지고 있습니다."

서로 정형문 같은 인사를 나눴다. 어느새 유키코 씨는 작위적이게 안경을 쓰고, 싱글벙글 어머니와 얘기를 나누고 있었다.

"어라, 손님 왔어?"

방문이 닫히는 순간, 평소보다 귀가가 늦은 아버지의 목소리가 들려왔다. 아무래도 현관에 놓인 유키코 씨의 신발을 본 것 같았다. 귀를 기울이자, 계단을 내려가는 소리와 함께 "응, 코우스케의 친구가……."하고 작게 말하는 어머니의 목소리가 들렸다.

"뭐라고! 코우스케의 여자친구가?!"

아버지의 목소리가 한층 크게 방까지 들려왔다.

"쉿! 그게 아닌 것 같아. 대학교 선배라고……."

아마 어머니에게 끌려 거실에 들어간 것이리라, 둘의 목소리는 거기서 끊겼다.

"상냥해 보이는 부모님이시네."

유키코 씨가 킥킥 웃으며 말했다.

"그러니까 말했죠? 전 한때 시설에 있었을 뿐, 그 외에는 평범한 가정에서 자랐다고."

그렇게 말하며 나는 바로 책상 위의 불필요한 자료들을 치웠다.

홍차에 입을 댄 유키코 씨는 "우와 이거 엄청 맛있다." 라고 감탄한 듯이 말했다. "좋은 홍차지?"라고 유키코 씨가 물어봤지만, 내게는 언제나 마시고 있는 거라서 그게 '좋은 홍차'인지 어떤지는 잘 몰랐다. 따뜻한 것에 입을 대어서 유키코 씨는 조금 몸이 풀린 것 같았다.

"오늘 갑자기 이렇게 찾아오게 된 건, 다시 로렌과 안나를 찾는데 도움을 드리고 싶어, 그 부탁을 드리기 위해서입니다."

유키코 씨는 소파에서 내려와 무릎을 꿇고서, 낮은 책상에 두 손을 가지런히 모으고 말했다. 그 가벼운 농담처럼 느껴지는 과장된 예의에서, 유키코 씨가 최대한 분위기를 무겁게 하지 않으려고 노력하고 있는 게 느껴져, 나는 진심으로 안심했다.

"물론입니다. 저도 혼자인 것보다 든든하고."

내가 그렇게 대답하자, 유키코 씨는 안심한 듯이 미소를 흘렸다.

"그래서, 바로 본제에 들어가지만, 집에서 조금 생각해

봤어."

유키코 씨는 다시 소파에 앉아 얘기하기 시작했다.

"역시 지금 시점에서 가장 확실한 단서는, 은행 계좌라고 생각해. 로렌이 살고 있을 가능성이 가장 높으니까. 그러니까, 과감히 그 계좌가 있는 도시에 가보는 것도 좋지 않을까. 만나지 못했다고 해도, 무언가 단서를 찾게 될지도 몰라."

"그건 저도 생각하고 있었습니다. 사실 그림의 정리가 끝나면 실제로 가보려고 생각한 참이에요."

유키코 씨는 "다행이다!"하고 웃었다.

"그리고, 로렌의 본명도 아직 듣지 못해서."

그렇게 말하는 유키코 씨에게, 나는 계좌 정보를 메모한 다이어리를 펼쳐 보였다.

"계좌는 카도카와 은행의 Y지점. 아이치현에 있는 Y시임이 틀림없어요. 이름은 코우노 아키라라고 되어있었습니다. 가타카나 표기라서 한자는 몰라요. 일단 인터넷에서 이름을 포함해 여러모로 조사해봤지만, 한자를 몰라서 알 도리가 없었습니다."

"코우노……?"

유키코 씨의 목소리 톤이 바뀌었다.

나는 불안해하며 “네…….”라고 대답했다.

유키코 씨는 미간에 주름을 만들며, 혼잣말하듯이 “응?” 하고 중얼거렸다.

“이름에 뭔가 짚이는 곳이라도?”

“짚이는 곳이랄까…….”

유키코 씨의 시선은 동요한 듯이 허공을 떠돌고 있었다.

“아니, 그래도 그냥 우연일 수도 있으니까.”

나는 왠지 모르게 주저하는 유키코 씨를 재촉했다.

“뭔가요? 가르쳐주세요.”

유키코 씨는 긴장한 듯이 입술을 핥고서, 한 번 꽉 깨물고, 드디어 입을 열었다.

“코우노는…… 안나와 같은 성…….”

나는 순간적으로 머리가 따라가지 못해 목소리조차 나오지 않았다.

“안나의 이름, 코우노 안나라고 해.”

유키코 씨는 펜을 손에 쥐고, 메모의 빈 곳에 이름을 적었다.

“코우스케가 말했었지? 안나와 로렌은 특별한 관계일지도 모른다고.”

“네.”

"특별한 관계는, 딱히 연애관계뿐만이 아니야."

나는 유키코 씨가 다음에 할 말을 상상하고, 숨이 멎었다.

"사실 부녀관계가 아닐까? 로렌이 안나의 아버지일 수도……. 그걸 모종의 이유로 안나가 알게 되었거나, 혹은 로렌이 안나에게 전했을 지도."

나는 내가 알고 있는 안나 씨의 정보를 머릿속으로 되새겼다.

"그, 분명 안나 씨는 어머니랑 할머니와 같이 살고 있었죠. 그렇지만 만약 이혼해서 어머니와 살게 되었다면, 보통 성은 어머니의 예전 성으로 바꾸지 않나요?"

"호적 관계는 그대로라든지?"

"하지만 안나 씨의 어머니는 이미 돌아가셨죠?"

"응. 안나가 중학교 3학년일 때인 것 같아. 아버지는 안나가 아직 어렸을 때, 바람이 나서 나갔다고 들었는데, 만약 어머니가 이혼을 하지 않은 채 돌아가셨다고 하면…… 어떨까. 그래도 연락은 가겠지? 그때 로렌은 안나에게 자신이 부모라고 전했다."

"그리고 그 뒤, 안나 씨는 갑자기 도쿄로 떠났다."

유키코 씨는 "맞아!"하고 손뼉을 쳤다.

"로렌과, 아버지와 같이 도쿄로 떠났다. 흐름으로서는 이상하지 않아."

"하지만…… 뭔가 위화감이……."

생각하고 있는 나를 신경도 쓰지 않고, 유키코 씨는 어딘가 기운찬 표정으로 말했다.

"그렇다면 안나의 그림만 잔뜩 있던 것도 설명이 돼. 그도 그럴 게 자기 딸이니까."

"하지만 그렇다고 하면, 할머니가 돌아가시기 전부터 같이 살아도 됐었지 않나요?"

내 말에, 유키코 씨는 흡사 수수께끼를 푸는 명탐정처럼 이마에 손을 대었다.

"할머니는 로렌을 용서할 수 없었던 게 아닐까?"

"그렇지만 할머니가 돌아가시고, 같이 살 수 있게 되어 도쿄로."

유키코 씨가 "맞아!"하고 크게 끄덕였다.

"하지만, 그렇다면 안나 씨가 소식이 끊길 이유가 없지 않나요? 딱히 숨길 이유도 없다고 생각하고."

유키코 씨는 "그런가……."하고 어깨를 떨구며 말했다.

"그러면 역시 안나 씨와 로렌이 사귀고 있었다는 게 더와 닿는다고 할까……."

"그건 있을 리 없다니까! 절대로 안나의 취향이 아니니까!"

유키코 씨는 허둥지둥 고개를 저었다.

"그렇지만……."유키코 씨는 미간을 찌푸리며 "조금 이상한 점이 있는데."라고 이어 말했다.

"로렌이 아버지라고 치면, 어머니와 자기를 버리고 지금까지 방치한 사람이지? 그런 사람을 따라갈까. 게다가 내가 보기에는, 둘의 사이가 좋아 보였으니까…… 그렇게 빠르게 용서할 수 있는 걸까. 그건 조금 의문이라고 생각돼서……."

"그건……."

나는 알 것 같았다.

"따라갈지도 모르겠네요."

"그럴까. 그렇지만……."

"만약 저라면…… 모르겠어요. 그렇지만 '절대로 따라가지 않을 거야'라고는 말하지 못할 것 같네요."

유키코 씨는 하려던 말을 삼켰다.

"저를 버린 어머니가 만약 나타난다면……. 눈앞에 나타나, 사과해주고, 저를 사랑한다며 울어준다면…… 어쩌면…… 모르겠네요."

유키코 씨는 작게 "그렇구나……."라고 중얼거리고, 시선을 떨궜다.

쓸데없는 말을 한 것 같다고 생각하며, 홍차가 들어있는 컵에 손을 대었다. 홍차는 이미 식어있었다.

"어떤 관계라고 해도, 둘이 같이 있다고 가정하면, 안나 씨가 연락을 끊은 건 로렌의 의지라고 생각할 수도 있겠네요."

"로렌이 안나를 속박하고 있다는 거야?"

"속박이라고 해야 할까……. 어쩌면 로렌은 자기를 찾지 않길 바라는 걸지도 모른다고 생각했어요. 그림이 팔리면 돈만 송금해달라는 건, 애초에 만나고 싶지 않다고, 관계되고 싶지 않다고 하는 거죠. 그렇다면 로렌을 찾는다는 것은 그저 제 이기적인 생각이고, 로렌에게 있어서는 민폐뿐일지도 모릅니다……."

"찾는 걸 그만둔다는 소리야?"

유키코 씨는 눈을 동그랗게 떴다.

"그편이 어쩌면……."

"잠깐 기다려. 그럼 안나는 어떻게 되는 거야?"

유키코 씨가 당황하며 내 말을 끊었다.

"그것도 연락을 끊은 건 안나 씨죠? 안나 씨도 어쩌면 찾아주지 않길 바라는 게 아닐까요?"

"그런……."

유키코 씨는 알기 쉽게 풀이 죽고, 홍차가 든 컵으로 손을 뻗었다. 유키코 씨는 식었을 터인 홍차에 입을 대고는 숙연히 말했다.

"둘은 지금 행복한 걸까."

"……모르죠."

나는 다시 컵을 들었다.

"행복하면 괜찮아. 나는 안나가 행복하게 살고 있다면 그걸로 만족해. 하지만…… 만약 도움이 필요한 상황이라면…… 뭔가 문제가 생겨 연락할 수 없는 상황이라면…… 될 수 있는 대로 도와주고 싶어. 그뿐이야. 만약, 만약 안나가 나를 향해 손을 뻗고 있다면……."

우리는 한동안 아무 말도 하지 않고, 식어버린 홍차를 입으로 옮겼다.

"있지, 운명을 믿어?"

갑자기 유키코 씨가 말했다.

"운명?"

"응, 나는 믿고 있어. 긴 인생 속에서 몇 개 정도 운명은 정해져 있다고. 그렇지만 그 운명을 자신의 것으로 만드는 건 결국 자기 나름이라고 생각해. 그러니까 노력하는 거지. 열심히 노력하고, 만약 그게 운명이라면 신이 조금 힘을 보태줄 거야. 그렇게 믿고 있어."

"운명이라……."

만약 그런 게 있다면 그걸 관장하고 있는 신은, 꽤 개인마다 공평하지 않은 것 같다.

"한 번만이라도 좋으니, 로렌이 계좌를 만든 Y시에 가보자. 어차피 그 외의 단서는 없잖아. 그러니까 걸어보자. 만약 그곳에 로렌이 없다면 아무 일 없이 끝나는 거지. 포기하는 건 그 뒤로도 늦지 않잖아. 하지만 만약 로렌이 코우스케의 운명의 사람이라면 만나게 될지도 몰라."

"운명의 사람……."

낯간지러운 그 울림에, 난 쓴웃음을 지었다.

"코우스케 한 번 걸어보자."

만약 유키코 씨가 말하는 대로라면, 나와 나를 낳은 어머니는, 서로 운명의 상대가 아니었던 걸까.

아니면 서로의 노력이 부족했던 결과인 걸까.

진지한 눈빛으로 나를 바라보는 유키코 씨를 보며, 머리 한구석으로 그런 생각을 하기도 했다.

2주 뒤의 토요일. 우리는 특급열차에 탔다.

우리는 그 날. Y시에 대해 조사했다. 마침 2주 뒤에 가을 축제가 열린다는 것을 알게 되었다. 축제가 열리는 곳은 로렌이 계좌를 개설한 지점에서 적당히 가까운 곳에 있는 신사였다.

그걸 안 유키코 씨는 "이것 봐, 이것 봐!"하고 들떴다. "역시 로렌은 코우스케의 운명의 사람이야!"그렇게 말하고 말 그대로 튀어 올랐다.

축제라면 근처 주민들이 나올 가능성도 충분히 있다. 무작정 돌아다니기보다는 훨씬 만날 가능성이 높다. 뭐가 됐든 로렌이 정말로 그 곳에 살고 있다면, 이라는 가정하의 얘기다. 계좌는 과거에 만든 것이고, 지금은 살고 있지 않을 가능성도 크다.

"로렌의 얼굴 제대로 기억하고 있어? 나는 솔직히 그다지 자신이 없어서."

전철 좌석에 나란히 앉은 유키코 씨가, 불안한 얼굴을 내게 보였다.

"괜찮습니다. 기억하고 있어요."

내게는 자신이 있었다. 설령 십 년 동안 만나지 않았다고 해도, 반드시 알 수 있다.

전철을 갈아타고, 신사 근처 역에서 내렸다. 역에서 나와 신사를 향해 걸었다. 도중부터, 적지만 사람들이 모여들고 있었고 드문드문 유카타를 입은 여성도 보였다. 가는 길에서도 우리는 주위를 신경 쓰며, 두리번두리번 둘러보며 조금씩 나아갔다. 신사가 있는 곳은 물론 알지 못했지만, 도중부터 지도를 보는 일은 없었다. 그저 유카타를 입은 사람을 따라가면 된다.

어느샌가 나와 유키코 씨의 말 수는 줄어들었다. 미처 보지 못할 일이 없도록 긴장했다. 그와 동시에, 만나지 못하면, 이곳에서 단서를 얻지 않으면, 이제는 손 쓸 도리가 없다는 절망과, 만약 만났다고 하여도, 그게 원하는 결과가 되리라고는 단정할 수 없는 불안함, 그리고 무엇보다 찾고 있던 상대의 곤란해 하는 얼굴을 보게 될지도 모른다는 공포를 안고 있었다.

정말 만나도 괜찮은 걸까. 찾는 것은 정답인 걸까.

그런 생각이, 아무리 떨치려 해도 머릿속에서 떨어지지 않았다.

드디어 신사의 토리이가 보이고, 나는 멈춰 섰다. 크게 숨을 마시고 유키코 씨를 보자, 그녀도 진지한 눈으로 나를 보고 있었다. 나는 "가죠."라고 힘껏 끄덕이며 말했다.

경내는 의외로 넓었고, 노점이 늘어선 인파속의 참배길을 빠져나가면, 계단이 나타나, 그 끝에 본당이 있었다. 본당 안으로도 길은 이어져, 그곳엔 여러 신이 모셔져 있었다.

시간은 아직 정오가 되기 전. 본격적으로 사람이 많아지는 건 저녁이 되고 나서겠지. 그때부터가 중요하다. 긴 하루가 된다.

"여기 있으면 먹는 데는 지장 없겠네."

유키코 씨는 긴장을 풀려는 듯이 말했다.

"그렇네요."

무작정 시내를 걷기보다, 이 신사에 시간이 허락하는 대로 있기로 한다. 그게 분명 가능성을 높이는 방법이라고 우리는 서로 이야기했다.

"참배하고 시작 하지 않을래?"

유키코 씨가 내 안색을 살펴보듯이 말했다. 마치 내 망설임을 꿰뚫어 보고 있는 것 같았다.

"그렇네요. 제대로 부탁드리죠."

나는 그렇게 말하고 미소를 지었다."

축제의 시끄러움과는 사뭇 다르게 엄숙한 공기가 감도는 경내에서, 우리는 나란히 서서 손을 모았다.

부디, 로렌과 안나씨와 만날 수 있기를. 부디, 그들이 행복하기를.

그리고 부디, 그들이 우리와의 재회를 진심으로 기뻐해 주기를.

긴 기도를 끝내고 눈을 뜨자, 유키코 씨가 아직 기도를 하고 있는 모습이 보였다.

나는 마음속으로 정했다.

만약 오늘 로렌과 만나지 못했다고 해도, 나는 이곳에 남아 내일은 시내를 찾자. 로렌이 나와 만나는 걸 바라고 있는지는 모른다. 하지만, 그래도 역시 나는 로렌과 만나고 싶다.

여기까지 와서, 내 마음을 확실히 알게 되었다.

설령 로렌이 그걸 바라지 않는다고 해도, 만약 나와 로렌의 만남이 운명이라고 한다면, 그걸 다시 실현하기 위해 최대한의 노력을 해보겠다고, 그렇게 생각했다.

"역시 그렇게 간단하게 풀리진 않네."

날이 저물기 시작한 신사 경내에서 유키코 씨가 힘없이 말했다.

오후 네 시가 지난 참배길에는 사람이 몰려있었다. 유카타를 입은 여성들도 비약적으로 늘었다. 이러쿵저러쿵 다섯 시간, 이곳을 왔다 갔다 하고 있다. 물론 도중에 앉거나 뭔가 먹으며 휴식을 취했지만, 벌써 몇 번을 왕복했는지 모르겠다. 이 인파 속에서 단 한 사람을 찾는 것은 대단히 힘들지만, 그와 동시에 만날 가능성은 크게 올랐을 것이다.

"그래도 시간상으로는 지금부터가 시작이지! 기합 넣지 않으면!"

이런 상황에서도 웃는 얼굴을 보여주는 유키코 씨가 정말 고맙다고 생각했다.

그리고 이렇게 노력할 정도로 유키코 씨에게 안나 씨가 얼마나 소중한 존재인지 다시금 알게 되었다.

"기합도 넣었겠다, 다시 한 바퀴 돌까요."

로렌과 만날 수 있기를. 그리고 안나 씨가 어디에 있는지 알고 있기를.

그렇게 기원하고, 나도 유키코 씨에게 웃음을 보였다.

그리고 한 시간이 지났다. 시간은 다섯 시 반이 지나 있었다.

일단 휴식을 취하는 편이 좋을까, 하고 생각해 유키코 씨에게 물었다. 유키코 씨는 느긋하게 "아직 괜찮아! 한 번 더 돈 뒤에 조금 쉬자."라고 말하며 웃음을 보였다.

그리고 경내에서 참배길의 출구에 있는 토리이를 향해, 3분의 2 정도 걸었을 때쯤이었다.

인파 속에서 갑자기 유키코 씨의 발이 멈췄다.

"괜찮으세요?"

걱정되어 유키코 씨의 얼굴을 들여다보자, 그녀는 나를 넘어, 그저 정면을 바라보고 있었다. 나도 바로 그 시선을 좇았다.

그녀가 똑바로, 똑바로 바라보고 있는 시선의 끝에는, 한 여성이 서 있었다.

나는 한 번도 만난 적이 없었다. 하지만, 그게 누군지 바로 알 수 있었다.

그녀의 유카타에서 춤추는 빨간 금붕어는 실로 산뜻했다.

그녀는 너무나도 아름답고, 너무나도 '소녀A'그대로였다.

"안나……."

유키코 씨의 입에서 새어 나온 목소리는 혼잡한 인파 속에 묻혀, 약 5미터 정도 떨어진 그녀에게는 닿지 않을 터였다.

하지만 그녀는 이쪽을 보았다. 아마 그녀의 인생에서 몇 번이고 몇 번이고 불렸을 그 이름이, 그녀의 귀에 닿았다. 제대로 그녀의 귀에 닿아 있었다.

눈 깜짝할 새에, 그녀의 길고 가는 아름다운 눈동자에서 눈물이 흘렀다.

"엄마, 왜 그래?"

그녀의 손에 쥐어진, 같은 복장의, 빨간 금붕어가 그려진 유카타에 몸을 감싼 작은 손의 주인은, 눈물을 흘리는 그녀를 걱정하듯이 올려보았다.

유키코 씨의 발이 한 발 앞으로 움직였다.

빨간 금붕어의 그녀는 그대로 그 자리에 멈춰있었다.

"엄마, 엄마? 왜 그래?"

그녀의 손을 잡은 채, 걱정하듯이 그 손을 흔드는 소녀를 상냥하게 바라보며 "엄마의 소중한 친구야."라고 말하는 종처럼 맑은 그녀의 목소리가, 희미하게 나한테까지 닿았다.

유키코 씨의 뺨에 눈물이 흘렀다. 그리고, 두 발자국, 세 발자국, 그녀에게 다가가, 주저하지 않고 그녀를 양손으로 끌어안았다.

"안나……."

그녀의 한쪽 팔도 마찬가지로 유키코 씨의 등을 꽉 안았다.

"유키코…… 미안해……."

노점이 늘어선 참배길의 한가운데서 끌어안고 있는 두 여성을, 지나가는 사람들이 의아하게, 혹은 신기하게 보며 지나갔다.

혼잡한 길 속, 나는 마치 그 둘의 주변만 시간이 멈춰 있는 것처럼 느껴졌다.

안나의 장

—

나는 유키코가 정말 좋았다. 무지무지 좋았다.

다른 사람한테 미움 받을지라도, 유키코에게만은 미움 받고 싶지 않았다.

그렇기에 말할 수 없었다. 무슨 일이 있어도 유키코에게만은 말할 수 없었다.

유키코는 예쁘다. 새하얀 눈처럼 조금도 더럽혀져 있지 않다. 몸도 마음도 새하얀 채. 나와는 전혀 다르다. 무척 예쁘다. 나는 유키코가 부러웠다.

오늘도 유키코는 친구들에게 둘러싸여 웃고 있었다. 기운찬 웃는 얼굴, 명랑한 목소리, 올곧은 눈동자, 바른 마음. 유키코는 전부 가지고 있었다. 내가 가지고 있지 않은, 내가 원하는 것을 모두 갖추고 있었다.

외로운 듯이 혼자 교정의 펜스에 기대어 앉아 있는 유키코를 봤을 때, 기회라고 생각했다. 이런 내가 유키코와 친해질 기회라고 생각했다.

"뭐 보고 있어?"

심장이 두근거렸다. 입에서 심장이 튀어나오지 않을까 하고 생각할 정도로 좋아하는 사람과 처음 얘기할 때보다 두근거렸다.

"동영상."

유키코는 대답해주었다. 여전히 외로운 듯한 눈을 하고 있었지만, 무시하지 않고, 이상한 표정도 짓지 않고 대답해주었다.

"어떤 거?"

나는 유키코의 옆에 쭈그렸다. 심장 소리가 다 들리지 않을까 하고 걱정하며, 떨리는 다리를 감추며 쭈그렸다.

"그냥, 시바견."

유키코는 흘깃 나를 보았다. 유키코는 다른 반 아이들과 얘기하는 것처럼 나와도 평범하게 얘기해주었다. 지금까지 거의 얘기한 적도 없는데.

"귀여워?"

나는 유키코의 휴대폰을 들여다보며 물어봤다. 머릿속은 어떻게든 대화를 이어나가고 싶다는 생각으로 가득했다.

"키우고 싶어."

유키코는 열심히 동영상을 보고 있었다.

"키우고 싶구나."

나는 필사적으로 뭐라고 이어 말할지 생각하고 있었다.

"안나 강아지 좋아했던가?"

생각지도 못한 유키코의 질문이 들어왔다. 나는 내 이름이 불려 조금 당황했다.

"음…… 딱히……. 좋아하지도 싫어하지도 않아."

"역시 그렇지?"

역시 유키코는 상냥했다. 이런 나와도 제대로 얘기해준다.

"유키는 강아지 좋아해?"

유키코와 눈이 맞아서 나는 손에 땀을 쥐었다. 유키코를 이름으로 부른 건 처음일지도 모른다. 반 아이들은 유키코를 모두 가볍게 유키라고 부르고 있었다. 나는 언제나 나도 언젠가 저렇게 가볍게 부르고 싶다고 생각하고 있었다.

"그거야 물론 키우고 싶을 정도니까 많이 좋아하지."

바보 같은 질문을 하고 말았다.

"그건 그런가."

나는 그저 웃으며 초조함을 감췄다.

유키코는 아무 말도 하지 않았다. 나는 이대로 대화가 끝나는 것만은 싫었다. 필사적이었다. 있는 힘을 다해 용기를 짜내었다.

"어디 가지 않을래?"

긴장감에 버틸 수 없어 일어났다. 유키코의 얼굴이 시야에서 벗어나 겨우 숨을 골랐다.

"어디 가고 싶은 건데?"

그 말대로다. 아무 생각도 하지 않았다.

"맥날."

대충 말했다.

"뭐 먹게."

"아이스크림."

이미 자포자기 상태였다. 포기한 김에 되는대로 웃어 보였다.

"맥날 가서 얘기하지 않을래?"

나도 내가 기분 나쁘다고 생각할 정도로 웃음을 지어 보였다.

"무슨 얘기 하는데."

"음… 여러 가지."

주제는 뭐든지 괜찮았다. 가는 장소 같은 건 어디든 괜찮았다. 먹는 건 주변에 자란 잡초라도 괜찮았다. 그저 유키코와 친구가 되고 싶었다. 이번에 거절당하면 분명 다음 기회는 없다. 마음속으로 손을 모아 기도했다.

"맥날?"

유키코가 천천히 일어났다. 나는 기쁨을 감추지 못하고 "응!"하고 거의 소리치고 싶은 기분으로 끄덕였다.

유키코는 조금 의아해하고 있었지만, 나는 천국으로 가는 듯한 기분으로 맥날까지 걸었다. 정신을 놓으면 튀어오를 것 같은 발을 겨우 억누르며 살랑살랑 걸었다.

맥도날드에 도착해서야, 아이스크림은 금방 먹어 치운다는 사실을 깨달았다. 내가 고민하고 있자, 유키코는 감자튀김과 콜라를 주문했다. 나도 같은 메뉴로 주문했다.

이렇게 감자튀김이 맛있게 느껴진 적은 없었다. 이렇게 감자튀김이 바닥나지 않기를 바란 적도 없었다. 영원히 바닥나지 않았으면, 하고 생각하며 나는 인생에서 가장 느긋하게 감자튀김을 먹었다.

그다음 날, 언제나 만나던 공원에서 로렌과 만났다.

"유키……."그렇게 말하려다 나는 "유키코가 말이지."라고 정정했다. 언젠가 그렇게 부르고 싶었다. 모두가 '유키'라고 부르는 가운데, 나만이 '유키코'라고 부르고 싶었다.

내가 말을 더 잇지 않자, 로렌은 의아한 얼굴로 "유키코가 어쨌는데."라고 물었다.

"어제 유키코랑 말이지……."

익숙하지 않은 '유키코'라는 이름에 나도 모르게 "헤헤." 하고 웃음이 새어 나왔다.

"뭘 웃고 있는 거야."

로렌은 더욱더 의아한 듯이 눈썹을 찡그렸다. 나는 기분 좋게 어제 일어난 일을 이야기했다. 유키코와 한 얘기를 다시 전부 로렌에게 얘기했다. 쓸데없이 긴 이야기를 로렌은 들어주었다.

"아, 사실 유키라고 부르고 있지만, 로렌 앞에선 유키코라고 말할게. 연습하고 싶으니까."

로렌은 기가 막힌 듯이 "무슨 연습이야."하고 웃었다.

"유키코라고 자연스럽게 부르는 연습."

"그렇게 부르면 되잖아."

"어제 그렇게 부르니 화내던걸."

"왜."

"자기 이름 싫어한대."

이렇게 귀여운 이름인데, 유키코는 정말 눈같이 새하얗고 예뻐서 정말 어울리는 이름인데.

"유키코는 어떤 애야?"

"눈 같은 아이야. 새하얗고 덧없고 예뻐."

로렌은 "그렇구만."이라 말하며 가끔 보여주는 초승달 같은 눈웃음을 지었다.

"나와는 전혀 달라."

로렌은 다시 미간에 주름을 만들며 "어떻게 다른데."라고 말했다.

"전부, 전부 달라."

나는 나와 다른 유키코를 정말 좋아했다.

어느 날 밤. 둘이서 학교에 몰래 들어갔다.

처음 친구가 된 추억의 펜스에서 밤에 둘이서 얘기하고 싶다고 생각한 건 나였다.

그렇게 생각하던 나보다 먼저 유키코는 훌쩍 교문을 넘었다. 너무나 가벼운 몸짓에 나도 모르게 넋 놓고 보고 있었다. 유키코는 교문에 오르는 것조차 하지 못하는 내게 손을 뻗어 주었다.

"괜찮아? 안 떨어져?"

나는 그 예쁜 손을 잡는 것을 주저했다.

"괜찮아. 손 앞으로 줘."

"응."

나는 유키코를 향해 손을 뻗었다.

"손목 잡아."

"응."

소프트볼로 단련된 유키코의 근육질 손이, 더러움을 모르는 예쁜 손이 내 빈약한 손목을 꽉 쥐었다. 그 손을 잡고 있는 한, 더는 어디에도 떨어질 것 같지 않았다.

"당길게, 하나둘!"

유키코는 기세 좋게 내 손을 당겼다.

"아앗, 아파!"

배가 질질 문에 쓸리면서 나는 목소리를 높였다.

"괜찮아!?"

걱정하는 듯한 유키코의 목소리가 울렸다.

"배가 엄청 아파!"

아팠다. 하지만 즐거웠다. 나는 웃고 있었다.

"힘내!"

유키코도 웃고 있었다.

"분명 배에 멍들었을 기야."

나는 웃으며 배를 문질렀다.

"안나가 너무 운동신경이 없어서 그래."

유키코는 못 말린다는 듯이 그렇게 말하고서, 목소리를 죽이고 웃었다. 나도 같이 웃었다.

그때부터 우리들의 관계는 크게 바뀌었다.

유키코의 고민을 듣게 되었다. 나는 선생님과의 일을 이야기했다.

같은 학원에 다니게 되었다.

둘이 모래 위에서 자지러지게 웃었다.

그날, 용기를 내어 정말 다행이었다. 앞으로 반년 남은 시간이니까. 실패해도 반년으로 끝날 거라 생각했으니까. 있는 힘을 다해 용기를 짜내어 유키코에게 말을 걸었다. 정말 다행이다.

집에 돌아와서 보니, 머리카락에서 잔뜩 운동장의 모래가 툭툭 떨어져 나는 혼자 욕실에서 크게 웃었다.

그 뒤로 항상 유키코와 둘이서 있었다. 조금씩 친구라 부를 수 있는 아이가 늘어나거나, 조금 싸우기도 했지만, 내 안에선 항상 둘이서 있었다. 특별한 존재였다.

나는 유키코를 '유키코'라 부르게 되었다. 학교에서 나만 그렇게 불렀다.

즐거웠고 행복했다. 유키코와 이대로 쭉 어른이 되고 할머니가 되어도 항상 같이 웃고 있을 거라 생각했다.

하지만 현실은 갑자기 모습을 바꾸었다. 할머니가 돌아가셨다.

장례식이 끝나고 나는 세상에 단 혼자 남겨진 기분이 들었다. 얼굴도 모르는 친척들은 마치 제집인 양 우리 집에 앉아있었다. "유산이 있어서 다행이네. 안심이야."내게 그렇게 말하며 웃는 그들은 지금까지 만난 어느 사람보다 차가웠다. 그들이 돌아가고 혼자 남겨진 방은, 이제는 내가 알고 있는 방이 아닌 것 같아서, 내가 살아있는 이 순간이 꿈속 일인 것 같아서, 잠들어버리고 다시 눈을 떴을 때는 전부 꿈이 되어있지 않을까 하고 생각했다. 잠들고 싶다. 나도 할머니와 같이 잠들어버리고 싶다. 그렇게 생각하는 사이, 어느새 나는 욕조에 따뜻한 물을 채우고 있었다. 손에 칼을 쥐고, 욕조 앞에서 꼼짝 않고 서 있었다.

그때, 현관의 인터폰이 울렸다. 유키코가 부르는 소리가 들려, 단번에 현실로 돌아왔다. 나는 주방 싱크대에 칼을 던져 놓고 현관으로 뛰쳐나갔다.

현관 앞에서 유키코는 평소처럼 "맥날 가지 않을래?"하고 웃었다.

맥날에서 햄버거를 먹고 집에 돌아오자 목욕물은 다 식어있었다. 다시 데운 목욕물에 먼저 유키코가 들어가고,

그다음에 내가 들어갔다. 내가 목욕을 마치자 유키코는 드라이기를 가져와 내 머리카락을 말려주었다. 유키코가 내 머리카락을 말리며 할머니에 대해 물어봐서, 나는 할머니에 대해 잔뜩 얘기했다. 얘기하는 사이에 할머니와 단둘이 살던 이 집이, 그 추억이, 매우 진하게 되살아나, 끝도 없이 눈물이 흘러나왔다. 할머니는 죽었다. 그때서야 그렇게 실감이 났다.

유키코는 우는 나를 끌어안고 "미안해."라고 말했다.

나는 "아냐."하고 고개를 젓고서 "고마워."라고 말했다.

그날 밤, 우리는 붙어서 한 이불을 덮으며 손을 꼭 잡고 잠들었다.

다음 날 눈을 떠봐도 할머니가 없다는 건 알고 있다. 하지만 분명 괜찮을 거라고 생각했다. 손을 잡아주는 사람이 있으니까 괜찮을 거라고. 그렇게 생각했다.

그럼에도 불구하고 시간이 지나면 지날수록 나는 외로웠다. 아무도 없는 방에 "다녀왔습니다."라고 말할 때마다, 매일 밤 혼자서 잠들 때마다, 아침에 일어나 "좋은 아침."이라고 말할 때마다, 미칠 듯이 외롭고 쓸쓸해서 매일 매일 무너질 것 같았다.

하타노 선생님의 전화가 온 건 그 무렵이었다.

그는, 외로움을 주체할 수 없는 나의 빈틈에 퍼즐 조각처럼 딱 채워지고 말았다.

"있지, 나 역시 낳고 싶어."

나는 로렌을 똑바로 보고 말했다. 로렌은 곤란한 표정을 지었다.

"그 남자에게 말해봐."

지당한 대답이었다.

"말할 수 없어……."

로렌은 차가운 벤치에 머플러를 깔아 그 위에 나를 앉히고서, 남은 머플러를 넓혀 내 무릎 위에 얹었다.

"넌 아직 어린애야. 가족 같은 상냥함이 필요했던 거지. 외로웠던 거야. 그게 잘못된 방향으로 가지 않도록 하는 게 어른의 역할이야. 하지만 네 선생은 그러지 않았어. 나름대로 책임을 지어야 해."

로렌은 무서운 얼굴로 말했다.

"그렇지만 말하면 어떻게 되는데? 이혼하고 나랑 결혼하는 거야? 선생님도 아직 신혼인데? 부인은 조금 있으면 아기가 태어나는데……. 말할 수 없어. 이 이상 선생님께 민폐를 끼칠 순 없어. 게다가 아이도 힘들 거야. 불륜으로 생긴 아이라고 알려지면…….”

로렌은 내 얼굴을 지그시 바라보았다.

“너……. 그 남자가 꼭 필요한 건 아니구나.”

간단히 들켜버린 내 본심의 한심함에, 나는 로렌으로부터 시선을 피했다.

“내가 쓰레기지. 좋아한다고 생각하고 있었어. 지금까지 만난 적 없을 정도로 상냥했고, 어른스러웠고, 같이 있으면 안심이 되었으니까. 하지만 지금은 아이뿐이야. 내가 필요한 건 내 아이뿐이야.”

“그렇구나.”

“그도 그럴게 내 뱃속에 있는 걸. 피가 이어져있는 걸. 내 가족인 걸.”

“그렇구나.”

“오늘 유키코에게 도쿄에 있는 대학에 간다고 말했어.”

“그렇구나.”

“그래서 나, 봄부터 유키코와 떨어져 도쿄의 대학으로 가.”

로렌은 천천히 내 눈을 바라보았다.

“그런 이유를 대고 떨어지는구나.”

“그런 이유로 해둘 거야.”

"실은 어떻게 하고 싶은 건데?"

"도쿄에 가서 아이를 키울 거야. 도쿄면 일도 많지? 보조금이 나오는 지자체도 제대로 알아봤어."

"키울 수 있겠어?"

"키울 거야. 어떻게 해서든 키울 거야."

"그래."

"로렌은 어디서 자랐어? 쭉 오사카?"

로렌은 조금 표정을 누그러트리더니 "일본에서 가장 별이 아름다운 곳이야."라고 작게 내뱉었다.

"대단하네. 그거 좋네."

"공기가 깨끗해."

"나도 언젠가 그런 곳에서 아이를 키우고 싶어. 공기가 깨끗하고 별이 많고 어린아이가 자유롭게 뛰어놀 수 있는 곳. 언젠가 가고 싶네."

졸업식을 앞둔 전날 밤. 유키코가 교문을 가리키며 말했다.

"오랜만에 넘을까."

유키코는 즐거운 듯 교문에 손을 걸쳤다. 나도 교문에 손을 걸쳤다.

그리고 그 손을 떼었다.

"역시 오늘은 그만둘래."

나는 고개를 저었다. 유키코는 조금 의아해하는 표정을 지었다.

나는 이 문을 두 번 다시 넘을 수 없다. 그때처럼 유키코와 손을 잡고 배에 멍을 만들며 당겨 올려지는 건 할 수 없다.

내 머리카락에서 운동장의 모래가 후드득 떨어질 일은 이제 두 번 다시, 없다.

눈물이 나올 것 같았다.

내가 선택한 길인데, 괴롭고 불안해서 바로 옆에 있는 유키코의 손을 너무나도 잡고 싶었다. 그 힘센 손에 쥐어져, 있는 힘껏 당겨지고 싶었다. 두 번 다시 혼자가 되지 않는다고 그렇게 생각할 수 있게 만들어줬으면 했다.

그로부터 나는 유키코에게 잔뜩 거짓말을 했다.

유키코에게 미움 받지 않도록 잔뜩 거짓말을 했다.

유키코가 만나러 온 마지막의 마지막 날까지 계속 거짓말을 했다. 거짓말을 하는 한 이루어질 리 없는 약속이라고 알고 있었지만, 그래도 바라지 않고는 버틸 수 없었다.

"그럼 기다릴게."

언젠가 유키코에게 진실을 말할 용기를 가지게 된다면.

내 벌은 유일한 친구에게 계속 거짓말을 해야 하는 것이었다.

"마유미가 이제 수영은 그만두겠다고, 결국 나랑 같은 서클에 들어온다고 하더라. 테니스 서클인데, 안 어울리잖아."

"그건 그렇네. 그래도 같이 있는 편이 재밌을 것 같잖아."

"안나는 역시 서클 같은 거 안 들어갔어? 아르바이트 많이 바빠?"

"응, 좀 그러네."

"맞다, 나 겨울방학 되면 그쪽 가려고 하는데 어때? 결국 여름방학에도 못 만났잖아."

"미안, 겨울방학은 계속 아르바이트해야 돼. 그, 리조트 아르바이트를 친구랑 하게 돼서, 한동안 도쿄에 없어."

"그렇구나…… 아쉽네."

"미안, 유키코 앗……!"

"무슨 일이……."

나는 전화를 끊어 휴대폰을 쥔 채, 옆에서 우물우물 입을 움직이기 시작한 아기를 바라봤다. 그리고 3초 뒤, 예상대로 울음소리가 방안에 울렸다. 옆집에서 벽을 쿵쿵 치는 소리가 들려 몸을 움츠렸다. 조금 더 넓고 방음이 제대로 되는 집으로 이사하고 싶었다. 하지만 할머니가 남긴 돈에는 한계가 있다. 장래를 위해서라도 소중히 써야 한다는 것 정도는 알고 있었다.

"응응, 왜 그래."

아이를 안아 올리자 책상 위의 휴대폰이 위잉위잉 울렸다. 화면에는 '유키코'라는 글자가 표시되어 있었다.

전화를 받아 사과하고 싶었다. "실수로 끊어버렸어. 미안해!"그렇게 말하면 즐거운 시간이 이어질 거라는 건 알고 있었다.

유키코와 만나고 싶었다. 혼자서 방안에 틀어박혀, 혼자서 아기와 마주하고, 자신이 원했던 가족의 형태가, 자신의 이상과는 멀다는 것을 애써 외면하고 있었다. 유키코와 얘기하고 싶었다. 말해버리면 편해진다. 하지만 말할 수 없었다.

유키코에게 줄곧 거짓말을 해왔다는 사실을 무슨 일이 있어도 알려지고 싶지 않았다.

적어도 유키코 속의 나는, 유키코가 좋아했던 나로 남아

있었으면 했다.

휴대폰 화면에 '괜찮아?"라는 글자가 띄워졌다. 눈물이 흘렀다.

지금 당장 전부 이야기하고 싶었다. 괜찮지 않다고 말하고 싶었다. 도와달라고 말하고 싶었다.

유키코를 부르고 아기와의 공간에 들여, "귀엽네."하고 웃음을 짓게 하고, "안게 해줘."라고 말하게 하고 싶어. 그렇게 품에 안기면 아기가 울음을 터트려서, 유키코는 분명 "미안, 미안."하고 당황할 거야.

말해버리면 좋을 텐데. 유키코가 알고 있는 내 생활의 모든 것이 거짓이라고 말해버리면 편해질 텐데.

나는 어깨로 눈물을 닦고, 손을 뻗어 휴대폰을 들었다. 아기를 안은 불안정한 자세로 겨우겨우 글자를 입력했다.

'배터리가 떨어져서 충전하고 있어! 미안, 나중에 또 얘기하자.'

바로 유키코로부터 '제대로 충전해 놔.'라고 답장이 날아왔지만 아무 답장도 보내지 않았다.

띵동 하고 현관의 벨이 울렸다. 이웃이 뭐라고 따지러 온 거면 어떡하지. 아기 목소리가 들리니 없는 척할 수도 없었다. 나는 문에 체인을 걸고 조심스레 현관을 열었다.

"힘차게 울고 있구만."

방금 막 닦은 눈물이 다시 흘러내렸다.

"어때. 생각보다 힘들지."

나는 아기에게 지지 않을 정도로 엉엉 울며 현관의 체인을 풀었다.

그리운 냄새가 났다. 그에게 배인 유화 물감의 냄새가 났다. 그 냄새가 코를 찔러, 내 눈물은 하염없이 흘렀다.

"로렌……."

"뭐야, 왜 그래."

"로레…………."

나는 더 말을 잇지 못하고 오열했다.

"……어쩔 수 없구만. 조력해야겠네."

로렌은 못 말린다는 듯이, 하지만 상냥하게 웃었다.

로렌은 방안으로 들어와서 익숙한 손놀림으로 아기를 안았다. 그때 로렌의 눈은 놀랄 정도로 부드러웠다. 로렌은 근처의 비즈니스호텔에 묵고 있다고 말했다. 이틀간, 잘 때 호텔로 돌아가는 것 외에는 쭉 집에 있어주었다. 사흘째 되는 날에는 밤에 계속 아기가 울음을 그치지 않아서 결국 돌아가지 못했다. 나는 그대로 집에 있어 달라고 부탁했고, 로렌과 동거하는 것 같은 상황이 되었다. 그리고 머지않아 로렌은 가까운 곳에 싼 아파트를 빌려, 그곳에 살게 되었다.

로렌이 와주고 생활은 극적으로 바뀌었다. 로렌은 겉보기와 다르게 육아도 가사도 잘했다. 특히 어린애를 다루는데 능숙해서 나는 분명 로렌은 아이가 있을 거라 생각했다. 하지만 그런 얘기는 물어볼 수 없었다. 지금 로렌이 혼자서 사는 것은 틀림없는 사실이니 말이다.

로렌은 내게 몇 번이나 유키코에 대해서 물었다. 몇 번이나 사실을 얘기하라고 설득했다. "맞잡은 손은 놓으면 안 돼."그렇게 몇 번이고 말했다.

나도 몇 번이고 유키코에게 털어놓으려고 했다. 생각해보면 지금까지도 기회는 몇 번인가 있었다.

도쿄의 대학에 간다고 말한 그 날. 교문을 넘지 못했을 때. 유키코가 묵으러 온 마지막 밤. 유키코가 도쿄에 온다고 말해줬을 때.

하지만 도저히 얘기할 수 없었다.

나는 유키코에게 그 뒤의 생활에 관해서도 전부 지어낸 이야기를 했다.

유키코로부터는 같은 대학의 같은 학부에 진학한 마유미의 얘기를 자주 듣게 되었다.

아마도 처음엔 질투였다. 대학생이라는, 단 한 번뿐인 청춘을 구가하고 있는 유키코를 향한 질투. 그리고 그 옆에 있는 게 내가 아니라 마유미라는 사실에 질투를 느꼈다.

그런 구질구질한 내 질투를 알 리가 없는 유키코는 순수하게 얘기해주었다. 대학에서 만난 동료의 얘기를, 좋아하게 된 사람의 얘기를, 처음 생긴 남자친구의 얘기를, 내가 맛보지 못할, 반짝이게 빛나는 마법 같은 순간들을 얘기했다. 유키코의 이야기를 듣는 것뿐이라면 아직 괜찮았다. 단지 거짓말로 이루어진 내 쓸데없는 망상을 정말 좋아하는 유키코에게 들려주는 건, 조금씩 내 마음을 갉아먹고 있는 것 같았다.

그러다 점점 나는 전화를 받는 횟수가 줄어들었다. 메일을 보내는 횟수도 줄어들었다. 부재중 전화가 있어도 전화를 걸지 않았다. 머지않아 유키코의 연락도 줄어들었다. 이대로 자연히 멀어지는 걸까. 그렇게 생각하고 있을 때, 유키코로부터 전화가 폭주했다. 메일도 왔다. '내가 뭘 화나게 한 걸까.', '만약 곤란한 게 있으면 말해줬으면 좋겠어.'그런 걱정하는 내용이었다. '이야기가 하고 싶어.', '제대로 지내는지 목소리가 듣고 싶어.'그런 내용이었다.

이제 전부 다 터놓고 싶다고 생각했다. 하지만 나는 그 행동을 막기 위한 변명을 언제나 머릿속으로 생각하고 있었다.

그리고 낸 결론은, 유키코에게 내 비밀을 얘기하는 건, 유키코와 마유미 사이에 비밀을 강요하는 게 된다는 것이었다. 그건 틀림없는 변명이었다.

항상 같이 있는 마유미에게 말할 수 없는 비밀이 생기는 것은, 유키코에게 매우 괴로운 일이라고 자신에게 되뇌었다. 마유미와 매일 얼굴을 마주하면 당연히 내 얘기도 나오겠지. 그때 내게 아이가 있다는 것은 물론, 나와 연락을 취하고 있다는 것도 말하지 못하게 될 것이다. 말하면 분명 마유미는 같이 나를 만나러 가자고 할 것이다. 마유미는 무척 좋은 아이니까. 그러면 유키코는 마유미에게 거짓말을 하게 된다.

그런 변명을 머릿속으로 반복했다. '적어도 유키코가 대학을 졸업할 때까지는.'

유키코가 사회인이 되면 말하자. 그 때까진 계속 숨기자. 지금은 아직 말할 시기가 아니야. 그렇게 마음속으로 정했다. 그래도 유키코에게서 연락이 오고, 유키코의 목소리를 들으면, 너무나도 유키코와 만나고 싶어진다. 전부 말하고 싶어진다.

도저히 충동을 억제하지 못하게 된 나는, 결국 휴대폰을 해약하고 요금이 싼 피처폰을 계약했다. 번호도 메일주소도 전부 바꿨다. 유키코가 대학교 3학년일 때의 겨울이었다.

그건, 작년 크리스마스에 도착했다.

유키코가 보낸 작은 포장. 선명한 빨간 스웨터와 크리스마스카드. 연락을 줬으면 한다는 메세지에서, 나를 걱정하는 유키코의 마음이 전해져 눈물이 멈추지 않았다. 적어도 한 마디, 잘 지내고 있다고 전하고 싶다고 마음이 기울어졌을 때. 그 사람은 갑자기 찾아왔다.

그 사람은 할머니의 장례식 뒤 내가 이사한 주소를 알려준 유일한 친척으로서, 할머니 동생의 아들이었다. 서류상으로 스무 살이 되기 전까지의 내 '보호자'였다. 이전부터 전화로 할머니의 돈을 관리해주겠다고 말했었는데, 요컨대 돈을 내놓으라는 말이었다. 사업이 기울고 있다는 건, 장례식 때 다른 사람이 말하는 것을 들어서 알고 있었다. 나는 절대로 건네면 안 된다고 생각하고 있었다.

하지만 그 사람은 끝내 집까지 찾아왔다. 기구하게도 유키코의 선물이 도착한 바로 다음날의 일이었다. 구태여 크리스마스이브를 고른 듯이, 그 사람은 문을 두드렸다. 아무 반응도 하지 않고 있자, 얼마 안 가 조용해졌다. 돌아갔다고 생각해 안도한 직후였다. 현관의 잠금장치가 풀렸다. 집을 계약할 때 신세를 져 '보호자'라는 것을 알고 있는 집주인에게 '애 우는 소리가 들리는데 아무도 나오지 않는다. 쓰러져 있을지도 모른다.'며 문을 열게 한 것이다. 그는 기분 나쁜 미소를 띠며 "걱정 했잖아. 괜찮니."라고 간살스러운 목소리를 내며 딸에게 다가갔다. 딸과 단둘이 있는 방에서 나는 패닉에 빠졌다. 돈을 넘겨주면 연을 끊을 수 있는 걸까. 일단 집에 있는 돈을 전부 넘겨주면 될까. 그렇게 생각하고 있을 때, 로렌이 케이크를 손에 들고 나타났다.

로렌은 곧장 우리 사이를 가로막으며 딸을 보호했다.

광기의 산타클로스는 그 뒤 로렌을 머리가 이상한 사기꾼이라고 말하며, 경찰을 부른다고 난리를 쳤다. 하필이면 집주인에게도 경찰을 불러달라고 말했다. '보호자'라는 이름은 강했다. 집주인은 로렌이 아닌 그 남자를 신용하고 있었다. 내가 작은 목소리로 "돈을 준비할 테니까 이삼일 정도 기다려줬으면 해."라고 전하자 남자는 그제야 겨우 집주인을 데리고 자리를 떠났다.

아직 이해하기엔 너무 어린 나이라 다행이었던 걸까. 로렌이 보호해줘서 그런 걸까. 딸은 케이크를 보자 행복한 듯 웃고 있었다.

한순간의 즐거운 크리스마스이브를 셋이서 보내고, 딸은 선물을 받고 신나다가 지쳐 잠들었다.

"원래는 잠든 사이에 산타가 올 예정이었는데……."

쿨쿨 잠들어 있는 딸의, 아직 옅은 머리카락을 쓰다듬으며 나는 내가 가지고 태어난 운명이라는 것을 조금 저주했다.

그 다음 날, 우리는 크리스마스의 한밤중에 도망치듯 이사했다.

이사할 곳은 딱히 고민하지 않았다. 예전에 아직 내가 어렸을 때 어머니와 살던 곳. 아버지가 사라질 때까지 셋이서 살던 곳. 아버지가 사라지고 난 뒤, 어머니와 단둘이서 살던 행복한 추억이 담긴 곳. 나는 아버지가 사라지고 난 뒤가 더 행복했다. 왜냐하면, 아버지가 사라지고 나서 어머니는 이전보다 더 상냥하고, 이전보다 더 기운차고, 이전보다 더 잘 웃었기 때문이다. 나는 아버지가 사라져서 다행이라고 생각했다. 어머니가 기운을 차리게 되어 다행이라고 생각했다. 언제나 어머니를 울리기만 하는 아버지는 필요 없었다.

그 얘기를 로렌에게 하자 로렌은 "아버지가 없는 편이 행복했었구나."하고 조금 슬픈 듯한 미소를 지었다. 나는 격려할 생각으로 "로렌같은 아버지였으면 좋았을 텐데 말이지."라고 말했지만, 로렌은 한층 더 슬픈 표정을 지었다. 그 이유는 알 수 없었다.

"실은 처음부터 여기서 살고 싶었지만, 도심이 더 일을 찾기 쉬울 거라 생각했으니까. 하지만 역시 난 이곳에 돌아올 운명이었던 거야."

그렇게 말하자 로렌은 "그렇구나."하고 상냥하게 웃었다.

아이치현으로 이사를 오고 사흘 뒤, 나는 한 번 정리했을 터인 짐을 다 헤집었다.

"없어! 없어!"

유키코의 연락처를 알 수 없게 되었다고 깨달았다. 야반도주 같은 이사 작업 중에 유키코의 연락처를 메모한 수첩도, 전에 유키코가 보내준 연락처가 적혀진 카드도, 주소가 적힌 포장지도, 전부 잃어버리고 말았다. 유키코 집 근처의 역 이름은 알았지만, 집에는 가본 적이 없었다. 나는 유키코와 만날 수 없게 되었다.

고맙다는 말 한마디도 하지 못했다. 천벌이라고 생각했다.

지금까지 유키코에게 계속 거짓말을 하고, 끝에는 일방적으로 연락을 끊어버린 내게 천벌이 내렸다고 생각했다. 이제 내가 유키코에게 해줄 수 있는 건, 단 하나밖에 남지 않게 되었다.

이사한 곳 근처에는 유서 깊은 번듯한 신사가 있었다. 나는 딸과 산책 삼아 신사까지 걷기로 했다. 옛날에 어머니와 손을 잡고 걸은 거리를, 이제는 내가 딸의 손을 잡고 걷고 있다. 바람은 얼어붙을 것 같이 차가웠지만 햇살은 따스한 좋은 날씨였다.

"연을 맺어주는 신님이래."

딸은 새로운 장소가 마음에 들었는지 기분 좋게 "그게 모야?"라고 물었다.

"사람과 사람을 이어주는 신님."

딸은 빙그레 미소를 짓고서 "흐응." 하고 맞장구를 쳤다. 잘 모를 땐 항상 이렇다.

"가을에는 축제가 있는 모양이야. 기대되네."그렇게 알려주자, 딸은 기뻐하며 "사과 사탕 있어?"라고 물었다. 내가 "있을 거야. 유카타도 입자."라고 말하자, 딸은 "금붕어가 좋아."라고 들뜬 듯이 말했다.

"금붕어가 그려진 유타카라…… 있을까……."

조금 지나자 번듯한 토리이가 작디작은 우리 모녀를 반겨주었다.

내게 남겨진 유일한 것을 하려고 했다.

내가 할 수 있는 것, 적어도 유키코의 행복을 기도하는 것.

참배소에서 손을 모으자, 딸도 나를 따라서 진지한 표정으로 손을 모았다.

옛날에 이곳에서 기도했다.

어머니가 건강해지기를, 이라고.

지금, 딸은 옆에서 무슨 기도를 하고 있을까.

지금, 내 기도는 늘었다. 딸에 대한 것. 유키코에 대한 것. 로렌에 대한 것.

그 때, 어머니는 무슨 기도를 하고 있었을까.

그렇게, 조금씩 눈이 내리는 와중에 우리는 셋이서 신년을 맞이했다.

"로렌, 이것 봐. 어울려?"

그 빨간 스웨터를 입은 나는 양팔을 벌려 포즈를 취했다.

로렌은 조금 못 말린다는 듯이 "어울려, 어울려."하고 두 번 반복했다.

"잠깐, 제대로 보란 말이야. 그리고 내 그림을 그려줘."

"갑자기 왜 그래."

로렌은 의아한 표정을 지었다.

"이거, 유키코가 준 스웨터야. 그러니까 그려주지 않을래? 언젠가 반드시 유키코를 찾아내서, 이렇게 기뻤다고 유키코에게 보여줄 테니까."

로렌은 다시 못 말린다는 듯이 "어쩔 수 없는 녀석이구만."하고 웃고는, 그 다음 주에 어디선가 그림 도구를 한 벌 들고 왔다.

나는 빨간 스웨터를 입고, 모나리자처럼 얌전히 의자에 앉아, 그림을 그리는 로렌에게 말을 걸었다.

"로렌에게 하나 부탁하고 싶은 게 있어."

로렌은 과장된 몸짓으로 천장을 보고 "또 부탁하는 거야?"하고 눈을 부릅떴다.

나는 깔깔 웃으며 "이제 딱 하나뿐이니까."라고 물고 늘어졌다.

상냥한 로렌이 "뭔데, 말해봐."라고 말하자, 나는 로렌에게 더 많이 그림을 그려달라고 부탁했다. 그리고 옆방에서 텔레비전을 보고 있는 딸을 확인하고는 작게 말했다.

"그도 그럴게, 내가 죽어버리면, 저 아이는 시설에 가게 되잖아? 그러면 나에 대해서 전해줄 사람은 하나도 없잖아. 로렌도 곧 죽을지도 모르고."

"심한 말을 하는구만."이라고 말하며, 로렌은 쓴웃음을 지었다.

"그러니까 내 그림을 그려서, 내가 죽으면 아이의 손에 전해지게 해줬으면 해. 로렌이 본 나를 잔뜩 남겨줬으면 해. 부탁이야."

로렌은 후 하고 숨을 뱉더니 "어쩔 수 없구만."하고 중얼거렸다.

"아이에게 남긴다고 하면, 거절할 수가 없잖아."

로렌은 크게 입을 열고 웃었다.

제3장

—

"그래서 안나의 그림이 잔뜩 있던 거구나."

유키코 씨가 눈물을 닦으며 말했다.

신사 경내 깊숙한 곳. 북적이는 참배길과는 사뭇 다르게 이곳에는 사람 한 명 없었다.

유키코 씨는 안나 씨가 얘기하는 동안, 줄곧 손을 잡고 있었다. 나는 자리를 뜨려 했지만, 같이 있어 달라고 유키코 씨가 말했다. 안나 씨도 그 말에 고개를 끄덕였다. 그렇게 나도 같이 이야기를 듣게 되었다.

이야기가 어느 정도 끝났을 때, 마침 뒤에서 몇 사람이 얘기하는 소리가 들려왔다. 안나 씨는 허둥지둥 소리가 나는 방향으로 달려갔다.

그 안에서 "엄마! 유이랑 같이 금붕어 구하기 했어."하고 기운찬 여자아이의 목소리가 들렸다.

아이들의 목소리에 섞여 "이야기 잘 마쳤어?"하고 성인 여성의 목소리가 들려왔다. 안나 씨는 "죄송합니다, 감사합니다."하고 머리를 숙이고는 똑같이 금붕어가 그려진 유카타를 입은 소녀의 손을 잡고 이쪽으로 돌아왔다.

"자, 인사해야지."

안나 씨가 그렇게 말하자, 소녀는 부끄러운 듯이 "안녕하세요."하고 살짝 머리를 숙였다.

유키코 씨의 뺨에 다시 눈물이 한줄기 흘렀다.

"안녕하세요. 엄마 친구인 코마츠바라 유키코에요. 이름이 뭐예요?"

우물쭈물하는 소녀에게 안나 씨가 "뭐라고 해?"라고 상냥하게 말했다. 그녀는 작은 목소리로 부끄러운 듯이 말했다.

"코우노 아키라에요."

나와 유키코 씨는 무심코 얼굴을 마주 봤다.

"이름은 로렌이 지어줬어. 내가 고등학교 졸업 선물로 부탁했거든."

안나 씨는 상냥하게 미소 지었다.

"그, 만약 실례가 되지 않는다면, 오늘 조금만 더 로렌의 얘기를 들을 수 있을까요?"

내가 그렇게 묻자 안나 씨는 "실례라니, 그럴 리가."하고 종처럼 맑게 웃었다.

부드러운 가을바람을 타고 옅은 향기가 주위를 감돌았다.

그 뒤, 우리는 같이 축제를 즐겼다. 그리고 안나 씨의 집에서 남은 이야기를 마저 하기로 했다.

축제에서 놀다 지친 아키라는 목욕을 마치자 흡사 배터리가 다 떨어진 듯이 바로 잠들어버렸다.

“몇 살이 되더라?”

“벌써 여섯 살이야. 여기 이사 오고 나서 벌써 삼 년이나 지났어. 시간 참 빠르네.”

안나 씨는 아직 부드러워 보이는 아키라의 머리카락을 쓰다듬으며 말했다.

“엄마 다 됐네.”

유키코 씨는 눈웃음을 지으며 안나 씨를 보고 있었다.

유키코 씨는 그대로 안나 씨의 집에 묵기로 했다. 나는 둘 사이를 방해할 생각은 추호도 없었기에, 심야버스를 타고 돌아가기로 했다. 다행히 버스 출발시간까지는 아직 조금 시간이 남아있었다.

우리는 테이블을 사이에 두고 마주 앉아 먼저 계좌에 관해서 물어보았다.

“사실 로렌으로부터 편지가 와서 그림의 매상을 송금해 달라고 계좌번호가 적혀 있었는데, 그 계좌 명의가…….”

“코우노 아키라.”

유키코 씨가 덧붙여 말했다.

안나 씨는 놀란 표정을 짓고 "그래……."하고 작게 내뱉었다.

"어딘가 짚이는 곳이라도 있나요?"

내 질문에 유키코 씨는 조용히 깊게 끄덕였다.

"실은 올해 2월 로렌이 쓰러졌어. 바로 긴급 수술을 하게 되었고, 로렌의 의식이 없었으니까 그 비용을 내가 부담했지. 다행히 할머니가 남긴 돈도 있었으니까 어떻게 해결할 수 있었어. 로렌은 퇴원한 뒤에 '돈은 반드시 갚을 테니까 조금만 기다려줘.'라고 말했어. 하지만 난 필요 없다고 말했지. 앞으로 로렌이 병원에 가게 되거나, 살기 위한 돈이 필요하다고 생각했으니까. 지금까지의 베이비시터 요금이라고 생각하면 싼 편이라고 생각했지. '적지만.'이라며 로렌이 가져온 돈도 절대로 받지 않았어."

안나 씨는 후 하고 크게 숨을 내쉬었다.

"로렌은 분명 내게 돈을 갚으려고……. 내가 받지 않으니까 몰래 아키라에게 돈을 남기려고 한 거겠지."

내 가슴은 기대로 부풀어 올랐다. 감정을 주체하지 못하고 나는 앞으로 몸을 내밀어 물어봤다.

"그래서 로렌은 지금 어디에 있나요?"

하지만 그 말을 들은 안나 씨의 낯빛이 어두워졌다. 안 좋은 예감이 들었다.

안나 씨는 말하기 힘든 듯이 "그게…….."하고 말끝을 흐렸다. "나도 몰라."그렇게 내뱉은 안나 씨에게, 내가 무심코 "응?"하고 반응하자, 안나 씨의 분위기가 슬프게 잠겼다.

"로렌은 수술을 마친 뒤, 점점 눈이 보이지 않게 되었어. 나는 그걸 눈치 챘지. 눈치 채버린 거야. 그리고 머지않아 로렌은 모습을 감췄어."

나는 혈압이 단번에 내려간 느낌이 들었다. 안나 씨는 내 얼굴을 보고, 괴로운 듯이 미간을 일그러트렸다.

"로렌은 남을 도와주기만 하는 주제에, 자기가 도움 받는 건 싫어하는 사람이었으니까. 아무에게도 민폐를 끼치고 싶어 하지 않는 사람이니까."

그 표정에선 더는 배겨낼 수 없다는 마음이 보였다.

나는 입술을 깨물었다. 여기까지 와서 출발점으로 돌아와 버렸다.

동시에 한 절망이 머릿속에 떠올랐다.

어쩌면, 로렌은 이미――

내가 망연자실하고 있자, 안나 씨가 "단, 로렌이 어디 있는지 단서는 있어."라고 말했다.

"로렌은 예전에 별이 아름다운 곳에서 자랐다고 말한 적이 있어. 그리고 '마지막으로 별이 보고 싶다.'고 말했어. 그때는 '마지막'이라는 말을 가볍게 넘겼지만……. 만약 옛날에 살던 그 장소를 알게 된다면, 어쩌면——"

안나 씨의 말이 왠지 멀리서 들리는 것 같았다.

"안나 씨, 찾아서 다행이네요."

심야버스의 터미널에서 나는 배웅하러 나와 준 유키코 씨에게 말을 걸었다.

"다음은 로렌이네."

유키코 씨는 작위적이게 밝은 척하며 말했다.

"그…… 유키코 씨."

유키코 씨는 "왜 그래?"하고 고개를 갸웃거렸다.

"이제 괜찮습니다."

유키코 씨는 "응?"하고 눈썹을 추켜세우고 "아."라며 이어서 말했다.

"곧 버스 오니까 그때까지는 같이……."

나는 미소를 지으며 고개 저었다.

"그게 아니라 안나 씨도 무사히 찾았고 유키코 씨도 일이 바쁠 테니까, 앞으로는 저 혼자여도 괜찮습니다. 로렌을 찾게 되면 연락드릴게요. 여러모로 고마웠습니다."

머리를 숙인 내게 유키코 씨는 "엇."하고 입을 다물었다. 그리고 유키코 씨의 입이 살짝 움직일 것 같아서, 나는 "정말로 고마웠습니다."하고 확실하게 못을 박았다.

유키코 씨는 보기 드물게 눈썹꼬리를 내리며 미덥지 않다는 표정을 지었다. 무언가 말하고 싶은 듯이 나를 바라보는 그 얼굴에는 "어째서?"라는 글자가 띄워져 있는 것 같았다. 나는 그녀의 입이 움직이기 전에 "바래다주셔서 감사합니다."하고 웃음을 보였다.

장거리 버스가 도착하고, 나는 가볍게 인사를 한 뒤 아무 말도 하지 않는 그녀를 등졌다.

저녁에 눈을 뜨자, 거실에서 좋은 냄새가 풍겨왔다.

"좋은 아침."내가 그렇게 말하자, "이 시간에 '좋은 아침'이야?"라고 주방에서 어머니가 타이르듯이 미소를 지으며 말했다. 평소처럼 "홍차 마실래?"라고 물어보는 어머니에게 나는 "응."하고 대답하고서 컵을 꺼내러 어머니 곁으로 다가갔다. 어렸을 적, 가장 처음에 한 '심부름'이 아직도 몸에 배어있었다.

문득 냉장고에 붙은 달력에 작은 별 표시가 되어있는 것을 봤다. 그날은 딱히 누군가의 생일도, 부모님의 결혼기념일도 아니었다.

"엄마, 이날 무슨 날이야?"

내가 달력에 그려진 별을 가리키자, 어머니는 "아, 딱히 중요한 건 아니야."하고 웃었다.

나는 신경 쓰지 않고 "오늘 밥은 뭐야?"하고 대화를 이어갔다.

"오늘은 코우스케가 좋아하는 치즈 햄버그야."

예상대로의 요리에 나는 조금 웃음이 나왔다. 마지막으로 먹고 한 달 정도 지났으니까 슬슬 해줄 것 같다고 생각했는데 예상대로였다. 사실 치즈 햄버그가 가장 좋아하는 요리는 아니다. 하지만 어머니는 한 달에 한 번 꼭 치즈 햄버그를 만든다. 맛있다며 양 볼을 부풀리는 얼굴을 잊을 수 없다면서, 지금도 어머니는 그렇게 얘기할 때마다 눈물을 글썽인다.

치즈 햄버그는 내가 처음 이 집에서 먹은 요리였다.

그때의 우리는 아직 '가족'이 아니었다.

그날 나는, 처음 온 번듯한 집에서 조금 긴장하며 큰 식탁에 앉아, 눈앞에 있는 무척 좋아하는 햄버그를 젓가락으로 갈랐다. 그 순간 안에서 하얗고 걸쭉한 뭔가가 흘러 나왔다. 놀란 나는 "뭔가 나왔어!"하고 나도 모르게 큰 목소리를 냈다. 내 앞에 앉은 둘의 햄버그를 보자, 그곳에는 아무것도 나와 있지 않았다.

그녀는 조금 당황하며 "치즈 싫어해?"라고 내게 물어봤다.

나는 "싫어하지 않아."라고 대답했다. 내가 그때까지 먹었던 치즈는 사탕 같은 형태를 한 고형 치즈였기에 그렇게까지 좋아하진 않았지만, 딱히 싫어하지도 않았다. 그녀가 불안하게 바라보는 와중, 햄버그 속에서 녹은 치즈가 나올 줄은 꿈에도 생각지 못했던 나는, 조심스럽게 그걸 입에 옮겼다. 햄버그의 육즙과 부드러운 치즈의 맛이 섞여 있었고, 거기에 보통 케첩과는 다른 소스가 얽혀 놀랄 정도로 맛있었다. 내가 그때까지 먹어왔던 조금 딱딱한 햄버그와는 전혀 달랐다. 나는 정신없이 그 햄버그를 계속 먹었다.

가족이 되고 나서 이제 십 년. 어머니도 아버지도 초등학생이었던 그때처럼 나를 대해주고 있다. 분명 부모님이 보시기에는 나는 아직 치즈 햄버그를 기쁘게 먹는 어린아이이겠지. 분명 처음 그대로의 감각이리라.

저녁 시간, 아버지가 식탁의 의자를 끌며 "오, 햄버그네."라고 말했다.

"자, 오늘은 제대로 틀리지 않고 놓았으려나?"

한 번 어머니가 햄버그 위치를 틀린 뒤로, 아버지는 햄버그를 보면 꼭 그렇게 말한다. 그때부터 어머니는 실수를 반복하지 않기 위해 식탁 위에 접시를 놓고서, 마지막에 햄버그를 접시에 얹게 되었다. 어머니가 프라이팬을 들고 식탁 옆으로 다가왔다.

"자, 치즈가 많은 게 코우스케. 적은 게 아빠. 없는 게 엄마."

아버지가 나를 보며 즐거운 듯 웃었다.

어머니가 자리에 앉고, 셋이서 "잘 먹겠습니다."하고 손을 모았다.

다 같이 동시에 햄버그를 젓가락으로 갈랐다. 내 햄버그에서는 걸쭉하고 많은 양의 치즈가 흘러나왔다. 서로의 접시를 확인하고서 "정답이네."하고 웃었다.

"실은 네가 너무 맛있게 먹으니까 나도 다음엔 내 햄버그에도 치즈를 넣어달라고 엄마한테 부탁했어. 그래도 너무 많으면 속이 더부룩해져서 조금뿐이지만."

이 얘기도 벌써 몇 번이나 들었다. 그때 어머니가 초등학생이 좋아할 법한 음식을 연구하고 있었다는 것. 그걸 도와준 아버지는 매일 밤 칼로리가 높은 햄버그나 닭튀김, 카레라이스, 스파게티를 먹었다는 것. 이미 나이가 꽤 많았던 아버지는 매번 그런 음식을 먹는 게 힘들었지만, 너무나도 어머니가 열심이라, 몰래 위장약을 계속 먹었다는 것. 그리고 마지막은 항상 이렇게 끝난다.

"코우스케가 생선도 일식도 좋아하는 아이라는 걸 알았을 때는 정말 안심했지."

평균보다 조금 유복한 가정. 이미 초등학교 고학년이었던 나를 가족으로 받아들여 대학교까지 보내준 상냥한 부모님. 이 그림 같이 행복한 공간이 있는데, 나는 많은 것을 그들에게 말하지 못하고 있다.

예를 들면, 사실 구운 생선을 싫어한다는 것.

예를 들면, 그들과 만나기 전의 진짜 나에 대한 것.

예를 들면, 지금도 잊을 수 없는 소중한 사람에 대한 것.

내가 쓸데없는 소리를 하지 않으면, 계속 아름다운 그림 속에 있을 수 있다.

분명 그것이, 그들이 원하는 미래이기도 하다.

그렇기에, 나이가 조금 있는 나를 고른 거겠지.

그들이 오십이 되었을 때, 열 살의 나를 골랐다.

그들이 칠십이 되었을 때, 나는 서른 살이 된다.

그들이 팔십이 되었을 때, 나는 마흔 살이 된다.

그런 것이다.

이 아름다운 그림 속에서, 나는 분명 계속 행복한 인생을 보낼 수 있다.

"역시 엄마의 요리는 최고네."

아버지가 그렇게 웃자, 나는 "그러네."하고 끄덕였다.

안나 씨와 만나고 3주가 지났다.

그날 밤, 오랜만에 유키코 씨로부터 전화가 왔다.

"있잖아…… 역시 나도 같이 로렌을 찾으면 안 될까?"

유키코 씨는 머뭇머뭇 얘기하기 시작했다.

"감사합니다. 하지만 저 혼자여도 괜찮아요."

거실에 있던 나는, 대화가 들리지 않게 조금 목소리를 죽이며 말했다.

"처음에는 내가 싫어진 거라고 생각했어. 코우스케가 기분 나빠할 소리만 무신경하게 말해서 같이 있는 게 싫어진 게 아닐까 해서 얌전히 있자고 생각했어. 그런데 안나가 말해줬어. 코우스케는……."

그렇게 말이 끊겨, 나는 "뭔가요?"라고 유키코 씨를 재촉하며 거실을 등졌다.

"코우스케는 포기할 생각일지도 모른다고."

내 심장이 빠르게 두근거렸다.

"로렌을 찾는 걸, 그만둘 생각일지도 모른다고."

나는 억지로 볼 근육을 위로 당겨, 보이지도 않는 상대에게 억지웃음을 지어 보였다.

"왜 안나 씨는 그런 소리를."

"안나는 코우스케의 마음을 알 수 있다고 했어. 무척 소중한 사람이 갑자기 사라진 불안이라든지, 그 현실을 받아들일 각오라든지, 누구에게도 의지할 수 없는 기분이라든지, 알 수 있을 것 같다고 말했어. 하지만 마음속에, 자신을 지탱해줄 무언가가 있는 것만으로도 살아갈 수 있다고 말했어. 로렌을 찾지 않는다면, 로렌을 영원히 볼 수 없어. 코우스케 속의 로렌은 영원히 죽지 않아. 그건 분명…… 코우스케를 앞으로 지탱해줄 무언가가 되는 게 아닐까 하고."

나는 아무 말도 할 수 없었다.

"그래도, 안나는 나랑 만나서 다행이라고도 말했어. 줄곧 만나고 싶었고, 줄곧 외로웠고, 줄곧 무서웠다고 울며 말했어. 만약 로렌이 똑같은 상황에 부닥쳐있다면, 사실은 코우스케와 만나고 싶어서, 코우스케가 도와주길 바라고 있다면."

난 긴 침묵을 유지하고 있었다.

"코우스케, 혹시 로렌이 이미 이 세상에 없을지도 모른다고 생각하고 있는 거 아니야? 또 매섭게 무신경한 얘기만 해서 미안해. 하지만, 만약 로렌이 살아있다면, 지금, 이 순간이 마지막 기회가 될지도 몰라. 아직 만날 수 있을지도 몰라."

몇 차례 말을 꺼내려다 목이 막혔다. 유키코 씨는 이어 말했다.

"로렌을 찾자. 로렌과 만나자. 만나주자. 그게 만약, 만약, 때를 놓쳤다고 해도, 로렌은 분명 찾아준 걸 기뻐할 거야. 분명 기뻐할 거야."

나는 제대로 대답하지 못한 채, 유키코 씨와의 전화를 마쳤다.

그다음 날, 한동안 연락을 주고받지 않은 사람으로부터 전화가 왔다. 갤러리를 경영하고 있는 삼촌을 소개해 준, 미대생 유우키였다.

"오랜만이야. 웬일이야?"

"아, 삼촌이 너랑 연락이 안 된다고 전화해서."

"진짜? 미안미안, 전화 온 걸 못 봤어. 삼촌이 뭐라셔?"

"최근에 로렌의 그림을 사고 싶다는 사람의 연락이 갤러리에 온 모양이야. 개인전을 봤다고 하더라."

"뭐!?"

"근데, 그게 조금 이상한 사람 같아서……."

"이상한 사람이라니?"

"아무래도 그 사람이 자기가 그림의 모델이라고 말하고 있는 모양이야."

"뭐!?"

"그래서 일단 그 사람의 연락처를 받았으니까 코우스케가 연락해달라고 하더라. 그, 이름이……."

"아, 잠깐만!"

허둥지둥 펜을 꺼냈다. 메모지가 보이지 않아서 가까이 있던 로렌의 그림 리스트에서 사진을 한 장 꺼냈다. 사진은 다시 인쇄하면 된다.

"오케이!"

"이름이 야마나카 마사츠구. 전화번호는 ###-####. 아, 참고로 사고 싶다는 작품은 '청경우독'이래."

"알겠어, 고마워."

흥분된 기분을 억누르며 유우키에게 감사를 표하고 전화를 끊었다.

메모를 적은 사진을 빙글 돌려보고 숨이 멎었다. 손에 집히는 대로 꺼낸 그 사진은, 그가 원하고 있는 '청경우독' 이었다.

—만약 그게 운명이라면 신이 조금 힘을 보태줄 거야.

유키코 씨의 말이 뇌리를 스쳤다.

나는 다음 일요일에 야마나카 씨와 아틀리에에서 만나기로 했다. 놀랍게도 그는 아틀리에의 장소도 알고 있었고, 옛날에 몇 번 온 적 있다고도 말했다.

야마나카 씨는 아틀리에에 한 발 내디딘 순간 "우와." 하고 감탄했다. 천천히 방안을 돌아본 뒤, 방 가운데 놓인 이젤의 '청경우독'앞에 멈춰 서, 그리운 듯이 눈웃음을 지었다.

"야마나카 씨가 본 로렌은 어떤 사람이었나요?"

내 질문에 그는 바로 대답했다.

"음, 뭐 조금 별난 사람이었죠."

그렇게 말하며 야마나카 씨는 미소 지었다.

"로렌과는 언제 어디서 만났나요?"

이번엔 대답할 때까지 조금 시간이 걸렸다.

"음…… 분명 중학생 때인데…… 어디서 만났더라? 어느새 친해져서 말이죠. 그런 게 능숙하다고 할까, 듣기엔 좀 그렇지만 사람 마음에 파고든다고 할까. 밥도 먹여줬었고."

어딘가 애매모호한 대답에 나는 질문을 이어 했다.

"로렌이 수상하다고 생각한 적은 있었나요?"

"그런 건 처음부터 생각하고 있었어요."

야마나카 씨는 아무렇지 않게 말했다.

"이미 겉모습부터 수상하잖아요. 언제나 조금 더러웠고, 어떻게 생활하고 있는지도 모르고. 그래도 그 사람 이상한 사람은 아니에요. 조금 별난 사람이긴 하지만."

그리고 야마나카 씨는 "이런 말 하면 웃을지도 모르지만."하고 서두를 떼고서, 이렇게 이어 말했다.

"적어도 내게, 그 사람은 신 같은 존재니까요."

"……신이요?"

"응, 구원의 신."

야마나카 씨는 '청경우독'을 지긋이 바라본 채 말했다.

'청경우독'의 중심이 되어있는 건 모자를 쓴 소년이다. 약간 어두운 실내에서 소년이 책을 읽고 있다. 큰 창문 가까이 웅크려 앉아, 무릎 위에 책을 고정하고 있었다. 모자

밑으로 살짝 보이는 소년의 표정은 매우 진지해서, 책 속 세계에 몰두하고 있는 것을 엿볼 수 있었다. 창밖에는 비가 내리고 있어서, 실내의 조용한 분위기가 전해져 오는 듯한, 그렇지만 어딘가 따스함이 느껴지는 작품이었다.

"이렇게까지 말했는데, 이제 와서 하는 소리지만 실은 내가 모델이라는 확증은 없어요."

야마나카 씨가 조용히 입을 열었다.

"보시는 대로 소년의 얼굴이 확실히 그려져 있는 게 아니니까요. 그래도 이 '청경우독'이라는 말은 로렌이 내게 처음 알려준 말이에요."

야마나카 씨는 무언가 떠올리는 듯이 살짝 눈을 감았다.

"맑으면 열심히 일하면 돼. 비가 내리면 집에서 책을 읽으면 돼. 사람은 자연과 함께 살고 있어. 그러니까 그저 자연에 맞춰 살아가면 되는 거야. 그게 가장 똑똑한 거야."

야마나카 씨는 말을 마치자 눈을 뜨고 나를 바라봤다.

"로렌은 그렇게 말했어요. 처음에는 무슨 당연한 소리를 하고 있다고 밖에 생각하지 않았죠. 하지만 어른이 되고 나서 그 말이 떠올랐어요. 특히 사회에 나오고서 나 같은 사람은 비난도 많이 받았는데, 맑은 사이에 쓸데없는 건 생각하지 말고 열심히 일하자고 생각하며, 그저 열심히 일했죠. 그러다 보니 어느새 평범한 생활을 보낼 수 있게 되었어요. 실은 곧 결혼해요."

내가 "축하합니다."라고 말하자, 야마나카 씨는 "고마워요."라고 머리를 긁으며 말했다.

"결혼이 정해져서 그런지, 최근 들어 특히 맑으면 일하고 비가 내리면 집에서 책을 읽는, 그런 평온한 인생도 나쁘지 않다고, 아니 그게 가장 행복하다고 생각하고 있어요."

야마나카 씨는 다시 지긋이 그림을 바라보며 "아까는……." 하고 말끝을 흐렸다. 내가 조용히 다음 말을 기다리고 있자, 야마나카 씨는 체념한 듯이 다시 머리를 긁으며 말했다.

"아까는 로렌과 어디에서 만났는지 까먹었다고 했지만, 사실 제대로 기억하고 있어요. 잊을 수 없는 만남이었으니까."

조금 겸연쩍어하며 그렇게 말한 야마나카 씨는, 천천히 이야기하기 시작했다.

"나는 사실 부모님이 사고로 돌아가셔서 작은아버지 집에 살 게 되었어요. 정말 건방진 꼬맹이여서, 외로운 마음도 제대로 말하지 못하고, 그저 여러 장난을 많이 쳤죠.

학교에서도 조금 문제아였어요. 싸워서 창문을 깨거나, 친구의 필기구를 훔치거나, 자기보다 나이가 어린 애들에게 위세를 떨기도 했죠. 로렌과 만난 건 중학교 1학년 때의 봄. 공원에서 친구의 게임을 훔치려고 했을 때였어요."

그렇게 말하고 야마나카 씨는 조금 미간을 찌푸렸다.

"그때, 나는 조금 힘이 남아돌아서 하여간 가만히 있는 게 싫었죠. 비가 내리면 밖에서 못 노는데 친구는 방과 후, 교실에서 재밌게 게임을 하고 있었어요. 그게 너무나도 부러워서, 어느 날 공원 벤치에 놓인 친구 가방 속에 손을 넣었죠. 게임이 들어있다는 걸 알고 있었으니까, 훔치려고 했어요. 그 순간, 누군가에게 손을 꽉 잡혔어요. '그런 짓 하면 안 돼!'하고 무척 거칠고 무서운 목소리가 들려와서, 내가 깜짝 놀라 돌아보자 이상한 아저씨가 내 손을 잡고 있었어요. 인생에서 가장 겁을 먹은 순간이었어요."

로렌의 거친 고함이 바로 떠올라, 나도 모르게 미소가 흘러나왔다. 야마나카 씨는 당시를 떠올렸는지 한쪽 눈을 감듯이 얼굴을 찡그렸다.

"그래서 '이 아저씨는 뭐야!'하고 생각해, 손을 뿌리치고 달려서 집으로 도망갔죠. 그날 밤, 로렌이 집까지 찾아왔어요."

야마나카 씨는 미소를 띠며 고개를 저었다.

"작은아버지가 오라고 해서 나는 마음을 졸였죠. 이 아저씨 일러바쳤구나, 하고. 하지만 그 아저씨는 '이 아이가 짐을 옮기는 것을 도와줘서 감사 인사를 드리러 왔습니다.'라고 말한 거예요. 좌우지간 나는 사실을 들키고 싶지 않았으니까 그저 그 아저씨의 얘기에 끄덕일 수밖에 없었죠. 그러자 아저씨가 답례라며 내게 책을 주고는 '다 읽으면 감상문을 적어서 주렴. 언제라도 그 공원에서 기다리고 있을 테니까.'라고 말하고 그대로 돌아갔어요. 정말 뭔 소린지 모르겠죠?"

야마나카 씨는 순수한 웃음을 지으며 말했다. 나는 "뭔가 로렌답네요."하고 웃었다.

"나는 독서 따위 정말 싫었지만, 오지 않으면 일러바치겠다는 협박이라고 생각해서, 웬 이상한 아저씨냐고 생각하며 어쩔 수 없이 책을 읽고 공원에 갔죠. 그러자 진짜 로렌이 기다리고 있었는데, 그때는 정말 너무 무서웠어요. 아니나 다를까 로렌이 '들키고 싶지 않으면, 비가 내리는 날에는 방에서 책을 읽고, 그다음 날에 읽은 감상을 말해.'라고 말해서, 정말 귀찮게 됐다고 생각했죠. 어쩔 수 없이 비 내리는 날에는 싫어하는 독서를 하고, 정말 싫었지만, 그다음 날엔 공원에서 로렌과 만나게 되었어요."

그렇게 말한 야마나카 씨는 일단 숨을 고르고, "그 뒤에 어떻게 됐는지는 상상이 가죠?" 하고 웃었다.

"어느샌가 공원에서 로렌과 지내는 그 시간이 정말 즐거운 시간이 되어버린 거예요. 비가 내리길 바라기까지 했어요. 보기 좋게 로렌의 술수에 빠진 거죠. 처음엔 정말 귀찮았던 독서도, 습관이 생기자 점점 재밌어졌고, 얼마 안 가 재밌는 이야기가 잔뜩 있다는 것을 알게 되어, 지금은 제가 가장 좋아하는 취미가 되어버렸어요. 아, 일단 말해두는데, 그때까지 훔친 필기구들은 로렌의 얘기를 듣고 제대로 사과하며 돌려줬어요. 한동안 가시방석에 앉은 기분이었지만, 그 뒤에 제대로 친해진 녀석도 있어서, 그 녀석과는 지금도 친하게 지내고 있어요. 그때 멈췄기에, 길을 벗어나지 않았죠. 내게 로렌은 정말 구원의 신이에요."

머리를 긁으며 웃으며 말하는 야마나카 씨의 그 활기찬 표정이 로렌에 대한 마음을 그 무엇보다 대변해주고 있었다.

"대단한 게, 조금이라도 이상한 생각을 하면 '그런 짓 하면 안 돼!'라고 아직도 로렌의 호통 소리가 머릿속에 울려요."

그는 눈꼬리를 내리고 웃었다. 상냥하게, 부드럽게 웃었다. 그 웃는 얼굴은 로렌이 가끔 보여준 미소와 어딘가 조금 닮은 기분이 들었다.

"이 그림, 나한테 팔아줄 수 있나요?"

야마나카 씨는 내게 곧장 질문했다. 나는 망설임 없이 끄덕였다.

"물론입니다. 로렌도 분명 기뻐할 거에요."

야마나카 씨는 "다행이다."하고 표정을 풀고는 "그럼 본론으로 들어가지만."하고 가방에서 봉투를 꺼냈다.

"실은 처음 이 그림을 봤을 때부터 갖고 싶다고 생각했는데, 곧 결혼하기에 쓸데없는 지출은 하면 안 된다고 포기하고 있었어요. 그런데 약혼자에게 이 그림에 관해 얘기하자 그렇게 소중한 그림이면 약혼반지의 답례로 선물하게 해달라고 하더군요. 그래서 현찰도 이미 준비되어 있습니다. 그녀도 빨리 그림을 보고 싶다고 말했어요."

나는 내민 봉투를 조금 긴장하며 받았다.

처음으로 로렌의 그림이 팔린다. 어렸을 적 모델이 된 사람에게. 그 사실이 진심으로 기뻤고, 로렌이 자랑스럽다고 생각했다.

봉투 안의 금액을 확인한 뒤, 영수증을 쓰며 나는 야마나카 씨에게 말을 걸었다.

"약혼자 분은 오늘 같이 안 오셨나요? 만나 뵙고 싶었네요."

"그녀는 접객업을 하고 있어서 주말엔 거의 쉬지를 못해요."

야마나카 씨는 머리를 긁었다. 아무래도 약간 낯간지러울 때의 버릇인 듯했다.

나는 "감사합니다."라고 말하며 영수증을 건네고 포장할 준비를 시작했다.

큰 포장지를 꺼내어 그림을 정성스럽게 감쌌다. 개인전 때 여러 번 했었기에 이미 익숙한 작업이었지만, 야마나카 씨는 "도와드릴게요." 하고 손을 빌려주었다. 둘이서 그림을 포장하면서 야마나카 씨와의 거리가 조금 줄어든 기분이 들었다. 나는 로렌을 알고 있는 사람이 늘어난 게 왠지 기뻐서 입을 열었다.

"이건 완전히 제 상상인데……."

야마나카 씨는 포장지를 누르며 "네."하고 대답했다.

"로렌은 어쩌면 창작의 실마리를 찾고 있던 게 아닐까요."

"창작의 실마리?"

"실은 제가 모델이 된 듯한 그림도 있고, 그 외에도 그림의 모델이 된 여성이, 알고 있는 분만 해도 두 분 계세요. 야마나카 씨와 저를 합쳐 총 네 명. 어쩌면 인물이 그려진 작품은 모두 모델이 따로 있을지도 모릅니다."

"분명 개인전에 장식된 것만 해도 꽤 있었죠?"

"네."

"그렇게 잔뜩 모델이……. 그래도 로렌이라면 그럴 수도 있겠네요."

"아마도 로렌이 조력한 사람이 아닐까요."

야마나카 씨는 "아, 그거!"하고 큰 소리로 말했다.

"조력! '나는 조력하는 게 취미야. 멋있지?'라고 자주 말했었어요."

로렌의 추억을 서로 이야기 할 수 있다는 게 매우 기뻤다.

"그러고 보니, 로렌이 어디 있는지 모르시죠?"

야마나카 씨가 문득 말했다.

"네. 찾고는 있는데, 별이 예쁘게 보이는 로렌과 관련된 장소가 어딘지 모르시죠?"

나는 손을 움직이며 툭 하니 말했다.

"알고 있어요."

"그래…… 앗!"

나는 무심코 큰 목소리를 내었다. 야마나카 씨는 술술 이어 말했다.

"기후현의 남쪽이에요. 중학교 3학년 때 작은아버지의 전근으로 몇 년간 그쪽에서 살았죠. 하지만 당시에는 싫다고 로렌에게 잔뜩 투정을 부리자, 로렌이 좋은 곳이라며 여러모로 가르쳐줬어요. 내가 왜 알고 있냐고 묻자, 예전에 산적이 있다고, 험한 산속 깊이 별이 무척 예쁘게 보이는 곳에서 살며 그림을 그렸다고 말했어요."

너무나도 예상치 못한 말에, 나는 잠시 넋을 잃었다.

"기후……."

"네. 그림도 잔뜩 있잖아요? 저것도, 저것도 '별이 내리는 집'이잖아요."

야마나카 씨는 벽 한가득 걸린 그림을 손으로 가리키며 말했다.

"이 '별이 내리는 집'은…… 이 아틀리에가 아닌가요? 저 그림도 이 아틀리에 안의 그림이고."

나는 함석지붕의 천장에서 내리는 별을 의미한 듯한, 아틀리에 실내를 그린 '별이 내리는 집'을 가리켰다.

"확실히 저건 이곳 같지만, 아마 저기 있는 예전 그림은 전부 기후에 있는 '별이 내리는 집'이 아닐까요."

"로렌의 '별이 내리는 집'은 두 곳 있다는 소리인가요?"

"아니, 난 이 아틀리에가 '별이 내리는 집'이라는 걸 몰랐으니까. 개인전에서 봤을 땐, 전부 로렌이 예전에 살았던 기후의 집 풍경이라고 생각하고 있었어요."

나는 포장을 하는 것도 잊고서 손을 멈추고 입을 다물었다. "단지 기후의 어디인지는 모르겠지만."이라고 말한 야마나카 씨의 목소리만이 귀에 날아들어 왔다.

야마나카 씨가 돌아가고, 나는 곧장 유키코 씨에게 전화를 걸었다. 유키코 씨는 바로 전화를 받았다. 통화가 연결되고 나는 이렇게 말했다.

"유키코 씨, 로렌을 찾을게요. 역시 다시 한번 제대로 찾아보겠습니다."

유키코 씨의 놀란 목소리가 들렸다. 나는 이어 말했다.

"운명이 도와준다면, 로렌은 분명 살아 있을 겁니다!"

조금 뒤, "갑자기 왜 그래?"하고 웃는 유키코 씨의 목소리가 스피커에 울렸다.

그날 밤에 우리는 만났다. 유키코 씨는 나를 발견하고 누가 봐도 기쁜 얼굴로 달려왔다.

야마나카 씨에 대해 전부 얘기하자, 유키코 씨가 눈을

반짝이며 말했다.

"이미 돈은 송금했지?"

"네, 낮에 송금했어요."

"아직 그 계좌에 돈을 보낸 적은 없었지? 그럼 뭔가 반응이 있을지도 모르겠네!"

만면의 미소를 지으며 그렇게 말한 유키코 씨의 예감은 의외로 빠르게 적중했다.

사흘 뒤, 안나 씨로부터 전화가 왔다.

그건 내가 「탐문 조사」를 하고 있을 때였다.

"이런 거라고 말해도, 이건 그냥 언덕이니까……. 이런 곳은 조금 산 쪽으로만 가도 어디든지 있어."

갑자기 그림 리스트의 '별이 내리는 집'을 보게 된 경찰분은 곤란한 듯이 말했다.

"그렇습니까…… 앗."

휴대폰이 울려 확인하니, 안나 씨였다.

나는 아직 얼굴을 맞대고 있던 경찰분에게 "감사합니다."하고 인사를 하고 파출소를 나왔다.

전화를 받자 조금 흥분한 것 같은 안나 씨의 목소리가 들렸다.

"로렌이 짐을 보내왔어. 안에는 아키라 명의의 통장과

인감, 그리고 나와 아키라를 그린 그림이 세 장 들어있었어. 편지도 있는데 주소가 적혀 있고, 금색의 아주 작은 장난감 같은 열쇠가 들어있어. 일단 적힌 주소를 읽을게. 오사카부……."

주소를 듣자마자 어딘지 깨달았다.

"그건 아틀리에의 주소입니다. 작은 금색 열쇠는 아마도 창고에 걸린 자물쇠의 열쇠에요. 창고 안에는 안나 씨의 그림이 잔뜩, 마치 숨기듯이 포장되어 있었습니다."

안나 씨는 "맞아!"하고 기쁜 듯이 말했다.

"보낸 사람의 주소는 적혀 있나요?"

"응, 적혀있어."

"바로 메일로 보내주세요. 어디인지 알아볼게요."

"이미 알아봤는데 기후현에 있는 편의점의 주소였어."

"그럼 지금부터 가보겠습니다!"

"응!? 코우스케 지금 어디에 있는 거야?"

"지금 말인가요?"

나는 낯선 풍경을 둘러봤다.

"기후에 있습니다."

안나 씨는 순간 놀랬다가, 웃음을 터트렸다.

"알겠어. 그럼 그 편의점의 주소랑 전화번호를 메일로

보내놓을게.”

“감사합니다!”

그렇게 말하고 전화를 끊으려 하자 “앗, 코우스케!”하고 안나 씨의 목소리가 들렸다.

“로렌의 메시지가 있어. 읽을게.”

내 가슴이 크게 두근거렸다.

“만약 오카모토 코우스케 라는 남자와 만나게 되면, 그림과 아틀리에는 자유롭게 처분해달라고 전해줘.”

가슴이 쥐어 짜이는 느낌이 들었다.

역시 어쩌면 로렌은 이미…….

그런 내 마음을 알기라도 했는지, 스피커에서 안나 씨의 상냥한 목소리가 들려왔다.

“나는 줄곧 이상하다고 생각했어. 로렌이 왜 이렇게까지 나랑 아키라를 도와주는지 말이야. 분명 로렌이 사람을 도와주기만 하는 건, 무언가 이유가 있겠지? 언젠가 들어보고 싶다.”

안나 씨는 힘찬 목소리로 말했다.

“코우스케가 로렌과 만날 수 있도록 그 신사에서 기도할게. 아키라랑 유키코도, 다 같이 로렌과 만나고 싶다고 기도할게!”

나는 힘을 실어 "네."라고 대답했다.

전철을 환승하고 약 한 시간 반. 목적지인 편의점 간판이 시야에 들어오고, 심장 고동이 거세졌다.

아주 평범한 조금 낡은 그 편의점 안에는 중년여성이 한 사람 있었다.

"어서 오세요."

나는 가게 안에 들어가 긴장하며 카운터로 다가갔다. 여기서 단서를 얻지 못하면 끝일지도 모른다.

나는 "저기."하고 여성에게 말을 걸었다. 여성은 "네. 어서 오세요."하고 나를 보았다.

"죄송하지만 조금 묻고 싶은 게 있는데, 이삼일 전에 조금 눈이 불편한 할아버지가 짐을 부치러 오지 않았나요?"

여성은 조금 어리둥절해하더니 "아, 아!"하고 목소리를 높였다.

"설마 그 짐을 받은 사람?"

나는 깜짝 놀라 "그렇습니다!"하고 조금 힘차게 대답했다.

그리고 뒤에서 조금 나이가 든 남성이 "무슨 일 있어?"하고 나타났다.

"요전번의 할아버지 있었잖아요. 그 짐 받은 사람이래

요. 봐요, 역시 주소 적어놓아서 다행이죠?"

여성은 득의양양하게 점장 같아 보이는 남성에게 말했다.

"그 할아버지 발송인 란이 공백이라서 이름을 적어달라고 말하니 로렌이라 적었죠. 외국인인가? 그렇게 보이진 않았는데. 주소도 기억 못 하고 있고, 눈도 안 좋아서 돌아가는 것도 힘들다고 하니까 여기 주소를 쓰게 해준 거예요."

나는 격양된 기분을 억누르듯이 "그분의 연락처는 알고 있나요?"라고 물었다.

여성은 미간을 찌푸리며 "그게 말이죠."하고 이어 말했다.

"그게, 만일을 대비해 전화번호를 알려달라고 했는데, 모른다고 하고, 또 온다고 그랬는데, 결국 그 뒤로 오지 않았어요."

"그렇군요……."

낙담했지만, 적어도 이 주변에는 있다는 소리다. 역시 로렌은 원래 살던 집에 돌아간 게 틀림없겠지.

"그럼 이 가게에 다시 올 수도 있겠네요?"

"그렇긴 하지만……. 애초에 별로 안 보이는 사람이니

까 언제 올지 몰라요."

"제 전화번호를 드릴 테니 일단 오면 제게 연락을 하도록 말해주실 수 있나요?"

여성은 빙글 점장을 돌아봤다. 점장은 "아, 괜찮습니다. 그럼 이쪽에 적어주세요."하고 배려 깊게 종이와 펜을 내밀어 주었다. 내가 "감사합니다."하고 받자, 여성이 "뭔가 전해줬으면 하는 건 있나요?"라고 물었다.

"아뇨, 연락해달라고만 얘기해주세요. 부탁드립니다."

이름과 전화번호를 다 적고, 감사를 대신해 페트병 음료를 사서 편의점을 나왔다.

편의점에 있던 사람들이 친절해서 다행이다. 그다지 단서를 얻진 못했지만, 적어도 이 주변이 생활권이라는 것을 알 수 있었다. 예상대로 시력도 나빠진 것 같으니, 그다지 먼 곳에 살고 있진 않겠지.

게다가 시간이 걸릴지도 모르지만, 로렌이 다시 편의점에 오기만 한다면 내 연락처가 전해질 것이다. 로렌이 연락해줄지 어떨지는 모르지만, 일말의 희망은 있다.

이제는 내 발로 착실히 찾을 뿐이다.

길을 조금 걷자, 작은 상점가 같은 곳에 도착했다. 슈퍼마켓이나 여러 음식점이 늘어서 있었다.

"배고프네……."

시간은 정오를 조금 지나있었다. 정보수집도 겸해서, 되도록 예전부터 있었을 법한 음식점을 찾아다녔다. 그러자 마침 운 좋게도 'Since 1978'이라 간판에 적힌 양식점이 눈에 들어왔다. 벽돌로 된 조금 멋들어진 가게로, 가게 앞에는 햄버그, 하야시라이스, 오므라이스, 새우 필래프 등, 양식점 단골 메뉴의 샘플이 놓여있었다.

가게 안으로 들어가 보니, 조금 어두운 괜찮은 분위기였다. 점심시간이 지난 평일이라서 그런지 그다지 손님은 없었다. 테이블석으로 안내받았지만, 일부러 오픈키친으로 이루어진 카운터석에 앉았다. 가게의 명물인 듯한 햄버그 세트를 주문하자, 얼마 안 가 잘 구워진 햄버그와 샐러드, 수프가 테이블 위에 놓였다. 햄버그는 무척 맛있었다. 데미글라스 소스가 일품이었다.

식사가 끝나고 세트에 포함된 커피를 마시며 가게 안을 둘러봤다. 책상이나 의자는 낡아 보였지만 깨끗한 가게였고, 이곳저곳에 그림이 여러 장 걸려있었다. 곳곳에 퇴창 같은 부분이 있어, 그곳에는 나무로 만든 미니어처 의자나 코르크 같은 게 놓여있었다.

마침 받은 주문을 다 처리한 듯이 주방에 있는 점주가

물을 마시며 한숨 돌리고 있었다.

나는 과감히 말을 걸었다.

"저기, 햄버그 맛있었습니다."

오십 대 정도로 보이는 점주는 이쪽을 보고 빙긋 웃었다.

"감사합니다. 이쪽엔 여행으로 오셨나요?"

나는 놀라서 "어떻게 알았나요?"라고 물었다.

"억양이 이쪽이랑 달라서…… 관서 분인가 하고 생각했죠."

그건 그런가. 나는 멋쩍게 웃었다.

"맞습니다. 여행이라고 해야 할까. 사람을 찾고 있어서……."

점주는 눈썹을 올리며 "사람을?"하고 놀란 표정을 지었다.

"네…… 로렌이라는 이름의…… 음, 그림을 그리는 사람인데…… 모르시죠?"

나도 말하면서 내가 봐도 너무 정보가 부족하다고 생각했다.

점주는 "음……."하고 이번엔 눈썹꼬리를 내렸다.

"저는 그다지 예술을 잘 몰라서, 화가라면 모르겠네. 외국인?"

"아뇨, 이름은 로렌이지만 일본인이고, 그……예를 들면 이런 그림을 그리고 있는데."

나는 가져온 로렌의 그림 리스트를 점주에게 내밀었다.

"음…….잘 모르겠네. 우리도 가게 안에 그림은 걸고 있지만, 사실 그다지 잘 몰라. 미안해요."

점주는 그림을 훌훌 넘기며, 곤란한 듯이 고개를 갸웃거렸다.

"역시 그렇죠……."

그러자 점주는 이렇게 말했다.

"그림을 좋아하는 거야? 저쪽 화장실 앞에 큰 그림이 있는데 좀 대단해. 꽤 옛날에 이쪽에 살던 화가에게 그려달라고 부탁했지."

나는 그 말에 반응했다.

"그, 이쪽에 살던 화가라는 사람은 어떤 사람인가요?"

나는 어쩌면 로렌과 관계되어 있을지도 모른다고 생각했다.

"어떤…… 음…. 평범한 남자야. 이미 많이 지난 얘기라…… 앗, 그래도."

점주는 웃는 얼굴로 말했다.

"당신과 같은 관서 억양이었어."

"……!"

말 뱉을 새도 없이 나는 무심코 자리에서 일어났다. 그리고 점주가 가리킨 방향으로 향했다.

막다른 곳의 넓은 벽에 큰 그림이 위풍당당하게 장식되어 있었다.

나는 숨이 멎었다.

길게 뻗은 큰길. 양옆에는 나무들이 푸르고 무성하게 자라 있었고 그 사이로 빛이 빠져나와 있었다. 너무나도 푸르고 맑은 하늘에는 여러 줄기의 빛의 커튼이 있었다. 그려져 있지 않았지만, 큰 태양이 이 하늘의 높은 곳에서 지상을 비추고 있다는 것을, 보는 이가 상상케 하는 그림이었다.

그림 밑에 가게 이름과 같은 'Since 1978'이라는 제목이 붙어있었다.

나는 카운터로 돌아가 점주에게 물었다.

"저 그림을 그린 사람의 연락처를 지금도 알고 있나요?"

점주는 면목 없다는 듯이 미간에 주름을 만들어 "이제는 모르지."라고 말했다.

"그런가요…… 그, 뭐라도 상관없으니, 저 그림을 그린 사람의 정보가 있다면 가르쳐주실 수 있나요."

내가 물고 늘어지자 점주는 "꽤 마음에 들었나 보네." 하고 웃었다.

"어쩌면 저 그림을 그린 사람이 로렌일지도 몰라요. 저는 그를 찾으러 오사카에서 왔습니다! 부탁드립니다!"

점주는 "뭐!?"하고 놀라고서는 "내가 알고 있는 건 당시 삼십 대였고, 관서 억양을 쓰는 남자라는 것뿐이야. 지금은 몰라."라고 말하며 미간을 찌푸렸다. 그리고 "어쩌면, 그 사람이면 알지도 모르겠네."하고 중얼거리고는 옆에 있던 점원에게 무언가 지시했다. 말투를 보아하니 아무래도 아내인 것 같았다.

마침 그때 식자재가 도착한 듯, 점주는 "잠깐 기다려줘."라고 말하고 일을 재개했다. 나는 일을 방해해서 미안하다고 사과함과 동시에 감사를 표하고, 얌전히 커피를 마셨다.

조금 지나 아내로 보이는 점원이 옆으로 다가왔다.

"당시의 그를 아는 사람과 연락이 닿았는데 어떡할까요? 그 사람이 괜찮다면 만나서 얘기하고 싶다고 말하던데."

나는 기세 좋게 일어났다.

"꼭! 부탁드립니다!"

그 사람은 당시 역 앞에 있는 백화점의 사원이었다고 한다.

"그 그림을 그린 화가는 말이지. 가끔 백화점에서 개인전을 열기도 해서 이 주변에선 꽤 유명한 화가였던 모양이야."

점주가 손을 움직이며 말했다.

"그렇군요."

그가 정말 로렌이라면, 그건 내게 의외인 사실이었다.

"그런 일이 없었으면……."

점주가 불쑥 중얼거렸다.

"그런 일이요……?"

내 질문은 점원의 "어서 오세요."라는 소리에 묻혀 사라졌다.

그 뒤, 점원에게 안내를 받아 나는 테이블석으로 이동했다. 그리고 추가로 커피를 주문하고 반 정도 마셨을 때, 그 사람이 나타났다.

"처음 뵙겠습니다. 미야시타라고 합니다."

칠십에 가까워 보이는 그 남성은 미소를 띠며 말했다.

나도 허둥지둥 일어나 "오카모토 코우스케라고 합니다. 오늘은 여기까지 와주셔서 대단히 감사합니다."하고 깊게 머리를 숙였다.

자리에 마주 앉고 다시 나는 입을 열었다.

"저는 오사카에서 만난 로렌이라는 남성을 찾고 있습니다. 로렌은 아마 과거에 이 주변에 살고 있었고, 그리고 아마 지금은 다시 예전에 살던 집에 돌아갔을 겁니다. 무슨 일이 있어도 로렌과 만나고 싶습니다. 저쪽에 장식된 그림을 그린 건 로렌이라고 생각하는데, 혹시 미야시타 씨가 알고 계시는, 그 화가분의 정보를 가르쳐 주실 수 있나요?"

미야시타 씨는 얌전히 이야기를 듣고 있었다.

"그렇군요. 조금 주제넘은 질문을 하지만, 어째서 그를 찾고 있는 건가요?"

"실은 여러 이유로 그가 오사카에서 그린 그림을 지금 제가 관리하고 있는데, 꼭 본인과 연락을 취하고 싶은 사정이 생겨서……."

미야시타 씨는 조금 생각하는 듯한 표정을 보였다. 내가 생각해도 내 설명이 충분하지 않다는 것은 알고 있었다. 하지만 지금까지의 경위를 어떻게 전해야 할지 몰랐다.

나는 가방에서 로렌의 그림 리스트를 꺼냈다.

"우선 한 번 이걸 봐주실 수 있나요? 로렌이 그린 그림입니다."

미야시타 씨는 "실례하겠습니다."하고 페이지를 넘겼다.

여러 매 리스트를 넘기며 미야시타 씨의 안색이 금세 바뀌어 가는 게 보였다.

"그렇군요…… 그렇군요……."

그의 눈에 눈물이 맺히더니, 눈 깜짝할 새에 흘러내렸다.

"그렇군요, 그분은 아직…… 아직 그림을 그리고 계셨군요."

미야시타 씨는 고개를 숙이고 입술을 깨물며 조용히 눈물을 계속 흘렸다.

로렌의 장

가장 먼저 기억하고 있는 것은 빛.

새하얀 빛이었다.

올려다보던 내 얼굴에 날아들었다.

눈부셨다.

그 옆에서 네가 작게 웃었다.

어쩌면 눈치채지 못했을 정도로, 작게, 작게 웃고 있었다.

그날의 내게 호흡을 멈추지 않는 이유가 있다고 한다면, 그건 타성이다.

자연의 섭리에 반하는 짓을 하지 않은 것일 뿐. 단지 그뿐이다.

그곳에 의미란 아주 조금도 존재하지 않았다.

그런 나날 속에서 갑자기 눈앞에 나타난 빛.

단 한 줄기 빛.

그건 크고 강렬해서 눈이 부셨고, 게다가, 내 머릿속 깊은 곳에 박혀 잠들어있던 무언가를 깨우기에 충분할 정도의 위력이었다.

나를 '세상'으로 데려온 네게, 만약 내가 남길 것이 있다면 아마 이 정도뿐이다.

길어질지도 모르지만, 조금씩 떠올리며 적어나가려고 한다.

이 수기는 너를 향한 감사와, 너를 향한 참회이기에——

나는 이 오사카의 땅에서 태어났다.

내 아버지는 그림쟁이를 꿈꾸는 평범한 샐러리맨이었다.

네가 잘 아는 이 장소는, 예전엔 아버지의 비밀기지였다.

그건 비밀기지라고 부르기에 딱 걸맞은 장소였고, 꿈이 무너진 아버지의 조각이 잔뜩 흩트려져 있었다.

저마다 크기가 다른 이젤에, 아무것도 그려지지 않은 캔버스, 많은 유화 물감과 여러 크기의 붓, 은색 기름통과 그다지 쓰지 않은 24색 색연필.

작은 부엌, 욕조밖에 놓여있지 않은 좁은 욕실, 화장실도 있었고 게다가 쪽잠을 취하기 위한 망가진 소파(아버지가 쓰레기장에서 주워온 것)도 있었다.

나는 어떤 사정으로 오사카를 떠나, 마흔네 살, 어떤 사정으로 오사카에 돌아왔다.

오랜만에 찾아온 이 땅은 흡사 시간이 멈춘 것처럼 조금도 바뀌어 있지 않았다.

어렸을 적에 본 갈색 빛 풍경, 담배 연기 냄새와 술이 배인 공기, 대체 뭐하며 지내고 있는지 알 수 없는 근처의 이웃.

괴짜였던 아버지가 이곳을 좋아한 이유를 아직도 모른다. 단지 괴짜였던 아버지의 모습을 이 땅은 확실히 담고 있었다.

그 시절 그대로 서 있는 조잡한 작은 집을 눈앞에 두고, 나는 아무런 감정도 들지 않았다. 너무 관리하지 않았기에 문손잡이가 망가져 있을 거라 생각했지만, 짤까닥하고 요란한 소리를 내며 열렸다.

덜컹거리는 문을 있는 힘껏 덜컹덜컹 소리를 내가며 열자, 확 하고 습기 가득한 공기와, 오래된 유화 물감 냄새가 나를 덮쳤다.

먼저 정지되어 있던 전기와 수도를 재개시켰다.

수도관에 찬 오래된 물을 다 빼내기 위해서 주방에 있는 수도꼭지를 돌렸다. 물은 곧장 콸콸 흘러나왔다. 주방에는 유리잔이 여러 개 놓여있었다. 아버지가 이곳에서 술을 마시기 위해 쓰던 것들이었다. 그중 추억의 물건을 발견했다. 하늘색의 플라스틱 컵이었다. 너도 자주 쓰던 물건이다. 그건 내 전용으로 아버지가 사준, 떨어트려도 깨지지 않는 플라스틱 컵이었다. 산 당시에는 코끼리 그림이 그려져 있었지만, 지금은 완전히 벗겨져 그냥 하늘색 컵이 되어있었다.

나는 그 하늘색 컵에 수도꼭지에서 흘러나오는 물을 따라 입으로 옮겼다. 그리고 직후 기세 좋게 뿜었다. 맛없었다. 뭐라 표현할 수 없는 녹슨 맛이 났다. 예전엔 이 수돗물을 꿀꺽꿀꺽 곧잘 마셨던 것 같은데, 지금은 엄청 맛없었다. 오사카의 물이 이렇게 맛없었나 하고 생각했지만, 네가 마셨을 때의 물은 이미 평범한 맛이 되어있었을 것이다. 결론을 말하자면, 아마 한동안 쓰지 않았던 수도관에 고여 있던 거겠지.

수돗물을 틀어놓은 채 주방의 선반을 열었다. 그러자 반가운 울퉁불퉁한 금색 주전자와 바닥이 조금 탄 은색 냄비가 있었다. 아버지는 가끔 이 냄비로 라면을 만들어 줬는데, 그릇이 없었기에 냄비 채로 둘이서 번갈아 가며 먹었다. 지금 생각해보면 그릇 한두 개 정도는 사놓으면 될 것을 아버지는 그러지 않았다. 그렇지만 내게 있어선 집에서는 절대 할 수 없는, 냄비 채로 먹는 라면이 무엇보다 좋은 상이었다. 네가 어땠을지는 모르지만, 냄비 채로 먹는 라면을 나처럼 즐겨줬다면 다행이라고 생각한다.

그 외에 있던 건, 당시 정원에서 재배하고 있던 대파를 자르기 위한 녹슨 부엌칼과 도마를 대신해 쓰고 있던 베니어합판, 그리고 젓가락이 두 짝. 접시 같은 건 하나도 없었다.

이 정도 있으면 충분히 생활할 수 있다고 생각했다.

나중에 봉지라면과 대파만 사오고, 녹이 슨 부엌칼은 대충 주변의 돌로 녹을 깎아 없애면 대파 정도는 썰 수 있겠지. 대파는 정원에 심으면 다시 싹이 자라고.

그리고 냄비를 씻을 주방세제와 머리와 몸을 씻을 비누, 칫솔, 필요한 건 이 정도지?

나는 다시 한 번, 하늘색 컵에 수돗물을 따르고 천천히 입으로 옮겼다.

이번엔 다시 내뱉지 않았다.

그날은, 어느 정도 괜찮아진 물로 추억의 냄비라면을 만들어 먹고, 청소도 제대로 하지 않은 채, 너덜너덜한 작은 소파 위에서 몸을 굽히고 잠들었다.

맞다, 처음으로 이 장소를 '아틀리에'라고 부른 것도 아버지다.

참고로, 마지막에 네게 건넨 색연필은 아버지가 준 것이다.

이 아틀리에에 자주 오게 된 나는 아버지의 그림 그리는 모습을 보고, 유화 물감을 쓰고 싶어졌다. 하지만 아버지는 물감도 캔버스도 비싸다고 하며 거의 쓰지 못하게 했다. 그 대신 내게 24색 색연필을 주었지만, 나는 별로 쓰지 않고 몰래 아버지의 유화 물감을 쓰기도 했다.

그러다가 아버지는 포기했는지, 내게 딱 하나 싼 붓을 주었다. 아마도 내가 비싼 붓을 막 쓰는 게 싫었던 거겠지. 그렇게 나는 아버지 흉내를 내며 유화를 그리게 되었다.

처음 그린 그림을 본 아버지는 나를 천재라고 했다. 그리고 그림을 그리면 사인을 넣어야 한다고 가르쳐주었다. 아버지의 사인은 뭔가 지렁이가 잔뜩 있는 듯한 필기체를 더 날린 듯한 글자로, 멋있었다. 그렇지만 나는 조금 더 특별한 사인을 만들고 싶었다. 그때 방 안에 있던 상형문자 책을 참고로, 나는 '별'이라는 한자의 상형문자 중 가장 마음에 든 것을 내 사인으로 정했다. 왜 별을 골랐냐고 하면, 어머니가 별을 보는 걸 정말 좋아했으니까. 그리고 무엇보다 가장 처음 그린 이 그림에서 따온 것이다.

아버지가 그랬듯이, 나는 그림을 그린 캔버스 뒤에 제목을 적었다.

'별이 내리는 집.'

이 아틀리에를 그린 그림이, 내 첫 작품이었다.

다음 날, 시끄러운 소리에 눈을 뜬 낮이었다. 스프링이 망가진 소파에서 자고 있던 몸은 이곳저곳이 쑤셨다. 예전엔 아무렇지도 않게 잤던 것을 생각하니, 나이를 실감했다.

아틀리에의 바로 앞에는, 빠르게도 사람 낌새를 눈치 챘는지 근처 이웃으로 보이는 남자들이 큰 소리로 얘기를 나누고 있었다. 성가시다고 생각하며 현관을 열자, 남자는 그야말로 즐거운 듯이 실실 웃으며 다가왔다. 한 손에는 술을 들고 있었다.

"당신 이름이 뭐야?"

술 냄새가 심한 그 남자는, 꼴깍 술을 마시고 빠진 이를 보이며 히죽 웃었다.

"상관없잖아. 좀 조용히 해."

나는 남자에게 그렇게 말하곤 현관문을 닫으려고 했다.

남자는 뭐가 재밌는지 작위적이게 껄껄 웃고서 다른 한 손에 들고 있던 뜯지 않은 술을 내게 밀어 붙였다.

"이사 기념이야."

마치 동료로 인정받은 것 같은 기분이었다.

나는 아무 말도 하지 않고 술을 받아, 현관문을 닫았다.

밖에서는 나사가 여러 개 빠진 듯한 웃음소리가 울리고 있었다.

나는 그 목소리가 진심으로 싫다고는 생각되지 않았다. 그건 어린 시절에도 들었던 것 같은 잡음이었다.

그 잡음 속에서 아버지는 언제나 캔버스를 향해 그림을 그리고 있었다.

고약한 유화 물감과 시너 냄새를 풍기고 있었다. 그것이 아버지의 냄새였다.

거의 무의식에 가까웠다.

어느새 나는 붓을 손에 들고 캔버스 앞에 서 있었다.

아버지의 붓은 몇 년이나 방치되어 있었음에도 불구하고 평소에 정성스럽게 관리를 했는지 털끝이 망가져 있지 않고 제대로 정리되어 있었다. 멋진 기름통도 그 시절 그대로 반짝반짝 빛나고 있었다. 오래된 튜브에서 물감을 짜내어 기름으로 녹이고 붓에 찍었다.

여러 색을 섞어, 검게 된 물감을 잔뜩 붓에 찍어 조금 더러운 캔버스에 후려갈기듯이 뿌렸다. 그 짓을 여러 번 반복했다.

점점 캔버스의 더러운 곳이 어둠에 묻혀, 더러운 곳이 처음부터 없었다는 듯이 사라졌다. 조금씩 색을 섞어 여러 검은색을 만들어 캔버스에 덧입혔다.

조금 더러웠던 하얀 캔버스는 눈 깜짝할 새에 별이 반짝이는 듯한 밤하늘이 되었다.

나는 그 별도 뭉개기 시작했다. 하나씩, 하나씩 검게 칠해갔다. 결국 마지막엔 쌀알을 사 등분 한 크기의 공간만 남았다.

그건, 단 하나, 밤하늘에 떠 있는 별이 되었다.

단 하나, 작디작은 그 아이가 사는 별이 되었다.

나는 미친 듯이 밤하늘을 그리기 시작했다.

단 하나의 별만 남기고, 새까만 하늘을 계속 그렸다.

그리고 그려진 그림들을 하늘을 향해 태웠다.

여러 차례 그림을 태우고 있을 때였다. 남자가 말을 걸어왔다.

"당신 뭘 태우고 있는 거야."

이사 기념으로 술을 준 남자였다.

"그냥 낙서야."

그렇게 대답하자 남자는 타고 있는 그림을 들여다보고

"새까망잖아. 기분 나쁘네."하고 웃었다.

남자와 조금 대화를 나눴다. 그 남자는 구경꾼같이 여러 질문을 스스럼없이 했다. 그 모든 질문에 부정도 긍정도 하지 않고 애매한 대답을 했다. 내가 얼버무리기만 하자 남자는 분통을 터트리고 조금 욕설을 했다. 그래도 상대를 하지 않았다. 결국 남자는 포기한 듯이 "따분한 녀석이네."하고 내뱉었다.

그리고 남자는 나를 등지려다, 마지막에 떠오른 듯이 말했다.

"당신 사람이라도 죽였지. 그런 얼굴을 하고 있어."

놀랐다.

정말 놀랐다.

나는 마찬가지로 부정도 긍정도 하지 않고 조용히 그 자리를 떠났다.

방으로 돌아와 바닥에 누워 천장을 올려다보며 예전 일을 떠올렸다.

아버지는 가끔 이 딱딱한 바닥에 누워 천장의 구멍을 가리키며 별이 내리고 있다고 말했다. 나는 그럴 때의 아버지가 정말 좋았다.

왠지 모르게 눈물이 흘렀다. 줄곧 흐르지 않았던 눈물이 흘렀다.

나는 그걸 닦으려고 하지도 않고, 그저 멎을 때까지 눈물을 흘렸다.

몇 시간 그렇게 있었을까. 목이 건조해졌지만 그래도 물을 마시는 것조차 하고 싶지 않다고 생각했다. 이대로 말라비틀어지면 된다고 생각했다.

일어나자 발밑이 휘청거렸다. 문득 주방에 있는 술이 눈에 들어왔다. 그 남자가 이사 기념으로 내게 준 것이었다.

나는 그 술에 손을 뻗었다.

술을 든 손이 떨렸다.

뚜껑을 열자 술 냄새가 코를 찌르고 들어와, 구역질이 날 것 같았다.

한 모금 입을 대고 토해냈다.

그리고는 술을 목구멍 안으로 억지로 흘려 넣었다.

그건 목을 축이는 게 아니었다. 그저 혼란스러운 머릿속을 난폭하게 씻기 위한 것이었다.

단 한 잔의 술로 나는 만취 상태가 되었다. 핑핑 돌아가는 머리로, 비틀비틀 현관을 빠져나와, 눈앞의 남자에게 술을 달라고 부탁했다.

이웃 남자들은 일제히 웃고, 재미있어 하며 내게 하나

둘 술을 주었다.

그로부터 겨우 며칠 사이에 나는 항상 말을 잘 못하게 되었다.

나는 그 땅에 어울려, 아침부터 밤까지 남자들과 술을 마시고, 말도 제대로 못하는 입으로 남자들과 하찮은 얘기를 즐기며, 생각하는 것도, 그림을 그리는 것도 하지 않았다.

언젠가 남자들이 나를 '로렌'이라고 부르기 시작했다.

말도 제대로 못해, 오렌지를 로렌지라고 하는 로렌.

그게 내 별명의 유래이다.

하지만, 내겐 그게 마음이 편했다.

로렌이라고 불리면 마치 다른 사람이 된 것처럼, 원래의 자신을 버릴 수 있을 것 같았다.

로렌으로 있는 한, 변변치 못한 놈이어도 괜찮았다.

나이도 이름도 출신도 모르는, 그저 로렌이라는 이름의, 말도 제대로 하지 못하는 인간은 나의 구원이었다.

그런 내가 술을 그만둔 계기를 얘기하기 위해서는, 애초에 내가 어째서 이렇게 된 건지 얘기하지 않으면 안 된다.

그때부터 꽤 시간은 지났지만, 역시 떠올리는 것은 괴로웠다.

이렇게 세월이 지나도, 얼마나 시간이 지나도, 그게 '과거의 기억'이 되는 일은 없으리라.

아직도 나는 그 소용돌이 속에 있고, 분명 평생 그대로일 것이다.

하지만 너와 만나고서 나는 분명히 구원받았다.

조금 느릴지도 모르지만, 회고해보려고 한다.

스물두 살에 미대를 졸업한 나는, 공교롭게도 아버지와 같은 길을 걷고 있었다.

평범한 샐러리맨으로 근무하며, 이 아틀리에에서 그림을 그리는 생활이다.

참고로 어머니는 내가 스무 살일 때 죽고, 아버지는 삼 년 뒤에 그 뒤를 따라가듯이 죽었다.

아버지는 당시 살고 있던 집과 이 아틀리에를 남겨주었다. 집은 혼자서 살기엔 충분한 넓이라서, 이 아틀리에를 처분하고 방 하나를 그림용으로 써도 됐지만, 너도 알다시피 유화는 냄새가 심했다. 장래에 결혼하게 될 걸 생각해, 이 아틀리에를 남기고, 아버지처럼 이곳에서 그림을 그리며 지냈다.

그리고 삼 년이 더 지나 내가 스물다섯 살을 넘길 때였다. 전근 얘기가 나왔다.

근무처는 오사카와 비교하면 꽤 시골이었다. 이전에 그곳에 갔던 상사는 "정말 좋은 곳이야. 공기도 깨끗하고, 한 번 산에 들어가 봐. 별이 엄청나."하고 우리에게 권했다.

동기들은 가고 싶어 하지 않았지만, 내게 있어선 바라던 이야기라고 생각했다.

별이 적은 이 오사카의 땅에서 태어나고 자란 내게, 하늘 가득히 수놓은 별은 동경의 대상이었다.

언젠가 그 풍경을 그림에 담고 싶다고 생각했다.

나는 전근을 받아들였고, 결과적으로 그때부터 십 년 이상 그곳에서 지내게 되었다. 전근한 뒤에는 그때까지 주로 그리던 초상화가 아닌, 별하늘이나 풍경화를 중심으로 그리게 되었다.

그리고 서른이 되었을 때, 인생의 전환점이 찾아왔다.

내가 그린 그림이 유명한 회화전에서 입상하게 되어, 수상 파티에서 알게 된 갤러리의 주인으로부터 개인전을 열지 않겠냐고 권유를 받은 것이다. 그리고 실제로 여러 장 그림이 팔렸다.

그걸 시작으로 그 동네의 백화점에서 열리는 아트전의 출전 의뢰나, 그 동네 레스토랑의 주인으로부터 벽화의 주문을 받는 등, 조금씩 그림 일이 들어오기 시작했다.

나는 그 타이밍에 걸어보자고 생각했다. 아버지의 꿈이기도 했던 프로 화가가 될 기회라고 생각했다. 구속시간이 긴 다니던 직장을 그만두고, 중심가에서 조금 떨어진 산기슭에 그때까지 모은 저금과 부모님이 남겨준 돈을 전부 써서 산장 같은 집을 샀다. 돈은 하나도 남지 않게 되었다. 그리고 집을 산 해에, 그곳에서 만나 사귀고 있던 여성과 결혼했다.

당시 아직 때가 아니라며 결혼에 소극적이던 나였지만. 그녀는 검소한 생활이어도, 힘들어도 괜찮다며 화가가 되는 꿈을 응원하며 나와 같이 지내고 싶어 했다. 그녀는 하던 일을 계속하고, 나는 시간을 조절할 수 있는 아르바이트를 하며 그림을 계속 그렸다. 알게 된 미술상 등의 연줄도 있어, 행운이게도, 작게나마 그림 수입도 계속 들어왔다.

다다음 해에는 아이가 태어났다.

귀여운, 귀여운 남자애였다.

아이는 눈 깜짝할 새에 성장했다.

사실 그때의 기억이 별로 없다.

왜냐하면 아이가 생기고서 그림 일에 더해 아르바이트

를 늘려 무아무중으로 일을 했기 때문이다.

말 그대로 자는 시간도 줄여가며 일했었다.

지금 생각하면, 좀 더, 좀 더, 그 아이의 성장을 지켜보고 싶었다.

객관적으로 볼 수 있는 지금 돌아보면, 집도 있었고 아내의 친정은 농가였기에, 먹고 자는 데는 꽤 축복받은 환경이었다. 하지만 당시 나는 그런 사실을 눈치채지 못하고 돈 걱정만 하고 있었다.

레스토랑 같은 가게에서 의뢰가 들어오는 일은 그렇게 몇 번이나 있는 일은 아니었다. 시골이라는 점도 있어서, 새로운 가게는 어지간해서 들어서지 않았다. 의지하고 있던 그 지방 연출의 일도, 의뢰가 적어져 초조함만 늘어가고 있었다.

그런 내게, 아내는 언제나 상냥했다. 가족은 항상 따뜻했다.

뇌리에 가장 확실히 박힌 기억이 있다.

가족 셋이서 별하늘을 올려다봤을 때의 일이다.

별을 아직 별이라 부르지 못했던 그 아이는, 별을 가리키며 "슈우슈우."라고 말했었다. 내가 그게 뭔지 생각하고 있자, 아내는 옆에서 "그렇네, 슈우슈우네."하고 웃었다.

그때 깨달았다.

내 귀가가 조금이라도 늦어지면, 아내와 아들이 언제나 밖에 있었다는 것을. 내 귀가를 기다리는 사이, 둘이서 밤하늘을 바라보고 있었다는 것을.

분명 그때, 아내는 별똥을 가리키며 "슈우슈우네."라고 아들에게 말한 거겠지. 그걸 아들이 기억하고 있던 것이다.

이 별하늘을 보고 싶어서 이 땅에 옮겨왔는데, 지금 이렇게 가족끼리 별을 보고 있는데, 나는 이 이상 무엇을 바라고 있는 걸까.

별이 떨어질 때마다, 아들은 기쁜 듯이 손가락을 하늘 높이 올리며 "슈우슈우."하고 반복했다.

어째선지 아틀리에에서 누워있던 아버지를 떠올렸다.

대낮에 천장을 가리키며 "별이 내리고 있어."라고 말했던 아버지.

둘이서 나눠 먹은, 파만 들어간 냄비라면.

어머니가 죽고 둘만 남은 집에서, 단 한 번도 눈물을 보이지 않은 아버지.

이 별하늘을 아버지에게도, 어머니에게도, 보여주고 싶었다. 셋이서 올려다보고 싶었다.

아들이 나를 보고 웃었다.

"슈우슈우."

작고 작은 그 손가락은 열심히 밤하늘을 가리키고 있었다.

"그렇네, 슈우슈우네."

행복했다.

그저, 그저, 행복했다.

그 행복이 갑자기 모습을 바꾼 건, 그로부터 몇 년 뒤의 일이었다.

계절은 골든위크*, 시내의 백화점에서 아트전을 개최하게 되었다.

그곳에 나는 아이들을 대상으로 한 회화체험교실의 강사로서 초청받았다.

백화점의 담당자는 꽤 열의가 가득한 사람이었는데, 본인도 그림 쪽으로 가려고 생각한 적이 있던 모양이라 "평소에 접할 기회가 없는 유화이니까, 어린아이들이 체험했으면 합니다!"하고 뜨겁게 말했다.

그림을 전시하는 부스도 설치해주는 오랜만에 들어온 큰일이었다.

나는 열심히 준비하고 있었고, 아들은 쫄쫄 내 주변에 붙어서 흥미 깊게 그림도구를 보거나 만지기를 반복했다.

---

* 5월 초에 있는 일본의 대형연휴기간

"아빠 바쁘니까 여기서 그림이라도 그리렴."

아내는 아들을 불렀지만, 아들은 자주 보지 못하는 준비를 하는 내 모습에 흥미를 느꼈는지, 옆에서 계속 들떠있었다.

당시 초등학교에 갓 입학한 아들은, 개구쟁이였고 기운이 넘쳐나는 것 같아서 아내도 상당히 애를 먹고 있었다. 그 아이들이 유일하게 얌전해지는 건, 그림을 그리고 있을 때와 그림을 그리고 있는 나를 바라보고 있을 때였다.

제대로 준비한 것도 있어, 첫 교실은 문제없이 성황리에 끝났다.

"수고하셨습니다. 대성황이었네요."

담당자가 말을 걸어왔다.

나는 "감사합니다."하고 인사했다.

"뭔가 부족한 도구는 없었나요?"

웃으며 물어보는 담당자에게 "나는 딱히 없었습니다." 하고 대답했다.

"조금 전 아내 분이 대표전화로 전화를 한 것 같은데, 이름을 대고 바로 끊었다고 해요. 자택에 한 번 전화 하실래요?"

당시에는 물론 휴대전화 같은 편리한 물건은 없었다.

"아내한테서요? 뭐지."

아내와 아들은 오늘 세 번 열리는 교실 중, 마지막 세 번째의 교실에 참가할 예정이었다. 그 뒤에는 셋이서 백화점 안에 있는 레스토랑에서 식사를 하고 돌아가려고 계획하고 있었다.

내가 "혹시 모르니 집에 전화해도 괜찮을까요?"라고 묻자, 담당자는 "물론입니다."하고 나를 전화기가 있는 장소에 데려다주었다.

전화를 빌리고, 열 번 이상 연결음이 들렸지만, 아내는 전화를 받지 않았다. 시간적으로도 아내는 아들을 데리고 집을 나와 이곳을 향하고 있을 때였다.

"뭐였을까요. 내가 집에 물건이라도 두고 왔나? 뭐, 급한 용건이면 다시 걸려오겠죠."

나는 담당자에게 감사를 표했다.

담당자는 "아뇨아뇨."라고 고개를 젓고 "도중에 동전이라도 떨어진 걸까요."하고 웃었다.

너는 모를지도 모르겠지만, 당시에는 공중전화가 주류라서, 그야말로 이곳저곳에 설치되어 있었고, 전화카드나 동전이 없으면 제대로 전화도 할 수 없었어.

그때 만약 휴대전화가 있었다면, 얼마나 원활하게 연락을 할 수 있었을까.

정말, 요즘 시대는 편해졌다고 생각해.

담당자가 떠난 뒤, 나는 화장실에 가거나 물을 마시며, 두 번째 교실의 준비를 시작했다.

그리고 두 번째 교실을 반 정도 진행했을 때였다.

멀리서 얼굴이 파래진 담당자가 달려오고 있었다. 내가 당황하자, 담당자는 내 팔을 당겨, 귓가에 얼굴을 가까이 대고 작게 말했다.

"바로 가방을 들고 와주세요. 택시를 불러 놓았습니다."

상황이 이해되지 않았던 내게 담당자는 이렇게 이어 말했다.

"아드님이 사고를 당했습니다."

내 뒤에서 "죄송하지만, 선생님이 급한 일이 생겨 자리를 떠나게 되었습니다."하고 다른 담당자가 알리는 목소리가 들려왔다.

병원까지 어떻게 도착했는지 전혀 기억이 없다.

어느새 택시가 멈춰, 같이 타고 있던 담당자에게 밀려나오듯 차 안에서 튕겨 나왔다.

병원 스태프들에게 안내를 받아 달리기 시작했다. 긴 복도 끝에 아내의 모습이 보였다.

내 모습을 본 아내는 외쳤다.

"어째서 더 빨리 와주지 않은 거야!"

나는 아내에게 달려가려고 했다. 하지만 발이 풀려, 마치 허공을 차고 있는 것 같아, 몇 미터밖에 떨어져 있지 않은 아내 곁까지, 끝없이 긴 거리를 달린 것 같았다.

아내는 울부짖으며 내 멱살을 잡았다.

"어째서……! 어째서 언제나 언제나……!"

아내는 내 멱살을 잡은 채 주저앉았다.

"당신은 늦는 거야……."

나는 아들의 죽음을 곁에서 지켜봐 주지 못했다.

아들을 친 건 관광객의 차였다. 아직 젊은 커플이었고, 장시간 운전에다가, 음주운전이었다.

"오랜 시간 운전을 하고 목적지에 도착해서 긴장이 풀려 기분을 내다가 그만 마시고 말았습니다."

가해자인 남자는 눈물을 흘리며 그렇게 말했다고 한다. 그때는 지금처럼 검문이 심하지도 않았고, 아직 음주운전이 횡행하던 시대였다. 실제로 남자에게서 검출된 양은 남자의 말대로 캔맥주 2개 정도의 알코올이었다고 경찰로부터 들었다. 하지만, 그런 건 내게 있어서도, 아내에게 있어서도, 아무래도 좋았다.

아들을 병원에 남기고, 나와 아내는 먼저 집에 돌아와 아들의 귀가를 기다렸다.

아내는 아들에게 달라붙어, 옆을 절대로 떠나려고 하지 않아서, 반강제로 떨어트릴 수밖에 없었다.

집에 한 발 내딛자, 아내는 갑자기 태도를 바꾸어 "미안해요, 미안해요."하고 내게 거듭 사과했다.

나는 혼란스러운 머리로 "네 탓이 아니야."라고 반복했다. 나는 아직 당시의 자세한 상황은 모르고 있었다. 단지 신호가 없든 도로였다는 것과 상대 차량이 일시정지를 지키지 않았다는 것만 알고 있었다.

도무지 아내에게서 이야기를 들을 수 있는 상태가 아니라, 아내의 참상을 보며, 어떻게든 내가 제대로 해야 한다고 자기 자신에게 되뇌었다. 앞으로 아들의 장례식을 치러야했다.

아들이 집에 돌아오고, 분주하게 장례식이 끝났다.

나는 아무렇지 않은 듯이 행동했지만, 기억이 전혀 없었다.

아내는 눈에 보이게 초췌한 모습이 되어있었다.

아들은 하늘 높이 올라갔다. 그리고 아내는 말을 하지 않게 되었다.

아내는 그저 하루 종일 멍하니 허공을 바라보고 있었다. 아침에도 낮에도 밤에도, 그저 멍하니 눈을 뜬 채였다.

나는 그런 아내가 걱정되어, 옆에 계속 있었다. 말을 걸고, 등을 쓰다듬고, 밥을 먹이고, 밤에는 끌어안고 잠이 들었다. 아내가 조금이라도 움직일 때마다 눈을 떴다. 언젠가 내가 자는 사이, 이 팔을 빠져나가 어디론가 사라져 버리지 않을까 하고 너무나도 불안했다.

이주일이 지난 아침, 아내는 스스로 주방에 서서, 아침밥을 만들기 시작했다.

처음 있는 일이었다. 하지만 다행이라고 생각한 것도 잠시뿐이었다.

아내는 그릇을 삼 인분 준비하고 식탁 위에 놓았다.

하나는 물론, 그 아이가 쓰던 캐릭터 그릇이었다.

나는 "셋이서 같이 먹자."하고 아내 어깨에 손을 대었다.

아내는 "그렇네."하고 허공을 바라본 채 말하고, 내가 손을 뗌과 동시에 쓰러졌다.

모처럼 아내가 만들어준 아침밥은, 굉음을 내며 그릇 파편과 함께 바닥에 흩트려졌다.

아내는 그대로 입원하게 되었다.

백화점 담당자가 병문안을 와주어, 조금씩 그 때 상황을 알 수 있었다. 그는 그때 병원 스태프로부터 상세한 내용을 확인하고 있었다. 분명 말할 타이밍을 고르고 있었으리라. 그의 마음고생을 생각했다.

그리고 알게 된 건, 첫 전화는 아내가 병원의 공중전화에서 걸었다는 것. 그리고 이름을 댔을 때 간호사에게 불려 허둥지둥 전화를 끊었다는 것.

그 뒤, 아들이 위험한 상태라는 것을 들은 아내가 이성을 잃어서, 좀처럼 내가 어디 있는지 물어보지 못했다는 것. 내가 혹시 몰라 건네준 백화점 전화번호가 적힌 메모를 그때의 혼란 속에 잃어버렸다는 것. 겨우 내가 어디 있는지 알게 된 병원 스태프가 전화번호부에서 번호를 찾아 백화점에 연락해 상황을 전달해주었다는 것.

아내가 하염없이 자책하고 있는 이유를 알게 되었다.

"내가 조금 더 빨리 백화점에 전화하면 좋았을걸. 그러면 바로 당신에게 연락할 수 있었을 텐데. 내가 조금 더 빨리 연락했더라면, 당신은 그 아이와 만날 수 있었을 텐데…….”

아내가 반복할 때마다, 나는 아내를 달랬다.

“너는 아무것도 잘못하지 않았어. 넌 최선을 다했어.”

나는 결코, 아내 앞에서 슬퍼할 수 없었다.

아내는 병원에서 안정을 되찾았고, 일주일 정도 지나 퇴원했다.

하지만 집에 돌아오자 그녀는 다시 불안정한 상태로 돌아왔다.

“내가 잘못했다고 생각하고 있지!”라며 울부짖는 것 같더니 “미안해요.”라고 반복했다.

“내가 손을 놓아버려서.”라며 우는가 싶더니 “당신이 그림 따위 그리고 있으니까!”하고 내 그림을 찢었다.

“어째서 바로 와주지 않은 거야.”라고 한탄한 직후에 “내 탓에 당신이 그 아이와 만나지 못했어.”라고 풀이 죽었다.

아내의 말에서 엿보이는 본심은 내가 항상 집에 없었다는 것. 일이 우선이고 가족은 그다음이었다는 것. 내가 늦어질 때는 줄곧 집에서 둘이서 기다렸다는 것. 내가 그림으로 성공하는 게 기쁘기도 쓸쓸하기도 했다는 것.

그리고 이성을 잃고 마지막엔 반드시 “그곳에 없던 당

신은 내 기분을 알 수 없어."라고 말하고 정신을 잃은 듯이 잠들었다.

스스로 목숨을 끊으려 한 건 한 두 번이 아니었다.

우는 것도 잠드는 것도 하지 못하고, 나는 점점 피폐해져 갔다.

얼마 지나 아내는 친정으로 돌아갔다. 아내의 부모님은 떠날 때 "이 집에는 그 애의 모습이 너무 많아."라며 울었다.

그리고 2년이 지난 어느 날, 아내의 부모님은 내 앞에서 양손을 모아 눈물을 흘리며 "부디 우리 아이와 이혼해주세요."라고 말했다.

아내도 아내의 부모님도 모두 한계였다.

나는 오사카의 집을 팔았다. 그리고 그 금액을 포함해, 공유재산으로서 반을 아내에게 넘겼다.

그리고 이혼서류에 도장을 찍고 사무적인 서류 처리를 끝내, 마지막으로 한번, 아내와 만났다.

나는 초췌한 모습의 아내에게 "언젠가, 언젠가 반드시 상처가 아물 날이 올 거야."라고 말했다.

아내는 나를 똑바로 보며 말했다.

"당신은 마지막까지 울지 않네."

그걸 들은 아내의 부모님은 눈물을 흘리고, 떠날 때 내게 이렇게 말했다.

“자네가 슬퍼하고 있는 건 알고 있어. 하지만 사람의 마음은 그렇게 강하지 않아. 자네는 저 아이의 마음을 죽여버린 거야.”

그때 처음 나는 내가 저지른 잘못을 깨달았다.

정말 나는 언제나, 언제나 늦었다.

같이 울어줬으면 좋았다. 나도 울부짖으며 이성을 잃었어야 했다. 아내를 끌어안으며 같이 울었어야 했다.

이주일이 됐든 한 달이 됐든, 같이 울며 지냈어야 했다.

또 다. 나는 또 잘못하고 있었다.

내가 아내를 지켜야 한다고 생각했다.

내가 쓰러지면 아내를 누가 지탱하냐고, 마음을 죽이고 있었다.

그 결과, 아내의 마음까지 죽이고 말았다.

그리고 나는 혼자가 되었다.

가족과 지낸 이 집에서 혼자 지낼 기력은, 내게 남아있지 않았다.

단지, 이 집만큼은 무슨 일이 있어도 손에서 놓을 수 없었다.

집안에 깃든, 작은 그 아이의 자취를, 손에서 놓을 수 있을 리가 없었다.

그 뒤, 앞에서 적은 대로 나는 오사카에 돌아가, 남아있던 아틀리에에서 살게 되었다.

그리고 나는 몹시 싫어하던 술에 손을 대게 되었다.

하지만 내 목숨을 스스로 끊는 것만은 할 수 없었다.

술에 빠져드는 사이에, 그 아이의 꿈을 꾸지 않게 되었다.

결국, 그 아이의 얼굴조차 떠오르지 않게 되었다.

겨우 내가 술을 그만둔 이유를 이야기할 단계가 왔다.

길어져서 면목 없다.

내가 오사카에 돌아오고, 아틀리에에서 지내게 되고 깜짝 놀랄 새에 십 년이 지났다.

갑자기 변호사로부터 연락이 왔다.

아내로부터의, 전처로부터의, 내가 오사카의 집을 팔고 건넨 돈을 돌려주고 싶다는 연락이었다.

전처는 재혼했다고 변호사가 말했다. 그리고 놀랍게도 전처는 내게 직접 만나고 싶다고 했다. 만나서 제대로 매듭을 짓고 싶다고 말했다.

인생의 매듭을 짓고 싶다. 그것이 전처의 바람이라면,

나는 이루어 주고 싶었다.

그때부터 나는 필사적으로 술을 그만뒀다. 당연한 소리다. 그 아이는 음주운전을 한 차에 치였다. 내가 술 냄새를 풍기며 전처의 앞에 나타날 수는 없는 노릇이었다.

술에 빠지는 건 간단했지만, 그만두는 건 매우 어려운 일이었다. 하지만 새롭게 인생을 나아가려 하는 전처를, 그다지 기다리게 하고 싶지 않았다. 약속은 한 달 뒤로 정했다. 전문가의 손도 빌려, 손의 떨림이 남긴 했지만 어떻게 술을 끊을 수 있었다.

그리고 전처를 만나는 전날 밤. 나는 몇 년 만에 붓을 쥐었다.

전처가 원할지는 몰랐다. 하지만 그리지 않고선 배기지 못했다.

만난 감사를 표하고 싶었다. 행복했던 사실을 남기고 싶었다.

어두운 밤하늘에 눈부시게 빛나는 세 개의 별.

나와 그 아이와 아내와 지낸 인생의 시간.

별하늘을 가리키며 '슈우슈우.'라고 말하던 그 아이를 떠올리자 눈물이 흘렀다.

술을 마시기 시작한 그 날 이후, 흐르지 않았던 눈물이 마침내 흘렀다.

열심히 별똥별에 소원을 비는 그 아이의 뒷모습을 떠올렸다.

그 때 빈 소원은 무엇이었을까. 이루어졌던 걸까. 물어보면 좋았을걸.

처음 책가방을 메고, 방방 뛰는 모습을 떠올렸다.

단 한 달, 책가방을 멘 그 아이의 모습은 눈부셨다.

하늘을 검게 칠하며, 눈물을 흘렸다. 별을 반짝이게 하며, 계속 눈물을 흘렸다.

결국, 아침이 밝아올 때까지, 나는 밤하늘을 계속 그렸다.

그리고 아침, 새로 산 정장을 입고 그림을 가지고 약속장소로 향했다.

약속장소인 호텔의 라운지에 꽤 일찍 도착한 나는, 긴장하며 전처를 기다리고 있었다.

한 잔 천오백 엔의 커피를 마실 생각도 들지 않았다. 전처는 변호사와 새로운 남편과 같이 시간대로 도착했다.

십삼 년 만에 본 전처는 마치 다른 사람 같았다.

겉모습은 마르고 나이를 먹은 것 외에는 딱히 바뀌지 않았다.

옷차림도 이전처럼 깔끔했다.

하지만 다른 사람 같았다.

그건 아마도 전처가 '타인'이라는 것을 몸 전체로 표현하고 있었기 때문이리라.

이제 자신은 관계없는 사람이라고, 그렇기에 돈을 돌려주고 싶었던 거겠지.

가족이었다는 사실을 잊어주세요. 전처의, 그녀의 표정은 그렇게 말하고 있었다.

서류 처리는 담담히 진행되어 싱겁게 끝났다.

그녀는 나와 시선을 마주치지 않은 채, 마지막에 제대로 허리를 90도로 숙이고, 남편에게 배려를 받으며 자리를 떠났다.

이제 정말 모든 게 끝났다.

내 발밑에 놓인 그림은, 누구도 눈치채지 못했다.

집에 돌아온 나는 전날 밤 그린 그 그림을 불태우려고 했다.

하지만 도저히 그럴 수 없었다.

그 그림에 깃든 그 아이의 조각을 도저히 놓을 수 없었다.

나는 그 그림을 정성스럽게 포장해 창고 안에 놓았다.

그때부터 나는 다시 무기력한 생활로 돌아왔다.

술을 마시진 않았지만, 이웃과 대화하는 일도 없어져, 그저 숨을 쉬기만 하는 나날로 돌아왔다. 이웃은 제멋대로 소문을 내고 있었다. 술에 절어있을 때 툭 하고 흘린 얘기를 멋대로 이어 붙여, 나는 어느새 그들 사이에서 '살인자'라고 야유를 받게 되었다.

"당신 어린애 죽였지?"그렇게 물어봐도 부정하지 않고 웃었다. 이제 그런 건 뭐가 됐든 상관없었다.

그저 하루라도 빨리 그 아이의 곁으로 가고 싶었다.

하지만 내 목숨을 스스로 끊는 것만은 할 수 없었다.

그 아이를 위해서, 그것만은 할 수 없었다.

나는 좌우지간 이 목숨이 빨리 시들어, 지는 것만을 기도하고 있었다.

하지만 몇 년 뒤, 변화는 어느 날 갑자기 찾아왔다.

매우, 매우 더운 여름날이었다.

처음에 그 아이를 본 건, 우연히 들른 공원의 그네였다.

여름방학을 맞이한 어린이가 넘치는 공원의 그네에 그 아이는 혼자 있었다. 그 슬퍼 보이는 모습이 너무나도 신경 쓰였다. 다음 날 공원에 가자 그 아이는 또 그네에 앉아 있었다. 다음 날도, 그다음 날도, 일주일이 지나도 그네에 앉아 있었다.

다른 아이들은 다섯 시에 울리는 종소리와 함께 공원을 떠났다. 하지만 그 아이는 계속 그네를 타고 있었다. 주변이 조금 어두워져도 계속 그네를 타고 있었다. 당장이라도 어둠에 먹힐 것 같은 시간이 되자, 그 아이는 마침내 어둠 속에서 빠져나왔다. 그리고 평소대로 비트적비트적 공원을 떠났다. 그 발걸음에선 빨리 집으로 돌아가고 싶은 느낌은 조금도 들지 않았다. 어머니가 밤늦게까지 일하고 있는 걸까. 집에 돌아가도 혼자 있게 되는 걸까. 그런 생각을 했다.

나는 그 아이의 모습을 확인하기 위해 공원을 다니게 되었다.

아니나 다를까, 다음 날에도 또 그 아이는 그네를 타고 있었다.

그렇다고 그 아이는 다른 아이들과 전혀 말을 하지 않았다. 얘기하고 있는 모습을 본 적이 없었다. 딱히 다른 아이들에게 괴롭힘을 받는 것 같지도 않았다. 그저 공기처럼, 그곳만 공간이 떨어져 있는 것처럼, 그곳에 있었다.

다섯 시를 알리는 종이 울렸다. 아이들이 명랑한 웃음소리를 내며 달려 나간다.

역시 그 아이는 그네에 앉은 채였다.

어쩌면 내게만 보이는 게 아닐까 하는 생각마저 들었다.

다음날, 나는 마침내 참지 못하고 그 아이에게 말을 걸었다.

"그네 좋아해?"

그 아이는 움찔 몸을 움츠리며 나를 올려다보았다.

"엄마가 집에 돌아오는 게 늦어?"

그 아이는 아무 말 없이 고개를 저었다.

"늦지 않구나."

그 아이는 작게 끄덕였다.

"그럼 엄마랑 싸우기라도 한 거야?"

그 아이는 다시 고개를 저었다.

"엄마가 싫어?"

그 아이는 놀란 듯이 눈을 크게 뜬 뒤, 크게 고개를 저었다.

"그렇구나. 그럼 빨리 돌아가는 게 좋지 않아? 엄마가 걱정한다고."

그 아이는 고개를 숙인 채, 고개를 가로로도 세로로도 움직이지 않았다.

너무 치근덕대서 겁을 주면 안 된다고 생각한 나는 그네에서 떨어져 벤치에 앉았다. 얼마 지나 그 아이는 그네에서 내려, 걷기 시작했다. 돌아가는 거라고 생각해 나는 조금 안심했다.

하지만 그 아이는 내 옆의 벤치에 슬쩍 앉았다. 예상외의 행동이었다.

그 아이는 입을 다문 채였다. 하지만 그 작은 어깨에서, 그 작은 등에서, 외로움이 공기에 스며들듯이 떠 있었다.

"파란색, 빨간색, 초록색, 갈색."

나는 말했다. 그 아이는 조금 이상한 듯이 나를 보았다.

"지금 여기서 보이는 색이야. 어떤 색을 가장 좋아해? 파란색?"

그 아이는 고개를 저었다.

"빨간색?"

또 고개를 저었다.

"초록색?"

그 아이는 고개를 계속 저었다.

"그럼 갈색인가. 수수하네."

하지만 그 아이는 또 고개를 저었다.

"그 외에 뭐가 있을까……. 아, 저기에 꽃이 피어있네. 연보라색이지."

그 아이는 입을 다문 채, 하늘을 올려다봤다.

나는 똑같이 하늘을 올려다보았다.

"그렇구만, 하늘이라. 깜빡 잊고 있었네."

하늘을 올려다보는 건, 정말 오랜만이었다.

"하늘의 파란색은 말했으니, 그럼 남은 건 구름의 하얀색이네."

그 아이는 이쪽을 보고 다시 고개를 저었다.

"그 외에 뭔가 있어? 뭐야, 뭐가 보이는데?"

그 아이는 다시 하늘을 올려다봤다.

"아저씨에겐 보이지 않는 게 보이는 건가."

푸르른 하늘에는 새하얀 구름. 내 눈에는 그 외에 아무것도 보이지 않았다.

그 아이가 하늘을 가리켰다.

그 순간, 그 움직임에, 벼락이 떨어진 듯한 충격을 받았다.

'슈우슈우'하고 하늘을 가리키는 한 아이의 작은 손가락과 그 아이의 모습이 겹쳐 보였다.

한 아이가 열심히 하늘을 향해 뻗고 있던 작고 작은 검지.

나는 그 아이가 가리키는 곳을 올려다보았다.

그 순간, 내 얼굴에 날아든 건 새하얀 빛이었다.

눈이 멀 것 같은 태양 빛.

갑자기 따뜻한 물방울이 뺨을 지나갔다. 나는 그걸 감추듯이 눈을 감았다.

"그래, 이런 큰 걸 잊고 있었구나."

다섯 시의 종이 울리고 그 소리가 사라져도 한여름의 태양은 휘황찬란하게 하늘에서 빛나고 있었다.

"해님이네. 무슨 색일까. 노란색인가, 금색인가, 뭐가 됐든 빛나는 색이야. 벅찬 빛이지."

내 말에 그 아이가 끄덕였다.

"그렇구나, 넌 해님의 색을 좋아하는 구나."

그렇게 말한 내 옆에서, 그 아이는 작게 웃었다.

어쩌면 눈치채지 못했을 정도로 작게, 작게 웃고 있었다.

그다음 날에도, 그다다음 날에도, 공원에서 그 아이와 이야기를 나누었다. 나는 말로, 그 아이는 움직임으로, 많은 것을 얘기했다. 아직 말은 하지 않았지만, 그 아이는 내 모습을 볼 때마다 작게, 작게 미소 짓고 내게 다가오게 되었다.

그리고 여름방학이 일주일 정도 남았을 때였다. 평소처

럼 공원에 가자, 그 아이가 고개를 숙이고 그네를 타고 있었다. 최근 들어, 날이 갈수록 기운이 없어지는 건 느끼고 있었다.

“뭐야 기운이 하나도 없네. 무슨 일 있어?”

그러자 마치 대답처럼 고개를 숙이고 있는 그 아이의 배가 꼬르륵하고 울렸다.

“뭐야 배고픈 거야?”

육아포기. 그 말이 뇌리를 스쳤다.

“뭔가 먹여줘야겠네. 점심에는 뭐 먹었어?”

그 아이는 아무 말도 하지 않고 고개를 저었다.

“점심밥 안 먹었어?”

그 아이는 희미하게 끄덕였다.

벌써 오후 세 시가 지나있었다. 이렇게 작은 아이가 아침만 먹고 이런 시간까지.

그때 숨이 멎었다.

“아침밥은 먹었지? 오늘 먹은 거 전부 말해봐.”

그 아이는 혼나고 있다고 생각했는지, 급하게 고개를 숙였다. 몸이 딱딱하게 굳어, 목은 전혀 움직이지 않게 되었다.

설마. 생각도 하고 싶지 않은 예감이 뇌리를 스쳤다.

"엄마 지금 집에 있어?"

그 아이는 작게 고개를 저었다.

심장 고동이 매우 커지기 시작했다.

"엄마는 언제부터 집에 없는 거야?"

그 아이는 더 깊게 고개를 숙였다.

"괜찮아. 누구도 엄마한테 화내지 않으니까 말해봐. 어제는 있었어?"

그 아이의 양손은 꽉 주먹을 쥐고 있었다. 잠시 정적이 흐르고 난 뒤, 마침내 모깃소리 같은 목소리가 들려왔다.

처음 들은 그 아이의 목소리였다.

"안…… 돌아와……."

아――――

나는 말 그대로 하늘을 우러러보았다.

이게 뭔 소리야.

원망할 겁니다. 정말로.

신이시여. 당신은 대체 왜 그렇게, 언제나, 언제나, 불공평하신 겁니까.

그 아이는 그저 조용히, 마치 언제나 그래왔다는 듯이, 전혀 소리를 내지 않고 눈물을 흘리기 시작했다.

부모님은 벌써 사흘 전부터 돌아오지 않는 모양이었다. 그때까지 사둔 음식을 먹고, 수돗물을 마시며, 혼자서 지냈다고 생각하니 눈물이 나왔다.

하지만 그렇다고 해서 내가 멋대로 집에 들어갈 수는 없었다. 일단 밖에서 늦은 점심을 먹이고, 몰래 가방에 돈을 넣어 집으로 돌려보냈다.

집에 돌려보냈다고는 하지만 이대로 혼자 있게 둘 수는 없는 노릇이었다. 밤에 혼자 있다는 것도, 어린애에게 있어선 상당한 공포일 것이고, 무엇보다 위험하다. 나는 최대한 평판이 좋은 시설을 찾았다. 그리고 그곳의 정원이 비어있는 것을 확인하고, 익명으로 한 통의 전화를 걸었다.

"내연녀의 아이를 남기고 집을 떠났습니다. 주소는……. 아이의 가방 속에 돈을 남겨두었습니다. 그 돈으로 '태양의 집'이라는 시설에 아이를 맡겨주세요."

몇 십분 뒤, 정장을 입은 어른이 여러 명 몰려와 그 집의 인터폰을 눌렀다.

그 아이는 어른들을 따라서 책가방을 메고, 가방을 가지고 그 집을 나왔다.

그날부터 쭉, 그 아이는 시설에서 지내게 되었다.

코우스케, 그때 내가 한 행동은 정답이었을까.

코우스케, 나는 너를 불행하게 하지 않았을까.

코우스케, 너는 진짜 엄마를 지금도 그 그네에서 기다리고 있는 게 아닐까.

코우스케, 나를 용서해줄 수는 없을까.

그 일주일 뒤에 너는 기운찬 모습으로 내 집 앞에 있었지.

심하게 떨면서도, 더듬대며 나를 나쁘게 말하지 말라고 화낸 그 모습을 보며 얼마나 가슴에 뜨거워졌는지 아니?

네가 말을 할 수 있게 되고, 네가 웃을 수 있게 되고, 너와 친구가 되어 정말 즐거웠어.

그리고 기뻤어. 아직 나도 누군가의 도움이 될 수 있다고 생각했어.

너는 함석지붕의 틈 사이로 내리는 낮의 별을 기억하고 있을까.

별이 하나도 내리지 않은, 그 언덕에서 본 밤하늘을 기억하고 있을까.

너와 만나고 나는 다시 그림을 그리기 시작했어.

그림을 그리고, 그리고, 계속 그렸지.

그림을 그리고 있으면 살아있다는 것을 강하게 느낄 수

있었어.

지금까지의 공백을 메우듯이 잔뜩 그림을 그렸어.

아침까지 그림을 그린 적도 있었어.

이 아틀리에. 별이 없던 그 날의 언덕.

나는 그 시절과 같은 제목의 그림도 그렸지.

'별이 내리는 집'

다시 이 제목의 그림을 그리게 될 줄은 생각지도 못했어.

내게 '별이 내리는 집'은 그 아이와, 가족과 지낸 그 집뿐이라고 생각하고 있었어.

인생의 아주 짧은 시간. 가족과 함께 지낸 그 집.

밤이 되면 너무나도 별이 아름다웠고, 지붕 위에 잔뜩 내려오고 있었지.

지붕 위에 떨어진 별은, 그대로 지붕 위에 모이는 게 아닐까. 분명 앞으로도 많은 소원이 이루어지겠네. 아내는 그렇게 말하며 웃었어.

그 날부터, 내 시간은 멈춘 채, 다시는 움직이지 않았어.

하지만 지금의 내게는 또 하나 있어.

이 아틀리에도 내게 소중한 '별이 내리는 집'이었어.

그러고 보니 언젠가 내게 이런 말을 해주었지.

"나를 로렌의 아이로 삼아줘."

이 말이 얼마나 기뻤는지 알고 있니?

그 뒤에 내가 네게 부모가 될 수 없다고 말했던 것을 기억하고 있니?

그 대신 친구가 된다고 말한 것도.

나는, 사실 네 부모가 되고 싶었어.

외로워 보이는 널 볼 때마다 생각했어.

부디 이 아이를 내게 주지 않을까…….

당시, 몇 번이고 몇 번이고 생각했어.

마음 깊이 기도했어.

하지만 내겐 그럴 권리가 없다고 알고 있었어.

그렇기에, 적어도 옆에 있고 싶었어.

완벽한 내 이기심이었지.

코우스케, 나는 네 친구가 되었을까.

언젠가, 만약 만날 날이 온다면 알려줬으면 해.

하지만 분명, 네가 이것을 읽고 있을 땐, 나는 이미 이 세상에 없겠지.

코우스케, 나는 지금도 네 안에서라도 살아있을까.

코우스케와 만나고 나는 다시 행복을 느끼게 되었어.

하지만, 동시에 행복 같은 건 느끼면 안 된다고 생각하고 있었지.

내가 쓰러진 건 그렇게 생각할 무렵이었어.

"신은, 정말 절묘한 짓을 하네."

그게 내 감상이었어.

역시 나 같은 건 행복을 느끼면 안 된다는 거겠지.

그와 동시에, 좋은 때라고 생각했어.

네가 지금 이것을 읽고 있다는 건, 창고 안의 그림을 찾았다는 거겠지.

단순히 짐을 정리하다가 우연히 찾게 된 건지, 아니면 네게 아직 그 아틀리에가 '필요한 장소'였던 건지 나는 몰라.

하지만, 만약 네가 무언가 고민을 하고 있어서, 그 장소로 도망쳐 왔다면 이것만은 전하고 싶어.

네 바로 곁에는 네 편이 있어.

너를 진심으로 지키려고 하는 유일한 존재가 있어.

네가 얘기할 상대는, 내가 그린 그림이 아니라 그 사람들이야.

나는 네 지금 부모님이 얼마나 시설에 자주 들렀는지 알고 있어.

너를 만날 때까지 얼마나 눈물을 흘렸는지도 알고 있어.

너를 만나고, 너와 인생을 지낼 결심을 하고, 지금 얼마나 행복한지도 알고 있어.

코우스케, 네 부모님은 내 존재를 알고 있어.

부디 알아줬으면 해.

얼마나 네가, 그들에게 사랑받고 있는지.

얼마나 네가, 그들의 구원이 되었는지.

부모님이 내 존재를 알게 된 건, 시설의 직원에게서 들었기 때문이야(이건 내게 오산이었다). 네가 여기에 자주 온다는 것을 알게 된 그들은, 이 더러운 아틀리에까지 와 주었어. 이 장소를 본 그들은 분명 너를 꼭 데려가려 할 거라 생각했어. 이 결코 청결하다 말할 수 없는, 당장이라도 무너질 것 같은 아틀리에에 네가 자주 온다는 것은 아무리 생각해도 좋게 보이지는 않으니까.

하지만 그들은 '대단히 실례라고는 생각하지만.'이라고 먼저 말한 뒤에, 내게 자금원조 얘기를 꺼냈단다. 그게 코우스케의 행복이라면 옆에 있어 줬으면 한다고.

아마 너는 어째서 그들이 그렇게까지……. 라고 생각하겠지.

너는 기억하지 못할 수도 있으니 적어 나갈게.

그 시설에선 아동과 입양 희망자와의 면담이 정기적으로 있었지.

너도 여러 번 경험했을 거야.

물론 지금의 부모님과 처음 만난 것도 그 면담이었어.

너와 네 부모님이 처음 면담을 했을 때의 일이야.

너는 면담이 막 시작했는데도 불구하고 "오늘은 그만하자."라고 말했지. 평소에는 얌전한 네가 그렇게 말하자 시설 사람은 당황하며 "왜 그래."라고 물었어. 그러자 너는 말했지. "이 사람, 몸 상태가 안 좋아 보여."라고.

확실히 그날 네 어머니는 긴장한 탓인지 몸 상태가 안 좋았어. 하지만 몸 상태가 안 좋다고 전하면, 입양할 때 마이너스 요소로 작용할지 모른다고 걱정해(정말 지나친 생각이지만 당시 그들은 매우 예민했었어) 말을 꺼내지 못하고 있었지. 그때 누구보다 빠르게, 남편보다 먼저 그 몸 상태를 눈치 챈 건 너였어.

그리고 너는 그녀의 불안함을 눈치 챈 듯이 "기운 차리면 반드시 다시 만날 테니까. 약속할게."라고 새끼손가락을 내밀었지.

너의 그 진지한 표정에 그들은 구원받아. 너와 함께 인생을 걷겠다고 마음속으로 정했단다.

너는 정말, 예전부터 기가 막힐 정도로 다른 사람의 아픔에 민감한 아이였어.

이런 조금 더럽고 알 수 없는 아저씨에게 가까이 다가올 정도로, 너는 다른 사람의 아픔에 민감했어.

그로부터 부모님은 거의 매일 시설에 다녔어.

너는 몰랐겠지만, 몰래 네 모습을 보고 있었어.

반 년 동안, 계속 말이야.

다른 사람에 대한 너의 상냥함을 엿볼 때마다, 그들은 너와 같이 살고 싶다는 마음과 너를 행복하게 해주고 싶다는 마음이 커져 갔어.

그리고 내 존재를 알게 난 뒤, 자기들이 가족으로 받아들이고 싶다는 마음을 죽이고, 내게 자금 원조 얘기를 꺼낸 거야.

나는, 그들이라면 너를 행복하게 해줄 거라 확신했어.

그건 틀리지 않았다고 생각해.

분명, 지금의 너는 행복하겠지.

코우스케, 만약 망설이는 것이 있다면 떠올려줬으면 해.

네 부모님이 얼마나 너를 사랑하고 있는지.

네 부모님이 얼마나 너를 믿고 있는지.

너도 그들을 믿고, 자신의 마음에 솔직해졌으면 해.

그러면 분명, 네 인생은 나쁜 길로 가진 않을 거야.

드디어 오늘 밤, 이 보잘것없는 수기를 다 쓸 것 같다.

지금까지는 내 이기심으로, 네 친구로서 내 나름대로 너를 지켜봤다고 생각해.

앞으로 할 일이, 내가 네게 해줄 수 있는 마지막 일이 될 것 같아.

나는, 네 앞에서 떠날게.

자만일지도 모르지만, 조금 넌 나를 너무 신뢰하고 있어.

의존이라고 말해도 될 정도로.

나 말고도 의지할 수 있는 어른은 있어.

나보다 좀 더 제대로 된, 좀 더 의지할 수 있는 어른이 있어.

부디, 그걸 알아줬으면 해.

마지막으로 다시 한번 사과하게 해줘.

코우스케, 너와 네 친어머니를 결과적으로 떨어뜨리게 되어서 정말 미안하다고 생각해.

그렇기에, 부디 행복했으면 좋겠어.

누구보다 행복했으면 좋겠어.

만약, 만약에 어른이 된 너와 언젠가 다시 만날 날이 온다면, 그땐 뭐든지 얘기하자.

코우스케와 헤어진 뒤에 대한 것. 내 과거에 대한 것. 뭐든지 물어봐 줘.

그런 미래를 아주 조금 꿈꾸고 있는 내가 있어.

코우스케, 나를 위해 빛을 모으겠다고 말해줘서 고마워.

내 빛을 나누어 주겠다고 말해줘서 고마워.

손가락을 걸고 약속해줘서 고마워,

마지막으로 한 번만 더 전하게 해줘.

부디, 부디 행복하기를.

–로렌

"후……."

나는 길게 깊은숨을 내쉬고, 볼펜 뚜껑을 닫았다.

"어떻게 한권으로 끝났네."

그때, 하얀 문이 드르륵 열렸다. 나는 들고 있던 노트를 이불 안에 숨기고, 문을 열고 들어온 젊은 간호사에게 물었다.

"내 눈은 언제까지 보이려나."

그녀는 내가 안쓰럽다는 듯이 바라본 뒤, "그건 저로선……. 나중에 선생님과 말해 봐요."라고 자애로운 미소를 지었다.

"부탁 하나 들어줄 수 있어?"

나는 간호사에게 손짓했다.

"그 서랍 안에, 스케치북하고 색연필, 그리고 열쇠가 들어있을 거야. 그걸 꺼내줘. 응, 그걸 코우스케에게, 아까 온 남자애가 다시 오면 건네줄 수 있어?"

아틀리에와 내가 그린 그림을 코우스케에게 남기면, 코우스케가 외로워졌을 때, 그게 분명 도움이 될지도 모른다. 만약 새로운 가족과 잘되지 않았을 때, 코우스케의 피난처가 될지도 모른다.

간호사는 스케치북을 가슴에 안고, "네, 반드시."하고 힘을 주어 끄덕였다.

"부탁해."

나는 안심하고 눈을 감았다.

눈을 감고 있으면, 모래바람 같이 뿌연 내 시야도, 맑게 보였다.

꿈속에서만, 그 날의 별하늘이 보였다.

그래도 역시 그 아이의 얼굴만큼은 안개가 낀 것처럼 보이지 않았다.

그로부터 몇 시간 뒤, 난 병원을 빠져나왔다.

계속 그린 그림은, 집에서 빠져나올 정도로 늘어나 있었다.

나는 처음 코우스케를 그린 '광대무변'의 뒤에, 방금 다 쓴 노트를 새하얀 종이에 감싸, 그 위에 하얀 테이프를 붙였다. 이건 웬만하면 찾기 힘들겠지. 나 자신도, 읽어줬으면 하는 건지, 읽지 않았으면 하는 건지 모르겠다.

그리고 뒤에 노트가 붙은 '광대무변'을 처음 걸려있던 아틀리에의 벽에 돌려놓았다.

코우스케와 떨어지고, 나는 마지막 시간을 그 집에서 지내자고 정하고 있었다.

그 집에 돌아가기 위해, 역에서 전철을 타려고 하던 때였다.

선로 옆에 웅크리고 있는 여고생이 보였다.

배라도 아픈 걸까. 그렇지만 이런 모습을 한 남자가 말을 걸어, 귀찮은 일로 이어지는 건 싫었다. 그런 생각을 하고 있었는데, 어느새 나도 모르게 말을 걸고 있었다.

"무슨 일이야."

긴 머리의 소녀는 뒤돌아서, 나를 가만히 바라봤다. 마치 내가 어떤 사람인지 알아보는 듯이, 먹이가 앞에 내밀어진 길고양이가 경계하듯이, 가만히 나를 바라보고 있었다.

"배라도 아픈 거면, 역무원 불러온다."

내가 한 발자국 뒤로 물러서자, 그녀는 고개를 저었다.

설마 이 아이도 말을 하지 못하는 건가.

그런 생각을 하고 있자, 소녀가 입을 열었다.

"돈 갖고 있어?"

말 못 하는 게 나았네. 그런 후회도 이미 늦은 때였다.

"가지고 있는 것처럼 보여?"

그렇게 말하자 소녀는 "그건 그렇네."하고 깔깔 웃었다.

"이런 거면 길고양이를 줍는 편이 그나마 나았네."

소녀는 공원 벤치에 앉아, 기운찬 모습으로 내가 사준 찐빵을 볼 가득히 담고 있었다.

"거기서 뭐 하고 있었어."

나도 옆의 벤치에 앉았다. 소녀는 태평하게 웃으며 말했다.

"심심했으니까. 비극의 여주인공을 연기하고 있으면 백마 탄 왕자님이 나타나 도와주지 않을까 해서. 하지만 말을 걸어주는 건 이상한 아저씨들뿐."

그런데 어째서 누가 봐도 이상한 아저씨를 따라와서, 공원에서 나란히 찐빵을 먹고 있는 건지. 정말 고등학생이라는 생물의 사고는 알 수 없다.

"다 먹으면 싸돌아다니지 말고 집으로 돌아가."

"내 가치는 오만 엔?"

내 말을 전혀 들으려 하지 않는 듯이 소녀는 말했다.

"뭐라고?"

"아까 웅크려 있었을 때의 최고 금액."

나는 깊은 한숨을 쉬었다. 소녀는 계속 말했다.

"너라면 오만엔 내도된다고 하더라. 그건 비싼 걸까. 여고생이라는 것만으로도 비싸지잖아? 그래도 오만 엔이면 비싼 편?"

아직 겉모습은 소녀인데, 이렇게도 쓸쓸한 '놀이'로 빛나는 십 대 시절을 보내고 있다면, 얼마나 슬픈 일일까.

"쓸데없는 놀이는 그만둬. 언젠가 분명 따끔한 맛을 보게 될 거니까."

내가 조금 강한 어조로 혼내자. 소녀는 다시 가만히 나를 바라봤다. 그리고 오늘 본 것 중 가장 어린애다운 얼굴로, 입술을 삐죽이며 고개를 떨궜다.

"처음엔 정말로 배가 아팠어. 근데, 그때 상냥하게 해준 사람 삼만 엔에 어떠냐고 물어봐서, 무섭다고 생각하니 배가 아픈 게 사라져서 달려 도망쳤어. 근데 또 다음 날, 학교에서 배가 아프기 시작해서, 또 펜스에 기대고……. 오늘로 세 번째."

"쓸데없는 짓 하지 말고, 친……."

그렇게 말하고 나는 '친구랑'이라 말하려다 삼켰다. 방과 후에 같이 시간을 보낼 친구가 있다면, 이런 '놀이'는 하지 않아도 될 것이다.

"집에 누구 있어."

"할머니는 있어."

"아빠랑 엄마는 일인가."

"아빠는 원래부터 없고, 엄마는 작년에 죽었어."

"몇 학년인데."

"1학년."

"고등학교 재미없어?"

"재미없어."

"동아리 활동은?"

"안 해."

"너 이름이 뭔데."

그녀는 한순간, 움찔거렸다.

"학교에 말하려고 묻는 게 아니야. 말하고 싶지 않으면 말하지 않아도 돼. 하지만 내일도 그런 쓸데없는 놀이를 할 정도로 심심하면 여기로 와. 대화 상대 정도는 되어줄 테니까."

소녀는 또 처음에 보인 것처럼, 길고양이 같은 눈으로 가만히 나를 바라봤다.

"힌트 줄게. 이니셜은 A."

어른을, 사람을, 경계하고, 관찰하는 눈이었다.

"마음대로 해. 그럼 오늘은 집으로 돌아가."

내가 자리를 떠나려고 등을 보이자, 등 뒤에서 소녀가 외치는 소리가 따라왔다.

"안나!"

뒤를 돌아보자, 소녀는 마치 여섯 살 어린애처럼 웃고 있었다.

코우스케와 만나고 나서, 나는 신기하게도 여러 아이와 만났다.

어쩌면 지금까지 보지 않으려 눈을 감고 있었던 걸지도 모른다. 내 눈앞에는 잔뜩 도움이 필요한 아이들이 있었다.

그 아이들은 예외 없이 애정에 굶주려 있었다. 그 갈증을 아주 조금이라도 해소해줄 수 있다면, 단 몇 방울의 애정이라도 괜찮다. 어쩌면 무언가 바뀔지도 모른다.

나는 그런 생각을 하게 되어, 어린이들을 모델로 한 그림을 그리게 되었다.

아틀리에에서 만에 하나 코우스케와 만날 일이 없도록, 코우스케가 학교에 가 있는 시간을 노려 그림을 그렸다.

코우스케는 그때까지 창고에 들어간 적이 없었기에, 완성한 그림은 창고에 놓기로 했다. 숙소용으로 2.5평 정도의 욕실 없는 아파트도 빌렸다. 아파트는 그림을 말리는 장소로 쓰기에 최적이었다.

안나가 졸업할 때까지는 오사카에 있으려고 생각했다. 그 뒤에는 예정대로 그 집으로 돌아가려 했다.

그런 어느 날, 안나의 할머니가 돌아가셨다. 그리고 안나가 애를 배었다.

전혀 생각지도 못한 일이었다.

안나는 관서에 있으면 동급생의 눈이 신경 쓰인다고 혼

자서 도쿄로 갔다.

나는 한 번 그 집에 돌아갔지만, 혼자가 된 안나의 상황이 너무 신경 쓰여, 한번만 상황을 보려고 안나의 집을 찾아갔다. 그리고 돌아가지 못하게 되었다.

아키라는 이제 곧 초등학생이 된다. 안나의 일도 제자리를 잡은 듯해, 슬슬 적기라고 생각했다.

내가 그린 아키라의 그림은, 빼곡히 집에 장식되어 있었지만, 잔뜩 그린 안나의 그림은 놓을 곳이 없었다. 뒤처리는 이것뿐이다.

그림을 오사카의 아틀리에 창고에 넣고, 안나에게 열쇠를 건네면 된다. 그대로 보관해도 되고, 멋대로 장식해도 좋다.

여생은 역시 그 언덕의 별이 내리는 집에서 느긋하게 보내자.

그렇게 생각하던 때, 나는 또다시 쓰러졌다.

혼자 있을 때 쓰러졌다면 그나마 괜찮았다. 하지만 안 좋게도 안나가 옆에 있었다.

안나는 내 수술비까지 부담하고 내 옆에 계속 붙어있게 되었다.

하지만 아키라도 아직 손이 많이 가는 시기였다. 돈도

많이 들었다. 내가 안나의 부담이 될 순 없었다.

떠나는 것은 간단했다. 여태까지 했던 것처럼 아무 말도 하지 않고 떠나면 된다.

하지만 돈을 돌려주기 위해선 무언가 방법을 생각해야 했다. 그림을 판다고 해도, 내 눈도, 몸도, 이제 말을 듣지 않는다. 수명도 앞으로 얼마나 남아 있을지 모른다.

내일 끝날지도 모르고, 모레 끝날지도 모른다.

되도록, 내가 죽어도 내 죽음을 눈치채지 못한 채, 돈을 받아줄 방법은 없을까.

그런 일을 할 수 있는 사람은 단 한 명밖에 떠오르지 않았다.

만약, 코우스케가 내가 보내는 한 통의 편지를 믿어준다면.

나의 단 하나의 소원을 들어준다면.

아직 가능성이 있을지도 모른다.

내 마지막 일은, 그 편지를 우편함에 넣고, 안나의 그림을 창고에 넣어 놓을 뿐이다.

그 집에 돌아가기 전에, 다시 한번 오사카로 가면, 그걸로 모든 게 끝난다.

그리고 반년이 지난 지금, 드디어 모든 게 잘 되었다.

나는 통장을 작은 상자 속에 넣었다.

'갚는 게 늦어져 미안해. 빨리 유키코와 만날 수 있기를 기도하고 있어.'

짧은 편지의 마지막에 아틀리에의 주소를 적고, 창고의 열쇠를 봉투 안에 넣었다.

봉투를 닫으려다, 생각을 고쳐 다시 편지를 꺼냈다.

빈 곳에 이어 적었다.

'추신 - 만약 오카모토 코우스케라는 남자와 만나게 된다면'

그렇게 적고 펜을 멈췄다.

만약 안나가 코우스케와 만나고, 이 돈이 그림을 판 돈이라는 것을 알게 되면, 안나는 그 이상의 돈은 필요 없다고 말하겠지. 그렇게 되면 코우스케는 자유다. 내 그림을 계속 팔 필요는 없다. 만나지 않으면, 팔린 돈은 아키라의 장래에 맡기면 된다. 내가 봐도 좋은 생각이다.

'그림과 아틀리에는 자유롭게 처분해달라고 전해줘.'

나는 다시 편지를 봉투에 넣고, 컵에 든 물에 손가락을 적셔, 봉투 가장자리에 조금 물을 묻혀 제대로 봉했다. 편지를 준비한 짐 속에 넣었다.

그때, 몇 차례나 생각했다.

내가 그림을 포기했다면, 이렇게 되진 않았던 걸까.

아버지처럼 꿈을 포기하고 평범한 샐러리맨으로서 가정을 지키고 있었다면, 지금도 가족 셋이서 웃고 지낼 수 있었을까.

두 번 다시, 그림을 그릴 수 없다고 생각했다.

두 번 다시, 진심으로 웃을 수 없다고 생각했다.

하지만 지금, 이렇게 평온한 마음으로 이곳에 있다.

시간의 흐름은 신기하다. 잔혹하게 목숨을 빼앗고, 상처가 아물게 한다.

이제 나는 내 목숨이 시들어, 지는 것을 기다리기만 하면 된다.

드디어 이제, 정말 기다리기만 하면 된다.

최종장

"저도 몇 번을 생각했는지 모릅니다. 사고가 일어난 건, 저희 백화점에서 백 미터 정도밖에 떨어지지 않은 도로였습니다. 그렇게 가까운 곳에서 사고가 났는데, 어째서 나는 눈치채지 못했을까. 만약 그때, 내가 그런 기획을 내지 않았더라면, 만약 그를 강사로 초청하지 않았더라면, 그때 전화가 끊어지지 않았더라면, 병원이름만이라도 먼저 알았더라면, 좀 더 급히 전화가 왔었다는 걸 그에게 전했더라면, 조금 더 빨리 달렸더라면 좋았을 텐데. 골든위크가 아니었더라면, 택시도 조금 더 빨리 병원에 도착했을 텐데."

미야시타 씨는 토해내듯이 말했다.

"그리고 마지막엔 항상 이렇게 생각합니다."

그는 하염없이 눈물을 흘리고 있었다.

"유화 교실 같은 걸 개최하지 않았더라면, 분명 이런 일은 일어나지 않았을 텐데."

나는 그렇지 않다고 말하려다 그 말을 삼켰다. 그 어떤 위로도, 분명 그의 상처를 치유할 수 없다고 생각했다.

어느새 가게 안에는 손님이 하나도 없었다. 가게 안에는 희미하게 누군가의 흐느끼는 소리만 들렸다.

점주에게 감사 인사를 말하고 가게를 나서자, 문에 걸린 작은 간판이 'OPEN'에서 'CLOSE'로 바뀌어 있었다. 이 간판을 뒤집어 놓은 사람의 상냥함이 가슴에 사무쳤다.

나는 문을 향해 깊이 머리를 숙였다.

그 집은 조금 높은 산기슭에 있었다.

주위에는 아무것도 없었다. 그저 언덕 위에 한 채의 산장이 있는 아름다운 풍경이었다.

하늘은 왠지 모르게 낮게 느껴져, 손을 뻗으면 닿을 것 같았고, 끝이 없을 것 같이 넓었다.

이곳에서 보이는 경치 속에, 분명 로렌이 사랑하는 모든 것이 담겨있다.

작은 길은 도중에 끊겨 있었고, 그곳부터 서벅서벅 풀을 밟으며 걸었다.

완만한 언덕을 오르자, 큰 현관이 보였다.

나는 그 현관에 붙어 있던 작은 버저를 울렸다.

손가락으로 누르고 있는 동안, 삐–하고 떨리는 듯한 소리가 울리고, 손가락을 떼자, 바람이 울리는 소리가 들려왔다.

잠시 후, 안에서 인기척이 났다.

현관문이 조용히, 천천히 열렸다.

"설마 이런 곳까지 찾아올 줄은 꿈에도 몰랐어."

그곳에는, 내 기억 속 그대로의 로렌이 있었다.

감동적인 재회의 인사는 없었다. 나는 그저, 그 날의 연장선처럼, 그 아틀리에보다 훨씬 번듯하고, 훨씬 멋들어진 이 집에 자연스럽게 발을 디뎠다.

넓은 정원이 보이는 식탁에 우리는 마주 앉았다.

정원에는 세발자전거와 직접 만든 그네, 미끄럼틀과 식사를 할 수 있는 테이블도 있었다.

"왜 그 때, 내 앞에서 모습을 감춘 거야?"

사실, 나는 최근 들어 겨우 그 진짜 이유를 깨닫고 있었다.

"이제 괜찮다고 생각했으니까. 같은 나이의 친구가 생기면, 이런 이상한 아저씨 집에는 자주 오지 않는 게 좋아."

하지만 로렌은 역시 양자에 관해선 입에 담지 않았다.

"안나 씨와는 계속 같이 있던 주제에."

쏘아붙이는 듯한 내 말에, 로렌은 핫핫 하고 목소리를 높여 웃었다.

"계속 같이 있을 순 없어. 잠깐 조력할 뿐이야."

"조력……."

그리운 말이었다. 로렌이 눈앞에 있다는 현실을 강하게 실감했다.

"나는 다른 사람보다 조금 조력하는 걸 좋아했을 뿐이야."

나는 처음 그 아틀리에에 갔을 때 '주군 조력하겠습니다.'라며 허공을 가른 로렌을 떠올렸다.

"지금도 그림 그리고 있어?"

식탁 옆에는, 번듯한 그림이 큰 이젤에 놓여있었다.

아직 완성 도중인 그 그림은, 별하늘과 이 집이었다.

"이제 색을 알 수 없으니까, 검은색과 하얀색뿐이야. 신기하게도 자세한 것은 보이지 않지만, 대충 그릴 수 있어. 이미 몸에 배어있는 거지."

로렌은 자리에서 일어나, 정원으로 이어지는 큰 창문을 열었다. "이 시기는 바람이 최고야."로렌이 그렇게 말하자마자, 차가운 바람이 기분 좋게 내 볼을 어루만졌다.

정원에는 고양이가 한 마리 있었다.

"고양이 키우고 있어?"

"들러붙은 거야. 그래, 코우스케. 너 이 고양이 키우지 않을래? 아직 이름도 없으니 원하는 대로 부르면 돼."

햇빛아래서 몸을 말고 있던 고양이가 흘깃하고 한쪽 눈을 떴다.

"이름 없어?"

로렌은 부드럽게 미소 지었다.

"어이, 하고 부르면 대답해."

로렌이 말을 끝내기도 전에, 고양이는 착하게 야옹하고 울었다.

그날, 나는 밤늦게 집으로 돌아왔다.

"다녀왔습니다."

거실의 소파에서 부모님이 편한 자세로 텔레비전을 보고 있었다.

둘은 동시에 "잘 다녀왔어."라고 말했다.

"밥 지어 놨어. 오늘은 햄버그야."

어머니가 웃으며 말했다.

나는 "먹고 왔으니까 괜찮아."라고 대답했다.

희한하게 어머니는 '어디 다녀왔어?'라고 물어보지 않았다.

나는 그대로 방으로 향했다.

방에 들어오자 후 하고 깊은 한숨이 자연스럽게 흘러나왔다.

가방을 놓고, 그대로 침대 위에 털썩 누웠다. 천장에는 전등을 끄면 빛나는, 별모양 스티커가 붙어있었다. 이 집에 오고 1년이 지날 무렵, 부모님의 도움을 받아 내가 붙였다. 아버지가 몸소 사다리를 가져와 그 다리를 잡고, 내가 그 위에 올라 천장에 손을 뻗었다. 어머니는 그런 나를 올려다보며 끊임없이 "떨어지면 안 돼, 떨어지면 안 돼."라고 주문처럼 반복하고 있었다.

내 별자리와, 아버지의 별자리와, 어머니의 별자리.

사실은 이곳에 로렌의 별자리도 붙여주고 싶었다.

내일은 일요일이다. 아버지가 쉬는 날이라서 분명 어머니와 단둘이 영화를 보러 나간다고 했었다.

말한다면 오늘이다.

나는 천천히 일어나서, 아주 익숙한 이 방을 다시 둘러봤다.

처음 이 방을 봤을 때는 매우 흥분했다. 이런 번듯한 방이, 내 전용 책상이 있고 멋진 침대가 있는 방이, 나만의 방이 된다는 사실에 가슴이 두근거려 긴장도 잊고 들뜰 정도였다. 지금 소파가 놓여있는 장소에 예전에는 장난감을 놓는 선반이 있었고, 그 앞 공간에서 자유롭게 놀거나, 프라모델을 조립하기도 했다.

나는 숨을 고르고, 셀 수도 없이 밟아 익숙한 계단을, 일부러 천천히 내려갔다.

나는 한 번 크게 숨을 마시고, 거실 문에 손을 대었다.

"아빠, 엄마. 할 얘기가 있어."

소파에서 쉬고 있던 둘은 동시에 나를 보았다.

분위기를 눈치 챘는지, 아버지는 바로 텔레비전을 끄고 자리에서 일어나 "저쪽에서 얘기할까."하고 나를 식탁으로 권했다.

어머니가 안절부절못하며 냉장고에서 차를 꺼냈다. 문득 냉장고에 붙은 달력이 눈에 들어왔다.

달력의 작은 별 표시는, 오늘 날짜에 그려져 있었다.

어머니가 유리컵에 차를 따라 각자의 앞에 두고, 조금 긴장한 얼굴로 자리에 앉았다.

나는 차를 한 모금 입에 담아 천천히 목으로 넘겼다. 뭐라 말할 수 없는 긴장된 분위기가 부엌에 감돌고 있었다.

부모님이 나를 양자로 받아들여 준 건, 분명 장래 자신들의 간호를 해줄 사람이 필요했다는 이유도 있겠지.

그런 이유라도 괜찮다고 생각했다. 아니, 오히려 학비나 생활비를 내주고 있는 것에 대해, 무엇을 기대하고 있는지 명확하게 아는 게 마음이 편하다고, 나이를 먹으면서 생각하게 되었다.

그런데, 나는 부모의 곁을 떠나, 로렌의 곁으로 가려고 생각하고 있다.

어머니가 앉은 것을 확인하고, 나는 입을 열었다.

"아빠, 엄마, 저는……."

아버지와 어머니가 나를 뚫어져라 쳐다봤다. 가슴의 고동이 한층 커졌다.

나는 침을 꿀꺽 삼키고, 결심하고 목소리를 내었다.

"저는, 이 집을 나가고 싶다고 생각하고 있습니다."

순간, 공기가 얼어붙은 듯한 기분이 들었다.

"내주신 학비는 조금씩이지만, 반드시 갚아나가겠습니다."

볼수록 어머니의 눈동자가 물기를 머금고 있었다. 나는 무심코 시선을 피했다. 은혜를 원수로 갚은 다는 말은 이런 걸 두고 하는 말이다.

"사실은…… 예전에, 나를 구해준 사람이 있는데…… 내 목숨을 구해준 사람이 있는데…… 병을 앓고 있어. 그 사람을 옆에서 지탱해주고 싶어. 그 사람이 없었다면, 난 분명 아빠와도 엄마와도 만나지 못했어…… 그러니까…… 그러니까……."

어머니의 눈에서 마침내 눈물이 흘렀다. 피가 이어져 있지 않은 나를 아무런 부족함 없이 키워 주셨다. 아낌없이 애정을 쏟아주었다. 나는 그에 보답하지 않고, 그런 그들을 배신하려고 한다.

지독한 이야기이다. 나는 냉정하고 잔혹한 인간이다.

"십 년이나 키워주고, 이렇게 잘 해줬는데, 정말 이기적이라 미안해. 연을 끊어도 어쩔 수 없다고 생각하고 있어. 그래도 설령 연을 끊어도, 나는 아빠와 엄마를, 줄곧 부모라고 생각할 거야."

어머니가 견디지 못하고 오열했다. 그 소리가 조용한 실내에 울렸다.

"코우스케."

아버지의 낮은 목소리가 들렸다. 나는 조심스럽게 아버지의 눈을 봤다. 지금까지 본 적 없던 것 같은 진지한 눈을 한 아버지가 그곳에 있었다.

"학비 같은 건 상관없어."

나는 아버지의 눈을 보고 있을 수밖에 없었다.

아버지는 입꼬리를 억지로 올리듯이 미소를 지어보였다.

"드디어 진심을 말해줬구나. 이걸로 마침내 진짜 가족이 되었어."

아버지의 눈동자가 울먹이고 있었다. 그런 아버지를 난 처음 봤다.

"너는 언제나 좋은 아이라서, 너무나도 좋은 아이라서, 말하고 싶은 것을 전부 참고 있는 게 아닐까 하고, 아빠도 엄마도 그게 줄곧 걱정이었단다."

……그 이상, '좋은 아이'가 되면 안 돼.

로렌이 했던 말의 진짜 의미를, 이제야 겨우 알 것 같았다.

"드디어 진심을 말할 수 있는 관계가 된 거구나."

아버지의 목소리가 떨렸다. 이를 꽉 깨물었다. 나는 아무 말도 하지 못했다.

아버지는 자리에서 일어나 티슈 상자를 집어 어머니에게 건넸다. 그리고 상냥한 목소리로 말했다.

"그 사람에 대해서 자세하게 이야기해 주지 않을래?"

나는 고개를 끄덕이고, 로렌에 관해 얘기했다. 로렌과

만나기 전의 내가 어땠는지. 로렌과의 만남, 그리고 헤어지기까지. 오사카에 있는 아틀리에에 대해서. 내가 오늘까지 비밀로 하고 있던 것들. 길고 긴 시간을 할애해 모든 것을 얘기했다. 요령부득인 내 이야기를 부모님은 그저 조용히, 가만히 귀 기울여 듣고 있었다.

내 얘기가 끝나자, 아버지가 조용히 입을 열었다.

"그렇구나……. 그런 사람이 있었구나. 하루빨리 감사 인사를 드리러 가야겠네. 그렇지?"

어머니는 말이 나오지 않는 듯, 눈가에 티슈를 댄 채 끄덕였다.

"아빠도 엄마도, 줄곧 아이를 가지고 싶었어. 정말, 정말 가지고 싶었지. 그래서 코우스케가 처음 '엄마, 아빠'라고 불러줬을 때는 정말 기뻤단다."

그 얘기를 들은 순간, 머리에 전기가 통한 듯이 기억이 되살아났다.

냉장고 달력에 그려진 작은 별 표시.

나는 십 년 전의 오늘, 이 집의 양자가 되었다.

생일은 챙겨도, 내가 양자가 된 기념일을 축하하는 일은, 지금까지 한 번도 없었다. 그렇기에 완전히 잊고 있었다.

나는 조용히 고개를 떨궜다. 잠깐의 침묵이 지나고, 어머니가 입을 열었다.

"엄마는 쭉 포기하지 못했어. 줄곧 내가 아이를 낳는 것을 포기하지 못했어. 양자를 들이자고 결심한 때엔, 이미 꽤 나이를 먹어서 아기를 키울 자신이 없어졌지. 그래도 그걸로 괜찮았다고 생각해. 그랬기에 코우스케와 만날 수 있었고, 코우스케의 엄마가 될 수 있었어. 그게 무엇보다 기뻐."

그때까지 아무 말도 하지 않고 있던 어머니가, 봇물 터지듯이 말하기 시작했다.

"이런 나를 부모가 되게 해줘서, 많은 경험을 하게 해줘서, 엄마라고 불러줘서, 정말 고마워. 코우스케를 구해준 그 사람에게도 정말 감사해야 해."

어머니는 흐르는 눈물을 티슈로 닦았다.

"아빠도 엄마도, 코우스케의 행복만 바라고 있어. 우리들은 신경 쓰지 말고, 네가 하고 싶은 대로 하렴. 네 인생이니까. 그렇지?"

아버지의 말에 어머니도 끄덕끄덕 고개를 움직였다.

"쓸쓸한 건 서로 마찬가지야. 그렇지?"

어머니가 천천히 자리에서 일어나 내 옆에 앉았다.

"아이가 독립하는 건 쓸쓸하지만, 다 컸다는 증거지. 이런 경험도 코우스케와 만나지 않았다면 하지 못했어."

그리고 내 손 위에, 떨리는 자기 손을 살포시 얹었다.

그 손은 꽤 나이가 들어 보였다. 겨우 십 년 사이에 어머니의 손이 한아름 작아진 것 같았다. 하지만 그건 내 손이 커졌기 때문이라고 생각했다.

"이런 엄마지만, 앞으로도 잘 부탁해."

나는 갈라진 목소리로 "응……."이라고 뱉는 게 고작이었다.

"그리고 있지, 네가 이 집에 오고 아직 구 년이야. 십 년이 아니야. 오늘로 딱 구 년이야."

아버지가 웃고, 어머니도 웃었다.

나도 웃으려고 했지만 웃음이 잘 지어지지 않았다.

"잊고 있어서 미안해. 햄버그 내일 먹을게."

어머니는 크게 고개를 저었다.

"잊고 있어도 괜찮아. 언제였는지는 아무래도 좋아. 그런 게 없어도 이미 가족이니까. 앞으로도 쭉 가족이니까."

아버지가 옆에서 "달력에 표시한 주제에."라고 끼어들었다.

나는 이번에야말로 웃으려고 했는데, 역시 생각한대로 잘 되지는 않았다.

어머니는 그런 내게 "하나만 부탁할 게 있는데 괜찮을까."하고 최대한 웃어 보였다.

"스무 살의 생일파티는, 아빠와 엄마도 같이 하면 안 될까?"

내 생일에 어머니는 분명 치즈 햄버그를 만들겠지. 매년 생일은 그랬다. 분명 아버지는 또 '제대로 틀리지 않고 놓으려나?'라고 말하고, 다 같이 햄버거를 젓가락으로 가른 뒤, 어머니는 득의양양하게 웃겠지.

그리고 그 안에는 로렌도 있을 거야.

그런 그림이 순간적으로 머릿속에 떠올랐다.

"응, 물론."

끄덕였다. 나는 내 볼이 젖어있다는 것을 깨달았다.

나는 처음으로 부모님 앞에서 울고 있었다.

다음 주말, 나는 최소한의 짐을 가지고, 로렌이 사는 '별이 내리는 집'으로 이사했다. 새로 산 물건은 얇은 매트릭스 하나뿐이었다.

로렌은 줄곧 그림을 그리고 있었다. 로렌의 눈은 이제 거의 보이지 않는다고 해도 될 정도였다. 색을 전혀 모른다고 말한 로렌이었지만, 그래도 아름다운 그림을 그렸다. 하얀색과 검은색만으로 이루어진 밤하늘은, 눈부시게 빛나고 있어서, 그게 나로선 신기하기 짝이 없었다.

"빛과 그림자가 있으면 뭐든지 그릴 수 있어. 보이지 않아도 그릴 수 있어."

푸접 없게 그렇게 말하는 로렌에게, 나는 일을 하며 매일 그림을 배웠다. 하지만 아무리 해도 로렌 같은, 보는 이에게 마법을 거는 듯한 그림은 그리지 못했다.

"나도 마법사야."

그렇게 말한 로렌이, 정말 마법을 쓸 수 있게 되지 않을까 하고 생각했다.

"고양이한테 먹이 줘."

고양이는 아직 이름이 없었다. 그렇지만 확실히 로렌이 '어이.'하고 부를 때마다, 고양이는 착실하게 야옹 하고 대답했다. 때때로는 로렌에게 불린 나보다도 빠르게 대답을 하고 있었다.

우리는 그저 평범하게 지냈다.

일어나면 검소한 아침 식사를 마치고, 고양이를 데리고 산책했다. 강에 반사되는 빛을 바라보거나, 벚꽃 나무를 올려다보며 언제 꽃이 필지 얘기하거나, 질릴 일 없이, 그저 매일 눈에 보이는 계절을, 눈에 보이는 대로 얘기하며 천천히 걸었다. 점심은 내가 차리고 나서 아르바이트로 향했다. 내 일터는 옆 마을의 편의점이 되었다. 전에 로렌이 짐을 부친 그 가게다. 버스의 운행 수가 적었기에, 얼마 지나 나는 자전거를 마련하게 되었다. 아침 열 시부터 저녁 다섯 시까지 일하며, 돌아가는 길에 장을 보고 집으로 돌아갔다. 그리고 간단한 저녁을 만들어 로렌과 둘이서 먹었다. 밤은 그날 그린 로렌의 그림을 보고, 그림에 대해 가르침을 받았다. 매일 밤 한 번은 꼭 하늘을 보았다. 별은 당연한 듯이, 매일 밤 이 집의 지붕에 내리고 있었다. 이미 로렌은 별이 보이지 않았다. 하지만, 로렌은 반드시 하루에 한 번, 하늘을 보았다. 로렌은 별을 눈으로 볼 수 없게 되고부터, 슈우슈우 하고 소리가 들리게 되었다고 말했다.

로렌과 같이 살기 시작하고 깨달은 것이 있다.

확실히 나는, 부모님 앞에서 '아이'라는 역할을, 말 그대로 일처럼 행하고 있던 걸지도 모르겠다고 말이다.

내 스무 살 생일날, 부모님이 이 집으로 찾아왔다. 어머니는 역시나 치즈 햄버그를 만들어 주었다.

안에서 흘러나온 치즈에 놀라는 로렌을 보며, 모두 웃었다. 식사를 마친 후, 밖으로 나와 별을 올려다봤다. 별은 우리를 축복해주듯이 지붕에 쏟아졌고, 그때마다 어머니는 감탄사를 내뱉었다.

"앞으로 조금만 더 아이로 있을까."

내가 몰래 그렇게 말하자 "그건 직접 말해."하고 로렌이 히죽 웃었다.

아버지와 어머니는 그 뒤로도 몇 차례나 이곳을 찾아와, 몇 점 그림을 사서 집에 장식했다. 그런데 부모님이 지불한 돈은 전부 내 이름이 적힌 갈색 봉투로 향했다. 나는 그 사실을 나중에야 알았다.

아버지의 추천으로 로렌의 홈페이지도 만들었다. 가끔 그걸 보고 그림을 사고 싶다는 사람이 집에 찾아왔다. 작은 갤러리에서 전시 제의도 들어왔다.

그리고 기쁘게도, 새로운 그림의 모델이 나타났다. 그림을 사고 싶다고 말했지만, 로렌은 모든 모델에게 그림을 선물한다고 말했다.

코우노 아키라 명의의 계좌는 해약되어, 로렌은 이미 돈을 지불한 그 '청경우독'의 모델인 야마나카 씨에게도 돈을 돌려주었다.

물론, 안나 씨가 낸 수술비의 남은 비용도 전부 돌려줬다. 돌려줄 때, 완강하게 거절하는 안나 씨와 돌려주려는 로렌의 사이에서 조금 애를 먹었지만, 나도 설득에 가세해 “앞으로 여기까지 오는 비용이라 생각하세요.”하고 간신히 돈을 건네주게 되었다.

안나 씨와 유키코 씨도 자주 이 집에 찾아왔다. 특히 안나 씨는, 아키라가 학교를 쉬기만 하면 눌러 사는 게 아닐까 싶을 정도로 찾아와서, 로렌도 두 손 두 발 다 들었다고 말했다. 아키라도 날 잘 따르게 되었다. 로렌이 “코우스케가 아빠가 되면 돼.”라고 말할 때마다, 난 뭐라 해야 할지 곤란했다. 안나 씨는 진심으로 대할 리도 없이, 시원하게 웃었다.

‘안나와 유키코’는 일단 안나 씨의 집에 장식되었다. 그렇지만 소유권은 둘 다 있는 모양이다. 많은 ‘소녀A’는 물론 안나 씨가 가지게 되었지만, 빨간 스웨터를 입은 가장 첫 번째 ‘소녀A’만은 유키노 씨의 집에 있다고 한다.

오사카에 있던 그 추억의 아틀리에는 내놓고 말았다.

나는 안타깝다고 생각했지만, 로렌이 “이제 필요 없잖아.”라고 말해서, 얌전히 그 결정을 따랐다. 땅은 금방 팔렸고, 집은 큰 크레인에 간단하게 부서져, 한 달 뒤에는 주차장이 되어있었다.

주차장이 되고 나서 그 장소에 갔을 때, 내 안에서 확실히 무언가가 깔끔하게 끝을 알리는 소리가 들렸다.

그건 분명, 내 안의 괴로운 기억이고, 맞아서 뜨거워진 뺨의 온도이며, 방구석에서 벽을 마주 보고 잔뜩 그린 그림이나, 허기를 잊기 위해 계속 마신 수돗물의 맛이었고, 그래도 배가 고파 울기도 한 시절의 기억과, 나를 낳고 길렀을 터인 어머니의 모습에, 말을 하는 게 무서웠던 작은 나 자신으로, 필요로 하지 않게 되는 것을 무서워 한 나머지 '좋은 아이'로 있었던, 조금 전까지의 나였다.

하지만, 그날 로렌과 누워서 바라봤던 함석지붕에 내리는 대낮의 별과, 조금 긴장하며 마신 오렌지 주스의 맛에, 마음에 들었던 하늘색 플라스틱 컵이나, 유화 물감과 시너의 냄새와, 확실히 행복하다 느꼈던 그 시간들은, 내 안에서 결코 사라지지 않고, 지금도 바래지 않고, 마치 어제 일처럼, 신기하게도 마음속에 남아있었다.

"다녀왔어, 로렌."

현관 열쇠를 항상 놓는 곳에 놓고, 나는 신발을 벗었다.

"오늘은 별이 보였어. 로렌이 좋아하는 별하늘이야."

로렌은 천천히 얼굴을 들고서 잠이 덜 깬 얼굴로 나를 바라봤다.

“내일도 맑을 거야. 내일은 같이 가자.”

로렌은 아무 말도 하지 않은 채, 다시 눈을 감았다.

다음 날은 예상대로 쾌청한 날이었다. 나는 최근 며칠간 자주 드나든 곳을 향해, 오늘은 아주 천천히 걸었다.

“코우스케 씨, 수고하셨습니다.”

접수처에 있던 미야시타 씨가, 힘이 들어간 목소리로 말했다.

“수고하셨습니다. 어제 마지막 입장은 어땠나요?”

“다름없이 대성황이었죠.”

미야시타 씨는 진심으로 기쁜 듯이, 어린아이처럼 웃는 얼굴을 보였다.

“앗 오늘은 로렌도 같이 있네요.”

“오늘이 마지막 날이니, 한번 보여주고 싶다고 생각해서 말이죠.”

“작품에 상처를 입히지 않도록 조심해주세요.”

“보여주고 케이지에 넣어놓을게요.”

회장을 느긋이 걸었다. 새하얀 벽에 늘어선 크기가 제각각인 캔버스 속에, 먼 옛날, 그 날에 봤던 새까만 하늘에는, 잔뜩 별이 깃들어 있었다.

내가 그 집에서 로렌과 살기 시작하고 겨우 반년이 지났을 때 로렌은 떠나버리고 말았다.

내가 '광대무변'의 뒤에 붙어있던 로렌의 수기를 발견한 건, 그 뒤, 이 개인전을 열기 위한 준비를 하고 있었을 때였다.

"손가락 걸고 약속 했는데 말이지."

나는 품 안의 로렌에게 말을 걸었다.

"자, 오늘도 힘낼까."

두 번째 개인전은 연일 대성황이었다. 먼데도 불구하고 야마나카 씨 부부도 와주어, 이미 야마나카 씨의 집에 걸려있던 '청경우독'을 전시하게 해주었다. 미야시타 씨는 이 개인전을 개최하기 위해 힘을 보태주어, 접수를 포함한 그 모든 것을 무상으로 협력해주었다. 예전 로렌의 고객이었던 가게의 점주들은 연명으로 큰 꽃을 보내주었고, 또 한 명, 그림의 모델을 찾았다.

개인전의 수익은 로렌의 유언대로, 어린이들을 위한 시설에 기부하게 되었다.

연대순으로 늘어놓은 로렌의 그림은, 초기에는 알록달록했지만, 마치 그라데이션처럼 점점 색채가 어두워져,

마지막엔 흑백이 되었다. 하지만 신기하게 그 모든 그림이 눈부신 빛을 내고 있었다.

개인전은 지방 신문에 크게 보도되었고, 로렌은 '빛의 마술사'라고 평가받았다.

개인전에는, 로렌에게 배워 그린 내 그림을 특별히 한 장만 걸게 해주었다.

작가의 최근 모습이라 소개되어있는 그 그림의 제목은 '별이 내리는 집의 로렌'이다.

로렌은 칠십 남짓한 인생에서, 다 품에 안지 못할 정도로 많은 빛을 모았다.

나는 내 나름대로의 빛을, 앞으로도 계속 모아야 한다.

"꽤 모였을까. 하지만 아직 부족하겠지."

내려다보자, 별처럼 반짝이는 금색 눈동자가 나를 보고 있었다.

"많이 모으면, 로렌한테도 조금 나눠줄 테니까."

내 품속에서, 로렌이 기쁜 듯이 야옹 하고 울었다.

END

이하는, 본문의 내용을 다분히 폭로한 감상문이다.
본문을 읽지 않은 분은 부디, 뒤로 돌아가길 추천한다.

『별이 내리는 집』추천문(이라는 이름의 감상문)

야마구치 코우자부로

로렌이 되는 인물은 정말 존재할까.

먼저, '로렌'이라는 이름이 이미 오해를 불러일으킨다. 코우스케의 회상에 나오는 그림쟁이 남자는 관서 사투리를 쓰며, 유키코의 입을 빌리자면 '수상한 아저씨'라서, 완전히 이름과 인상이 일치하지 않는다. 외국인도 아니다. 본명이나 국적을 아무것도 확실히 말하지 않기에, 연기에 둘러싸인 듯한 기분이 들게 만든다. 그리고 그런 로렌을 찾는 곳부터 이야기는 움직이기 시작한다.

'사람을 죽였다', '범죄자'라는 위험한 표현과 미스터리한 전개에 농락당해, 좀처럼 로렌의 정체를 알 수 없게 만든다. 그 교묘한 구성력도 물론이거니와, 읽어 가는 와중에 점점 이 이야기가 로렌을 둘러싼 사람들의 군상극이라는 것을 눈치채고 혀를 내두르게 된다. 로렌은 인생의 분

기점에 나타나, 바른 길로 인도하고, 때로는 직접 구원의 손길을 내밀어, 사람의 따뜻함을 가르쳐준다. 마치 신과 같다. 실상은 아직도 알 수 없다.

실제로, 작중에선 '연을 맺어주는 신'을 모시는 신사가 등장해서, 로렌을 비유하는 것처럼 느껴졌다. 그리고 후에 "내게…… 신과도 같은 존재."라는 대사가 등장하며, 로렌을 신격화하는 표현이 이곳저곳에 흩어져있다.

「로렌이 되는 인물은 정말 존재할까」

……로렌의 독백이 시작될 때까지 그는 신이었다.

이야기의 중심은 로렌이지만, 주역은 아니다. 누군가에게는 '특별'하지만, '특별한 인간'은 아니다. 물론 신도 아니었다.

이건 인연의 이야기이다. 로렌은 단지 인연의 연약함, 소중함, 끊어지지 않는 방법을 깨닫게 하는 것일 뿐. 그리고 나는, '별이 내리는 집'이 드디어 로렌과 코우스케의 운명을 끌어당겼을 때, 저절로 눈물이 나왔다. 보답 받은 기분이 들었다. 하지만 그건 상호간의 노력에 의한 것이며, 필연적인 해후였다고 생각한다. 이곳에 도달하기까지 로렌의 삶의 여정을 읽어 온 독자에게 보내는 상이다. 가슴에 와 닿는 카타르시스도 한층 더했다.

단지, 감동의 재회를 담백한 풍미로 만든 기타가와 에미 선생님은 사람이 나쁘다. 그 담백함에는 골탕을 먹었지만, 그 재회는 마치 떨어져있지 않았던 것처럼 보이게 해, 둘 사이의 깊은 인연을 무엇보다 두드러지게 하기 위한 연출이었던 것이다. 그렇게 깨닫자 더할 나위 없다고 생각했다. 따뜻한 분위기에 다시 가슴이 가득 찼다. 교묘하고, 비겁하다(웃음).

로렌이 되는 인물은 정말 존재할까.

내 인생에도 '로렌'은 있었다.

그리고 나도 '로렌'이 되고 싶다고, 그렇게 생각했다.

◇ ◇ ◇

단행본의 띠지 코멘트를 의뢰 받았을 때, '독서 감상문'이라는 형태로 편집부에 보낸 것이, 위의 문장입니다. 백자 정도의 눈을 사로잡는 코멘트로 요약하지 못했던 저는 "이 안에서 마음에 드는 부분을 픽업해서 사용해주세요."라고 전부 맡기고는, 학생 시절을 떠올리며, 작문용지 세 장 정도의 글자 수로 생각하는 바를 전부 엮게 되었습니다. 제멋대로 했다며, 이제야 부끄러움이 몰려오지만, 무려 이 감상문을 문고판에 전부 싣게 해달라며 기타가와 씨의 부탁을 받아, 너무 감사해서 몸 둘 바를 모르겠습니다. 반성을 담아 수정하지 않고 싣겠습니다.

좋아하는 작품에 이렇게 함께하게 해주셔서, 정말로 감사드립니다.

역자 후기

인생은 많은 사람과의 인연이 얽혀있습니다.

제게도 로렌이 있었습니다. 제게 로렌은, 때로는 하나였고, 때로는 여럿이었으며, 때로는 다소 난폭했고, 때로는 상냥했으며, 때로는 아스라이 멀게 느껴졌지만, 때로는 어느새 바로 곁에 있었습니다. 그이자, 그녀이며, 늙은이이자, 젊은이였습니다.

일본에 와서 만난 로렌을 떠올립니다. 그는 당시 생활이 어려웠던 제게, 많은 도움을 주었습니다. 그는 아무 동정하지 않고, 그저 아무렇지 않게 항상 저를 도와줬으며, 제가 사회에 나올 때, 그는 아무 말 없이 제게 정장을 한 벌 건네주었습니다.

이 책 한 권에도 많은 분의 손길이 닿아있습니다. 새로운 인연을 만나게 되었고, 오랜 인연의 도움도 받게 되었습니다. 많은 분들을 거쳐, 많은 분들의 손에 건네어지고, 건네어진 수만큼, 많은 인연이, 많은 이야기가, 그 책에 배일 것입니다. 이 글을 읽고 있는 당신과 저는, 아직 까마득히 먼 거리지만, 언젠가 만나게 된다면, 제게 당신의 이야기를 들려주시길 바랍니다.

마지막으로, 이 책을 번역하는 데 있어서 많은 도움을 주신 박건우 대리님, 좋은 분을 소개해 주신 서민성 님, 그리고 많은 조언을 준 제 친구 류시준에게 감사를 표합니다.

이나라

별이 내리는 집

초판 1쇄 | 2021년 04월 26일

지은이 기타가와 에미 | **옮긴이** 이나라
펴낸이 서인석 | **펴낸곳** 제우미디어 | **출판등록** 제 3-429호
등록일자 1992년 8월 17일 | **주소** 서울시 마포구 독막로 76-1 한주빌딩 5층
전화 02-3142-6845 | **팩스** 02-3142-0075 | **홈페이지** www.jeumedia.com

ISBN 978-89-5952-992-6
*파본은 구입하신 서점에서 교환해 드립니다.

제우미디어 네이버포스트 post.naver.com/jeumediablog
제우미디어 페이스북 facebook.com/jeumedia
제우미디어 트위터 twitter.com/JMBOOKNOVEL

만든 사람들
출판사업부 총괄 손대현 | **편집장** 전태준
책임편집 박건우 | **기획** 홍지영, 안재욱, 서민성, 양서경
제작·영업 김금남, 권혁진
디자인 총괄 디자인그룹 헌드레드